李碧华 著

青蛇

新 星 出 版 社　NEW STAR PRESS

新经典文化股份有限公司
www.readinglife.com
出　品

目录

青蛇

1

泰俑

137

诱僧

251

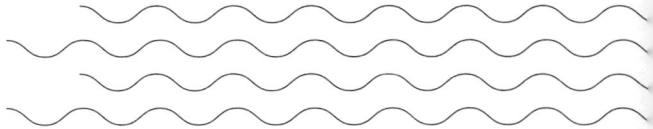

青
蛇

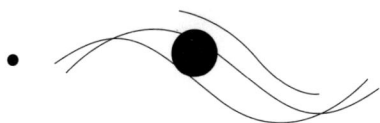

我今年一千三百多岁。

住在西湖一道桥的底下。这桥叫"断桥"。从前它不叫断桥，叫段家桥。

冬天。我吃饱了，十分慵懒，百无聊赖，只好倒头大睡。睡在身畔的是我姊姊。我们盘蜷纠缠着，不知人间何世。

虽然这桥身已改建，铺了钢筋水泥，可以通行汽车，也有来自各方的游人，踩着残雪，在附庸风雅，发出造作的赞叹感喟，这些都不再那么容易就把我俩吵醒了。

西湖本身也毫无内涵，既不懂思想，又从不汹涌，简直是个白痴。竟然赢得骚人墨客的吟咏，说什么"山外青山楼外楼，西湖歌舞几时休？暖风熏得游人醉，直把杭州作汴州"。真是可笑。

我在西湖的岁月，不曾如此诗意过。如果可以挑拣，但愿一切都没发生。

远处，又传来清悠轻忽的钟声，不知是北山的灵隐寺，抑南山的净慈寺，响起了晚钟。把身子转了一下，继续我的好梦。

我不愿意起来呀。

但春雪初融，春雷乍响，我们便也只好被惊醒。年复一年。

我的喜怒哀乐生老病，都在西湖发生，除了死。我的终身职业是"修炼"，谁知道修炼是一种什么样的勾当？修炼下去，又有什么好处？谁知道？我最大的痛苦是不可以死。已经一千三百多岁了，还得一直修炼下去，伊于胡底？这竟是不可挑拣的。

除了职业，不可挑拣的还有很多。譬如命运。为什么在我命运中，出了个小岔子？当然，那时比较年轻，才五百多岁，功力不足，故也作了荒唐事儿。

——我忘了告诉你，我是一条蛇。

我是一条青色的蛇。

并不可以改变自己的颜色，只得喜爱它。一千三百多年来，直到永远。

在年轻的时候，时维南宋孝宗淳熙年间，那时我大概五百多岁。

元神未定，半昏半醒。

湖边的大树也许还要比我老。它的根，伸延至湖底，贪胜不知足，抓得又深又牢。

于此别有洞天，我也就蹿进去，据作自己的地盘。天性颇懒，乘机调匀呼吸入梦。分叉的长舌，不自觉地微露。

我躺在一块嶙峋大石的旁边。压根儿不知道它其实不是石头，而是石头鱼。

迷糊中，"它"黑褐的身子在水底略动。混沌而阴森，背上如箭一下蹿出，向我迸出毒汁。看不出那蠢笨东西，睁着黯绿色阴森的小眼睛，竟把我当作猎物！

毒汁射在鳞片上，叫我一惊而醒。

太讨厌了。

自己不去修炼，专门觑个空子攻击人家，妈的我把尾巴一摆，企图发力——痛！

啊，原来这蠢笨之物毒性奇重，一瞬间我清楚地看到它一排细白但锋利的尖齿。

它吃得下我？我不信！

连忙运气，毒汁化雾竟攻入心窍，叫我一阵抽搐。糟了糟了，蛇游浅水遭鱼戏，这是没天理的。但那剧痛，如一束黑色的乱箭，在我体内粗暴地放射，我极力挣扎。它桀桀地笑了。

出师未捷身先死，我浑身酸软地在懊悔，何以我不安安分分做一条狰狞的毒蛇？好与之一决胜负，胜了即时把它吃掉。

我乏力地喘气……

——幸好她及时出现了。

不知何处，一物急速流动，如巨兽，却是优雅而沉敛。长长的身子迅雷不及掩耳地将它一卷，石头鱼受此紧抱，即时迸裂。她干掉它，在一个危难的时刻，却从容如用一只手捏碎了一块硬泥巴，它成了粉末。混作一摊黑水。

她在我中毒之处用力嘘一口气，那毒雾被逼迁似的，迫不及待自我口中呼出，消散成泡沫。

我望着七寸处，一身冷汗。

她是一条白色的蛇。不言不笑。

惊魂甫定。

我呆视对方的银白冷艳鳞光，打开僵局：

"谢你相助。"

她冷冷地瞅着我，既是同类，何必令我不自在？不过她是救命恩人，在她面前，我先自矮了半截。

半晌，她道：

"原来也是冥冥中被挑拣出来的试验品。"

"哦，"我恍然，"难怪我不得好死，只因死不了。但世上有那么多蛇，何以我们会与别不同？试验的是什么？"

"长生不老。"

"这有什么好处？"

"好处是慢慢才领悟到的。你几岁？"

我连忙审视身上的鳞片：

"十、十五、二十、二十五、三十……哦，已五百多岁了！"

她冷傲地浅笑。气定神闲：

"我一千岁。"

我对她很信服。近乎讨好：

"你比我漂亮，法力比我高强，又比我老——"

素贞与我，情同姊妹。

既然我俩是无缘无故地拥有超卓的能力，则也无谓谦逊退让。眼见其他同类，长到差不多肥美了，便被人破皮挤胆，烹肉调羹，一生也就完蛋了。我们袖手旁观，很瞧不起。正是各有前因，怎羡妒得上？

我来的时候，正是中国文化最鼎盛的唐朝，万花如锦的场面都见过了，还有什么遗憾？盛极而衰，否极泰来，宋室南渡苟安，人民苟安，我俩也苟安。杭州变化不大。

素贞见的世面比我广，点子比我多。

便决定追随她左右，好歹有个照应。

那天我嗅到阵阵香气，打了个喷嚏。

"姊姊是你身上发出来的吗？为什么用花香来掩盖腥气馋液呢？我不习惯花的味道。"

"你不觉得闷吗？"

"不。我日夕思想自己何以与别不同，已经很忙。"

"我比你早思想五百年，到了今天依然参不透。我俩不若找些消遣。"

她在我跟前旋身。

她穿上了最流行的服饰，是丝罗的襦裙，裙幅有细裥，飘带上还佩了一个玉环，一身素白。

　　原来她用郁金香草研汁，浸染了裙子，所以，在旋身走动之时，便散发出香气来。

　　于是我也幻了人形，青绫衫子，青绫裙子。自己也很满意。

　　初成人立，犹带软弱，不时倚着树挨着墙。素贞忙把我扶直扶正，瞧不过眼：

　　"人有人样，怎可还像软皮蛇？"

　　"我真不明白，为什么人要直着身子走，太辛苦了，累死人！"

　　"这有何难？看，挺身而出不就成了？"

　　"人都爱挺身而出，瞎勇敢。"我嘀嘀咕咕，"唉，这'脚'！还有十只没用的脚趾，脚趾上还有脚甲，真是小事化大，简单化复杂！"

　　"你不也想得道成人吗？"

　　"是是是。"

　　我临水照照影子，扭动一下腰肢。漾起细浪，原来这是"娇媚"之状，我掩不了兴奋，回首一看素贞，她才没我大惊小怪，不当一回事地飘然远去，我自惭形秽，就是没见过世面，扭动夸张。

　　既是装扮好了，便结伴到西湖漫游去。

　　上孤山，踏苏堤。

　　到了西泠桥畔，近面即见一座石色黝绿的古墓，亭前石柱有联曰：

　　"桃花流水杳然去，油壁香车不再逢。"

　　这是苏小小的芳冢。

　　"苏小小？是谁呢？唤作'小小'，一看便知是短命种。"

　　"小青别贫嘴，别因为自己长生，嘲笑别人短命。"

我撇撇嘴：

"她不会知道啦。我又不认得她。啊对了，你认得她吗？"

"认得。她就是南齐时人。"

"哦，那是你的时代。"

"据说她是一个娼妓。"

"娼妓是什么？"

"这……听说是要陪伴不同的男人。"

"男人是什么？"

"小小写过一首诗：'妾乘油壁车，郎骑青骢马。何处结同心？西泠松柏下。'男人也许就是'郎'吧。"

"哈哈哈！枉你修炼比我早，原来你也不知道男人是什么！"

"谁说我不知道？"素贞不堪受辱，杏眼圆瞪。蛇的眼睛，瞪得一望无际。

"你讲解一下好吗？我实在不知道——当然，我见过，但我不知道。"

"那是一种——叫女人伤心的同类。"素贞试图把她的耳闻目睹，以显浅话语给我细数前朝，"苏小小的男人，叫她长怨十字街；杨玉环的男人，因六军不发，在马嵬坡赐她白练自缢；鱼玄机的男人，使她嗟叹'易求无价宝,难得有情郎'；霍小玉的男人,害她痴爱怨愤，玉殒香消；王宝钏的男人，在她苦守寒窑十八年后，竟也娶了西凉国的代战公主……"

我听得很不耐烦，就在西泠桥畔小小墓前，瘫倒大睡。素贞怎么推，都推不动。

那与我无关的故事，他人的伤心史，册籍上的艳屑。真的，有什么好听？

我最大的快乐是吃饱了睡，睡饱了吃。五百年不变。

不过幻化人形也是一项有趣的消遣。有时我俩也勤于装扮，好叫对方耳目一新。我俩学着妇女们因袭唐代之旧，以罗绢通草或金玉玳瑁制成桃、杏、荷、菊、梅等各种花朵，簪插髻上；或设计些石榴、双蝶、云彩等绣花，缀在裙襕间；或在鞋上绣了飞凤彩鸟，款步而过。简单快乐。

我相信素贞其实也不知道男人。她什么都假装知道。

寒来暑往，过了不少日子。直至有一天——这天正是阳春三月三，西湖边柳条嫩绿，桃花艳红，有一个白发白须老头儿，挑副担子来卖汤圆。他扯开嗓门直喊：

"吃汤圆啰！吃汤圆啰！大汤圆一个铜钿卖三只，小汤圆三个铜钿卖一只。"

我们混迹人丛，听着也笑起来。

有人说：

"老头儿呀，你喊错了，快把大汤圆和小汤圆的价钱换一换吧。"

他不听，照样大喊："大汤圆一个铜钿卖三只，小汤圆三个铜钿卖一只。"

人们朝他担子围拢，都买大汤圆吃。转瞬间，锅里的大汤圆就捞光了。

我和素贞站在一旁，看见这光景，也不明所以。真是，谁还会花钱买他的小汤圆？

那老头儿朝我们一睐，我一时兴到，便掏出三个铜钿来买他的小汤圆，看看究竟是怎么一回事。

——其实，我千不该万不该，买了他的小汤圆，一切都是我的错。如果不买，什么都不会发生。

他接过钱，先舀一碗开水，再舀一只小汤圆在碗里。端着碗蹲下身来，用嘴唇朝碗里吹口气，那小汤圆绕着碗沿，咕碌碌滚转起来。

老头儿见我和素贞好奇地注视着，心中不无得意，于是再舀了一只小汤圆，道：

"这是送的。"

他把碗端过来，两只团团乱滚的小汤圆，十分诱惑。扑鼻的异香，动人的色相。

而且，人人吃了他的大汤圆，都赞不绝口，可见也是人间美食。

素贞自恃有千年道行，我好歹也修炼五百载，有什么顾忌？我俩不怕毒药——我俩本身已是毒药！

谁知舀起汤圆，正想吃时，那东西就像活过来似的，一下子蹦进我们口中，直滑溜到肚子里，再也不肯出来了。

老头儿哈哈一笑，变回真身。原来他就是吕洞宾！

这个杀千刀的色情狂，诳了我们吞下他的七情六欲仙丸……

哼！"吕洞宾"，一听他的名字就知他决非正人君子了。象形、形声、指事、会意、转注、假借，在在也显示出这名字之不文。名字那么不文，人更不堪。他是我们的前辈，也是专业"修炼"，道行自是更高，不好好朝仙班上攀，反四出调戏女子，凡间的仙界的，他都跃跃欲试。有空便游戏人间，从来不想想，一时的玩乐，会贻下什么祸患。

"两位姑娘，你们着实也太闷了吧，吃了我的汤圆，开了窍，你们，哈哈！……"

然后扬长而去。

留下一个汤圆摊子，谁收拾？

留下我俩目瞪口呆，面面相觑，谁收拾？

一发不可收拾。

这祸是我惹的。直到如今，八百年了，仍是我心头的一个疤。

当下，匆匆回到西湖断桥底下，在地面蜿蜒扭曲挤压，企图把那小汤圆给弄出来，谁知它就像人间的是非，入了肺腑，有力难拔，再也弄不出来了。

我们静待它消化。

心想，我们与世无争，与人无尤，不应该遇到报应呀。也许吕洞宾只是开玩笑。

过了几天，没有异状。不痛不痒，无灾无难。那小汤圆是——什么七情六欲仙丸？一定是仙家的丹药，用以增加功力的。

渐渐，我便把此事置诸脑后了。

一天我悠悠醒来，不见了身畔的素贞。

她一定是到那烟霞洞、石屋洞、水乐洞等处徜徉了。我找她去。但她没有钻洞，她在花港牡丹丛畔，凝望着水中那鲜红嫩橙、双双泛游的金鱼。

"姊姊，"我喊她，"你今天装扮得真好看！"

她幽幽回过头来："一个女人装扮给另一个女人欣赏，有什么意思呢？"

"一个女人赢得另一个女人的赞美，又有什么乐趣呢？"她在那儿叹息。

我愕然：

"你不喜欢我？"

"喜欢。"她道，"但难道你不疲倦吗？"

"我五百年以来的日子，都是如此度过了。"我有点负气，"对你的欣赏和赞美并不虚伪。如果虚伪，才容易疲倦。"

她不管我，自顾自心事重重地踏上苏堤。我缠在她身后，絮絮叨叨："你不喜欢我？你不再喜欢我？"

苏堤，这是西湖上自南到北的一条长堤，刚由一个唤苏东坡的才子修建好。正是暮春三月，中间六条桥：映波、锁澜、望山、压堤、东浦、跨虹，更是古朴美观，堤岸百花争妍，芬芳袭人，在这六桥烟柳、苏堤春晓的辰光，我不明白，一条蛇还有什么心事？

素贞近乎自语地对我说："你看，这里有一丛花，我说最爱的是那一朵。有一个人听见了，他自我身边走过去，慢慢儿摘取，替我插戴起来，哎！这真是人生难以形容的乐趣。"

"我替你摘取不好么？"

她一点都听不到我反应：

"如果我不肯，他一定要。他会哄我：这花，只有你才衬得上呀。于是我便听从他的话。这有什么难？只要我稍为降低自己——"

"你不是说——？"

"正是！我希望有一个这样的男人！"

"哈哈哈！真是失心疯，你曾说过，看不起这种动物，因为他们质素欠佳。"

"是吗？"

"你记得吗？你说中国最优秀的才子都在唐朝，但他们全都死去，太迟了，到你想要一个男人时，男人明显地退步。"

晚上，我俩自湖底出来，吸收青烟紫雾。我的热情阴凉，没有她兴致好。

"小青，我想通了！"

"我不管！"

"小青妹，"她来拉我的手，"我并不打算要一个优秀的才子呀。你看，这些自诩为人中之龙的动物，总是同行相轻，恃才傲物，且也不懂得珍惜女人的感情，轻易地就以'潇洒'作为包装，变心负情。我不要这些。"

我觉得好奇了："你要什么？"

"任何男人跟我斗智，末了一定输，因为我比他们老一千岁，根本不是对手。"素贞的眼睛在黑夜里晶晶闪烁，"我只要一个平凡的男人。"

哦！她改变主意了。也许这是她一直以来的主意。我不知道，我没有她那么处心积虑。只因她的愿望，好似令我们平静的生活，有了涟漪。后来才发觉，不是涟漪，而是风波。

"平凡的爱，与关心。嘘寒问暖，眉目传情。一种最原始的感动。"

"平凡好吗？"

"小青，我们自身也已经够复杂了。"

"但——你不过是一条蛇。"

她听了这话，默然片刻。

是的，五百岁的蛇，地位比一千岁的蛇低，但一千岁的蛇，地位又比才一岁的人低。不管我们骄傲到什么程度，事实如此不容抹煞。人总是看不起蛇的。我们都在自欺。

"还有，你要天天接受太阳的炙晒，令自己的血变暖；你要用针线把分叉的舌头缝合，令它变短；你要坚持直立，不再到处找寻依凭；你要辛勤劳碌，不再懒惰……还有，你要付出爱情，否则交换不到什么回来。"

在我长舌乱卷、口若悬河之际，素贞认真地思考。

我企图加以阻拦：

"姊姊，真的，人类，一朝比一朝差劲，一代比一代奸狡，再也没有真情义了——但我永远都有。"

"我喜欢你，"她说，"我甚至爱你。但，男人，那是不同的。"

男人，男人。

这样的春心荡漾，春情勃发。

素贞喃喃："好歹来了世上……"

这回轮到我默然。

于是她开始长舌乱卷、口若悬河地说服我了：

"我两不若'真正'到人间走一趟吧。试想想：在一个好天气的夜晚，月照西湖，孤山葛岭散点寒灯，衬托纤帘树影，像细针刺绣。与心爱的人包了一只瓜皮艇，绿漆红篷。二人落到中舱，坐在灯笼底下，吃着糖制十景、桃仁、瓜子，呷着龙井茶……真是烟水朦胧，神仙境界——小青，只羡鸳鸯不羡仙呀。"她兀自陶醉了。

"人类不会起疑吗？"

"啊你这是意动了？"

"没有。"我死口不认。

"只是，我无法阻拦你。要是你一走，我留在此处干吗？我耐不得寂寞。"

"我们明天便去！"

"老实说，你是为了爱情而去，我，则是为了怕寂寞。"

"——二者有何分别？"

我仿佛见到一个刚刚足月的胎儿，正在母体子宫中不耐蠢动。

是的，素贞的心已去，大势已去，她要逃离这湿冷的洞穴，和这一身腥臭的鳞片，留也留不住了。

计划明天的美好，一夜不寐。

我还见到素贞正在风骚地扭腰舞蹈。

当远处天边，被一种酒醉似的绯红的颜料渲染成晕时，我们已整装出发。

天还没亮透，美妙苍茫，草木微微颤动，想世人不曾睡醒。市集尚未开始营业，店铺的小伙计，惺忪地打着呵欠，他一定不曾发觉，这两条蠢蠢欲动、跃跃欲试的蛇了。

忽听得一阵木鱼声。

只见一个身形瘦小、面貌慈悲的老和尚，正敲着木鱼来报晓，他念着：

"南无佛，

南无法，

南无僧，

南无救苦救难观世音菩萨。

但只他，

唵，

伽啰伐哆……"

楼房上许有男女被吵醒。

"唔——和尚又来报晓了——"

女人腻着媚音：

"别管他——只有和尚才肯早起。"

我俩见他一路走过。好些店铺不情不愿地启市了：卖头巾、裱画、吃食、熟肉、药、蜜饯、鱼和花。吵闹争持又开始了。

小贩倚在盐担子旁打瞌睡，狂欢达旦的登徒子此时才醉醺醺、脚步不稳地回家转。地面升起一堆火，打铁的工匠开始了他一天的轰击怒吼。汗发出酸馊味。

多么鄙俗的人间！

街道上传来的嗒的马蹄声，循声望去，一根长柄挑着的白纸灯笼，在马头前晃动。但它明知是上早朝，也无朝气，只懒散地踱步前进。蹄声忽地止住。

懒洋洋的马抖擞一下，马夫见一个精壮和尚自巷子出来。

他有点诧异：

"怎么今天和尚特多？"

素贞见有点不对劲，把我扯过一旁静观。

我见这个，不同刚才那个。

他年岁不大，却眉目凛凛，精光慑人，不怒而威。眉间有若隐若现金刚珠，额珠半没肤中，有超然佛性。和尚身穿皂色葛布单衫，外披袈裟，手中持一根红漆禅杖，顿地一点，各环震颤，发出清音。

素贞道：

"这是高人！"

我问：

"和尚也是人？"

——和尚是"人"？这个雄伟傲岸的和尚，应该比人高明点吧？

他上路了。

前面是那老和尚。

他沉着地尾随他。芒鞋一步一步，踏实地。袖中镜子迎旭日金光一闪，只见照出老和尚的妖像——啊！那是一个蜘蛛精！

我来不及告知素贞，她早已看到。镜影突在和尚袖中一空，老妖精在人海中，已然消失。

只见这看来才是三十多的和尚，四顾茫茫，目中精光四射，不甘罢休。他恨道：

"当今乱世，人妖不分，天下之妖，捉之不尽。我不为百姓请命，谁去？我不入地狱，谁入？"

他肃立，把禅杖一顿，环音有点响，昂然追上：

"'两头俱截断，一杖倚天寒'！孽畜，你跑不了！"

——如同盟誓，唬得我！

那么认真而且庄严，忍不住叫人吃吃笑。

素贞把我嘴巴一掩，以眼神斥责。我只好噤声，与她一起，又尾随他们，看好戏也。老实说，我根本忘记了，自己也是"孽畜"呢，只管幸灾乐祸去。

密林中漾着霞气。风很大。两个白影子，一先一后，离地前奔。

和尚追上他了。若无其事地：

"老师父，早。大家顺路，不如结伴，戏弄人间吧？"

白眉白须的老僧有点警觉。但听得身后来人道：

"前辈，看阁下变得极其像'人'，道行想必比我高了。请问你修行了多久？"

他一听，原来同道呢，方松懈下来：

"光阴似箭，转眼已经两百年了。你呢？"

"惭愧。我才不足百岁。"

"唔，难怪，身子仍重，走不快——"

话犹未了，和尚袖中那照妖镜蓦地亮出，只见白眉白须，突爆发四射，老妖精伸出八爪，肚脐中急吐毒丝，原形毕露。

和尚叱道：

"孽畜！我是金山寺法海和尚，我要收了你这妖精！"

他抛出金钵，做手印，口中急念佛号：

"南无阿弥陀佛！"

密林中卷起暴风，他怒目向他一指：

"中！"

老妖精被收钵中，发出惨叫声。哀求：

"法海师父，你手下留情吧，我苦修二百年，只求得道成人……"

"呸！"法海年轻而剽悍的脸，毫不动容，"天地有它的规律，这便是'法'，替天行道是我的任务！"

"求求你——"蜘蛛的脸色大变，眼珠也掉到地上。他满嘴毒液，手足痉挛，不住抖动："师父天生慧根，年轻得道，未经入世，不知做人之乐，盼你成全！"

"若我入世，必大慈大悲大破大立，为正邪是非定界限，令天下重见光明！妖就是妖，何用废话！"

他不管人面八爪黑毛茸茸的老者在挣扎，一手推歪路边一个凉亭，把钵抛下，镇在亭底，然后从容地把凉亭扶正。拍拍双手，干净利落——看来他阁下习以为常，"镇妖"乃惟一营生。

亏他还功德无量地盘坐冥思，全身泛一层白光。彩虹一道，在他身后冉冉出现。

忽地，他竖起耳朵，迅雷不及掩耳，身子蓦转向大石后的我方。

"啊——"

我俩惊呼，不知何时漏出风声妖气。不不不，此时不走，此生也跑不了。

"走！"

一声霹雳，狂雨下黑了天地，青空现出一道裂缝似的，水哗哗往下泻，趁此良机，转身便窜。

雨水鞭打着我们，轻薄的衣衫已湿得紧贴肌肤，一如裸裎。身外物都是羁绊，幸好天生腰细软矫捷，不管了，逃之夭夭。

身后那错愕的和尚，那以为"替天行道"的自大狂，一时之间，已被抛在远远身后。

"姊姊，好险！"

我们互视彼此湿濡的女体，忍不住笑起来——只有区区二百岁的"幼稚生"，才那么轻易让人家给收了吧，好不窝囊！

扰攘半天，待得雨收了，已是傍晚。

蹓跶至此处，我俩盘卷在楼阁的梁上，被一阵奇怪的乐声吸引。

不知是什么女人，也许来自西域、天竺。她们随着如泣如诉的风骚音乐跳起舞来。

真有趣。

脚底和手指，都涂上红色，掌心也一点红，舞动时，如一双双大眼睛，在眨。

舞娘的眼神放任顽皮，颈脖亦推波助澜地挫动，双目左右一睐，眉飞色舞，脚上的银铃响个不停。看她们的衣饰，实在比我们俗艳，黑、橙、银、桃红、金。蛇似的腰——不，不不不，跳得再好，怎比得上我们货真价实。

趁着吸食五石散的乐师半昏眩半兴奋地拨弄琴弦，正窥看凡尘糜烂的我，顺势一溜。

溜过它的大招牌："万花楼"。

溜下木板地，经过酒窖。好香，伸头进去咕噜咕噜喝几大口。

溜过缠绵的妓女和嫖客，水乳交融的男女，无人发觉。

我自舞娘中间冒出来。

吐出一口青烟，先把场面镇住。然后，我把适才见过的姿态，——重现。音乐响起，我比所有女人都做得好，因为这是本能。有哪个女人的腰胜过一条蛇？

大家如痴如醉地，酣歌热舞。

我有点飘飘然。洋洋自得。

仰首一看，咦？

素贞不见了。

一个白影子闪身往外逸去。

好没安全感，我只得尾随她。

雨后的月光，清如白银。草丛中有虫声繁密，如另一场急雨。过水乡，一间印刷书坊，灯火通明。

水槽中浸着去了壳和青皮的竹穰，成稠液。工人们在削竹，又把稠液加入另一个槽中，煮成浆状，一边舂至如泥。

纸浆被倒在平面模中，加压，水湿尽去。纸模成形，工人们把它们一一贴在热墙上，焙干。

当已干的纸撕下时，已被赶紧压印在《妙法莲花经》的雕版上，加墨，印刷。

人人都忙碌不休。

却听见背诵诗句的声音。

"来是空言去绝踪，

月斜楼上五更钟，

梦为远别啼难唤，

书被催成墨未浓。

蜡照半笼金翡翠，

麝熏微度绣芙蓉，

刘郎已恨蓬山远，

更隔蓬山一万重。"

这是一首唐诗，乃前朝之作。

念诵的人，只见其背影，正提笔在一张芙蓉汁"色笺"上，写下这些句子。

我见到那春心荡漾的姊姊，明明白白地，被他吸引了。

当然，比起其他工人，有些打瞌睡，口涎挂在嘴角，还打鼾；有些聚在一块赌钱喝酒；有些虽然勤快，却是动作粗鲁搬抬吆喝，吓人一大跳……比起他们，这个男人倒是与众不同。

一只粗壮的手把他的色笺抢去。

"你这穷书生，主公着我们赶印佛经五百册，就等你观音像雕版，你还只顾念不值钱的臭诗？"

这个一身汗臭的工人说毕即把色笺拳成一团，扔到旁边去。

书生自辩：

"我正在观想观音的样子嘛。"

一张白纸摊开在他跟前：

"你'写样'时想着万花楼的巧云和飞烟不就成了吗？"

"庸脂俗粉，又怎能传世？"

虽看不清他面目，但见他不愿下笔的坚持。终而作罢：

"我明日再雕。"

"明日交不出，以后也不用来了。"工人嘲笑着，"你心比天高又有什么用？工作都做不长，还是回到家中药店当跑腿吧，哪有飞黄腾达？"

书生默默地离去。

灯光映照他的侧面，看不清切。

濒行，他想找回刚才的诗篇。

但遍寻不获。

天际落下花瓣片片，如雪絮乱飞。

他伫立，以衣袖一拂，转过面来，素贞在暗处瞧个正着，脸色一红。

书生拈起无端的落花，有点诧异。

我见素贞神魂已附在他手上的瓣儿了，一般地羞赧。

他终于走了。

她也不理会我。原来早已把团起的诗篇，细意摊开，贴在衣襟胸前，陶醉上面的文墨。旁若无人。

素贞晕陶陶地回家转。

不知我俩过处，青白妖气冲天不散。

一个瞎子忽地驻足，用力嗅吸。

我俩与之擦身而过。

第二天，起个绝早。

算准时辰，一触即发。

已是清明时节，但早上起来，晴空无云。街巷上人来人往，很多都是上坟去的。

素贞怀有不可告人的目的，目不暇给。她的脸被春色熏红，眼睛是美丽而饥渴的，真不忍卒睹。

此行为了"深入民间"，不再在湖边堤畔漫游了。我们入寿安坊、花市街、过井亭桥。往清河街后钱塘门，行石函桥过放生碑，朝保俶塔寺上去。

保俶塔在宝石山上，相传是吴越王钱弘俶的宰相吴延爽建造的。佛殿上看众僧念经，孝子贤孙烧篝子祭祖祈福。

"小青，见着了没有？应该在此时此地——"

她还未说完，目光早已被吸引过去。

好个美少年，眉目清朗，纯朴、虔诚。身穿蓝衣，头戴皂色幞头，拎了纸马、蜡烛、经幡、钱垛等，来追荐祖宗。只见他与和尚共话。隔得远，听不清，但那一心一德，心无旁骛之情，却是十分动人——如果对面的不是和尚，而是他的女人……

未几，见他别了和尚，离寺迤逦闲走，过西宁桥、孤山路、四圣观、来到六一泉。

"昨夜见的是这个了？"

我尾随素贞。素贞尾随他。"真的这个吗？挑中了不可以退换的。你要三思。"

"——是啦。"

"上吧。"

素贞忽然羞赧："怎样上？"

嘿，我从来没见过她这般模样，真是不争气。不管她有多少岁，多少年道行，一旦动了真情，竟然幼稚退缩起来呢。

我没好气：

"上去告诉他，你喜欢他，愿与他长相厮守……之类。"

她踌躇:"我岂可以如此轻贱?"

"轻贱?如果你喜欢他,绕什么曲折的圈子?到头来还不是一样的结果?"

她依旧踌躇:"我开不了口。"

"你是一条千年道行的蛇,不是肤浅无聊的人。怎么会沾染了人的恶习,把一切简单美好的事弄得复杂?你喜欢他何以不直接开口告诉他?"

我但觉素贞窝囊,欲掉头他去。

马上,又回过头来,我对她一字一顿促狭地说道:

"你不要,我要!"

"不!谁说我不要?"她着急了,"他是我看中的,我要!"

眼看那美少年,早已来到西岸桥头,过了桥,他便上船去湖的对面。而我们二人还在中途作龙争虎斗,看谁可把他攫住。

"你看,他要走了。"

"小青——他是我的。你可肯穿针引线?"算了,见她是姊姊,而且又比我心焦。

先把人留住再说。

我合什念咒,忽地狂风一卷,柳枝乱颤,云生西北,雾锁东南,俄顷,摧花雨下。蓝衣少年,衣袂被吹得飘荡,在淡烟急雨中,撑开一把伞。

真是一把好伞,紫竹柄,八十四骨,看来是清湖八字桥老实舒家做的。这样好的伞,这样好的人,却抵不过一切风风雨雨呢。寻芳客成了落难人。不由得起了怜惜的心,素贞更是不忍。正没摆布处,柳树下划来一小船。

"船家,你搭客吗?我想到清波门。"

船家应了,与他议好价钱,他上船去了。事不宜迟,我马上唤道:

"船家，请等等！"

拉了素贞来："这样的大雨，前后都没船了，是否可搭一程？"

船家沉吟："怕不顺路呀。这位客人是要到清波门的。"

"我们也是到清波门去。"我急接。

"因风吹火，用力不多，一并搭了去吧。"那少年吩咐道。回眸与素贞眼神一触。船靠拢了，自柳树底至船舱，有好一截路呢。他便撑了伞，出来稍迎。

"小心点，别让雨打湿了衣服。慢慢地跳上船吧。"

素贞弱不禁风地款摆，还作出险要掉下水中之状。他顾不得男女之别，情急情危，连忙把她抓扶住。

小艇识趣地摇晃不定，良久。

在这伞下的辰光，雨落如花，花烁如星，正是一个绮梦的开端。素贞已是心神俱醉。

我见她得享温柔，便意欲仿效，正款摆一番，谁知这二人早已双双跨进船舱，再也管不了我。行差踏错，几乎一跤跌下水里，虽则我自小便在水中长大，难道在这关头现出尾巴来划戏么？急忙用脚趾抓牢立定。

真气个半死。

到了舱口，只见两条木板作凳。舱位太小了，我俩坐一条，他坐一条，便显得挤逼不堪。本来是相对的，谁知他坐不住，忽地转了身，背着我俩，头垂得低低。未几又坐不住，忽地撑了伞，竟欲跑到船头上去。

"嗳嗳，相公你别走。"

这一唤，他又不好意思走了。见他老实，我也不敢轻狂，只得做些天下间最通俗之事，由"相公贵姓"起，交换身份，交换身世。据说娼妓面对客人，也是由这句话开始的，可见也是一种真理。不消一刻，已把他"盘问"完毕。

相公姓许名仙，钱塘人，二十五岁，自幼父母双亡，投靠姊姊姊夫，他们那药店开设于官巷口。最重要的，是他尚未娶亲——当然，那么穷苦，尚寄人篱下，怎有本事娶亲？看来只有我姊姊才会喜欢他，一半因为人，一半因为色。

谁敢说，一见钟情，与色相无关？

素贞细意听了，便又造作地对我说：

"小青，你问了许相公一箩筐的话，怎不问问他有什么要问我们的？这是礼呀。"

于是身处夹缝中的我，又问许仙：

"相公，有什么要问问我们姑娘的？"

他沉吟半晌，道："没什么要问。"

我便回话："他没什么要问。"

大家那么近乎，面面相觑，还要一个中间人传话，好不烦人。我一拧身，溜掉了。但瓜皮艇的困囿，溜到何处？只靠着舱边，望着烟雨西湖，三潭印月和阮公墩，迷迷糊糊。恼人的春天，恼人的春意。结果我还是扮演中间人的角色，一口气把一切都说个精光：

"姑娘是白素贞，四川人氏，我老爷做过处州指挥。不幸双亲早已去世，且葬于雷峰下，因为清明节近，姑娘带了我——小青，上坟扫祭。我们在杭州，投亲没遇，无依无靠，又值一场急雨，若非相公便船相载，实是狼狈。"

见他洗耳恭听，甚为专注，便又道："我们的身世，完全告诉你了，还有什么要问？"

"没有了。"然后一切归于沉默。

真气馁，生平第一遭出来勾引男人，竟遇着个不通情的呆子。他简直便是叫杭州蒙羞的一碗不及格的桂花糖藕粉——糖太少、水太少，黏黏稠稠，结成一团，半点也不晶莹通透。

素贞额角有水晶似的透明雨滴，轻缓沿额游曳至眼角。她眼睛微眨，雨滴悄悄下溜，经粉颊，遇腮红。鼻尖的另一水点，亦随人中滑至唇边……

这两颗水珠儿，到底会不会碰上了，凝成一气？抑或在她尖尖的下颏处才作招呼？

许仙不知看人抑看雨。

素贞竟然娇羞柔弱地，别过脸去。

他得不到落实答案。

有点依依。

素贞指指那伞。我装作看不到。

到了清波门岸上，他撑起那伞，见我俩衣衫尽湿，孤苦无依难于上路，终鼓起无穷勇气："姑娘，这伞借予——"

我即接过："哎，这伞相公明日来取回好了，谢谢！"——这才算有点眉目。

姊妹俩合打一伞，正欲袅袅没入雨雾中。许仙有点腼腆："姑娘好走。"

不。素贞回首：

"相公，你晓得往哪儿取伞？"

"我还不晓得。"

"我家住箭桥双茶坊巷口，寓外有小红门，上书'白寓'——许相公，明日你可准到么？"

"不管晴雨，准到。"

"风雨不改？"

"是。"

于是我俩又在他的恭送下，合打一伞，施展那袅袅的身段。两条蛇，要走得多好看便有多好看。一瞥她二人，眼神间纠缠不清，几乎没结成情茧。

我肯定这小子今夜里睡不安宁，睡梦中，心猿意马驰千里，浪蝶狂蜂闹五更。金鸡一叫，才把他自南柯一梦惊醒。

我也在疑惑。听说世间的男人，都是叫女人伤心的同类。惟眼前一个，有什么能力叫女人伤心？

素贞的眼光，一矢中的。虽是落魄人，但却有绵绵意呀……

结果睡不安宁的，除了二人，还有我。

第二天清晨，素贞已把这荒宅布置妥当。箭桥双茶坊巷口的一所楼房，进来是个粉红嫩绿的大荷池，两扇大门，中间四扇看街槅子眼，当中挂顶细密朱红帘子，四下排着十二把黑漆交椅，挂四幅名人山水古画——也不知自哪里偷来的便是。而她自己，端了龙井茶，呆望杯中嫩叶成朵，一旗一枪，浮沉不稳。

"你算定了他会来？"我问。

"当然，他说风雨不改。"

"你真有信心？"我故意，"要是他不来，怎办？"

"一定会来的。"

稍顿，她又道：

"你去看看荷池小路那边打扫好了没有？酒菜准备好了没有？"

哎呀，我那么困，卷住横梁，刚打个呵欠，空中有只苍蝇，自投罗网，长舌一伸，先来个小点。吃过苍蝇，一得意，翻翻白眼，尖锐的长牙又露出来。

"你要控制自己！"素贞教训道，"做人有做人的规矩，别坏我好事！"

算了算了，我惟有往下一纵，脚踏实地。

"一切都好了。他不来，我们自己吃！"我喃喃，"我是他，我就不来。哪有这么现成的便宜可捡？他不来，不过损失一把伞，值多少？来了，得损失一生。”

“难道我不也是一生吗？婚姻非同小可，人间有所谓生死相许，谁只着眼一天半天，一年半载？我和他有缘呀！”

“哦？”我取笑，“不是色相吗？他长得不英俊，你肯要？”

被说中了吧？

说完撇撇嘴，跑到门外。

这小小巷子，行人往来不绝。太阳的光，又照到花架上了。我看不起素贞那过分的相思，真没种，才不过一见钟情，一见钟情可靠吗？我不以为然。

无意识地站在门外，不做什么，其实正做着什么——

眼睛如一张深网，撒向小巷极目处，是的，行人往来不绝。

我想，这样的生涯，多烦闷，只因为男人的一句诺言，便苦苦守候，心中还念记他的轻颦浅笑，三言两语，手挥目送。

一直地等，一直地等。我不要过这样的生涯！

眼中依旧不见他的影子。只有行人往来不绝。

笔直的小巷，被我网得扭曲了。

一定会来吗？——啊我竟然在等呢。二百五十八、二百六十六、二百……

数到第二百七十四人。

“小青！”我听到这个男人在唤我。

抬头见许仙。此生第一个唤我名字的男人。

他换过一身干净好衣裳，深浅的藕色，看上去也是一根藕。藕断丝连。

“相公，我等你，等得双腿都发麻了。”

他连忙拱手道歉：

"对不起呀，雕版没做好，一时走不开。我一路找，又怕走错了地方。走对了小巷，又怕等会不晓得言语……"

"那有什么可怕？"

"小青，你看我这一身可还瞧得过去？"

然后他秀长凤目，已暗探内院。他的眼神，并没流连于我身上，我等了他好久，第二百七十四人。直至他出现了，我的心剧烈地跳——然而，他的眼神并没流连于我身上。

"小青！可是许相公来了？"里头问。

我只得延请他进去。一路走，只见四扇暗槅子窗，揭起青布幕，一个坐起，桌上放一盆虎须菖蒲，两边也挂了四幅美人，中间挂一幅神像，桌上放一个古铜香炉。许仙正打量间，我那姊姊丰姿绰约地现身了。

打扮得狐狸也没她妩媚。

"许相公谅是未用饭。"

"不不，我只是来取伞吧。"

素贞道：

"相公的伞，昨夜又借了给舍亲，因他赶路，故今日仍未送来。再饮几杯，着人取回给你吧。"二人便浅斟低酌，一时间竟不提那伞。许仙告辞回家。

第二天，还是等他来。

他人没到，忽地来了一个瞎子。他是有眼无珠、以鼻当目的臭道士，两个精灵的道童相随。

只见他一路用力嗅吸，竟在我们寓外站定，神色凝重。

我吃了一惊，闪身静观其变。

谁知他道：

"是这儿了！快撒。"

两个道童手脚伶俐，把一些浓烈的粉末洒泼在门外墙边。好难受！此时许仙却已抵埗。他奇怪：

"咦？多刺鼻的硫磺味儿？"

瞎眼道士听到人声，忙戒备着，不知来者是什么"东西"。

一个道童忙解释：

"师父，这个是人。"

许仙莫名其妙。一怔：

"谁不是人？"

"难道相公不知道屋子里头有蛇妖吗？"

岂有此理！拆穿我俩来了，急告姊姊去！

"我看得见的，要靠看不见的来相告？"许仙一点也不相信，斥道，"你们在这儿妖言惑众，污染民宅，当心我告到官里。"

当下换过温柔腔调：

"两位姑娘，我许仙来了。"

道士气得拂袖而去：

"呸！色迷心窍的睁眼瞎子，看你过一阵如何懊悔！"

我正一路向素贞禀告，走到一半，硫磺苦热攻心，"吧哒"一声倒地，已全身发软，呕吐大作。

好个素贞，临危不乱，即时把桌上酒壶倒倾，衣袖一挥，酒扇上天，念咒施雨。急雨一下，水流把那可恶的粉末冲走了。

空气变得清新。

我俩方才魂归原位。收拾身心，出门会客去。

素贞款款现身，仪态万千，什么事也没发生过。

"白姑娘今天我来迟了。"

她若无其事地问：

"呀？一阵急雨把硫磺都冲走了？"

"这里有蛇吗？"

"防患未然，小青，你去着人明天再来撒一遍吧。"

我不情不愿：

"吃过酒菜再去吧——你不用我做媒？"

"先做正经事。"她有心把我支开，"许相公这儿有我。"

没辙。

我只得无奈地离场。

先缓步，后急走，再飞窜，直追道士去。

你以为我不知你干什么勾当么？——"说来话长了……"素贞一定微笑着，就着炉火，替许仙把湿衣烘干。

"我俩刚搬至不久，家中没有男人，很不安全，怕被坏人打主意，遂制造流言，说屋子里有蛇，还特地请了道士来捉妖呢。"

她那么荏弱、风情，却担惊受怕惶惶不可终日似的，谁不生同情，企图保护？

就趁着许仙心摇神荡之际，她必然伺机碰碰他这老实人的手：

"相公，这几样小菜味道如何？"

"很好呀。"

"这都是我亲手做的。"

妖媚地为他布菜、举杯劝饮，把心事悠悠套问。

酒不醉人，女人施展浑身解数，男人根本招架乏力。

"真不敢劳你玉手。"

她又再强调：

"说来，也是因着家中没有男人，所以多请一个下人也不大放心。相公——"

三脚的金兽香炉，飘出袅袅轻烟，像一根颤动着的心弦。

竹树的影儿在纱窗外点着头。

素贞蓦地抓住他的手。

他讪讪地，没话找话说，还是老套：

"我……我是来取回那伞的。"

"唏！"她恨恨。

脸上还是娇羞万状：

"那伞，索性搁在我这儿吧？相公，我飘泊孤零，只求一位知心人，天天吃我烧的好菜——"

"我……"

素贞见他沉吟，生怕他不肯。正色道："相公，我之所以做此选择，主要是家中还有一点资产，并不贪慕升官发财，而且阅人之中，但凡甜言蜜语无事殷勤的，都不是心中所要。像相公那样，自食其力，沉静寡言，我才喜欢。"

我向空中暴喝一声：

"无耻！"

追上那臭道士臭道童了。

不知骂的是谁？——是骂家中那一对，抑目下这三名？

"你们干些什么勾当？"

瞎眼的道士戛然止步，翻起白眼，竖起耳朵，决意跟我耗上了。

在桥边，走水道，他枉摇银铃念咒语，哪里是我手脚？

三个人咕咚咕咚地全被我扔下水中去。小惩大戒。

老实说，若我不是记挂姊姊与那男人不知进展如何，还真的一直玩下去。

他俩如今怎么样？

神仙下了凡，不也是凡人吗？凡人结得神仙眷属，自己也成仙了。

人说：眼为情苗，心为欲种。

素贞宽衣解带，一层一层又一层，如同蜕皮。

许仙秉烛来窥看，呆住了。

素贞连忙一口气吹灭了火。

火在帐内烧着。黑暗中，只听见轻微的喘息。她把他纠缠着。

他在她耳畔软语。

她笑："我不依——"

真造作！

我的身子卷在梁上，双目发出晶光，居高临下，好奇地偷看这一幕。

他们如胶似漆地摇荡和缠绵，动作渐到紧要处，我屏息观戏，随之目瞪口呆。

素贞在他身下，星眸半张，忽地发现了我，便在那儿用眼色赶我走。

我在他俩上面，目睹这发生在春天的、神秘的事件。他俩便是一对了，每朵花都有一只蝴蝶，我不知道我有什么？我的落力和热诚，有什么回报？——从未试过像此刻突然的寂寞。

两个喝过合卺酒的人，双颊酡红，无穷恩爱，一派如意。如是者我亘于梁上，僵持片刻。

我气闷地、非常无聊地拖曳着，脚步写上个长长的"一"字，不知何去何从。

走着走着，便被一阵耀目银光吸引了。

既是无所事事，穿墙入壁，一看究竟。

这一间密封的屋子，原来是库房，堆满白花花的银子。

想那世人，若命中有欠缺，一旦有银子填补，亦胜过两手落空。

如入无人之境，银子唾手可得。

它们整整齐齐，一式一样，起棱起角，却是人间瑰宝，买得一切。

但给我银子，我想买什么呢？

偌大的库房，我显得渺小。托着头，孤单寂寞地，任由银光在脸上反映。几乎可在上头畅泳。我陡地一推，它们哗啦哗啦倒下来，是的，包围了我，淹没了我，仿效着素贞的种种媚态，仿佛听到冷硬的嘲笑。

我站起来，意兴阑珊。

随手拈走一些，回家去了。

难道就在银子堆里过日子么？

那开了荤的素贞，精神有了寄托，开始思念起他了。

才不过一两天，她熬不住。

"小青，随着来，找我的许仙去。"

美得她！

屈居次席的伟大的我，只好备只小艇，帮她找男人去。

小艇漫过水乡。

刚好在印刷书坊的后面。

许仙在阶下，木板上有观音像，他正心不在焉地动着刻刀。妖娆的观音坐在莲座上，活脱脱便是我那亲爱的姊姊。

看来他心中也是她了。

近黄昏，微妙的紫橘色流入西天，观音的脸绯红。

一个年轻的印刷工人哭丧着脸，闷闷不乐地来了。

"今天何以那么迟？"有人问。

"不要提了，我真命苦。"

大伙围上来。

"你不是奉父母之命去相亲吗？"

他带着哭音：

"兄弟们，可怜我要与一个陌生女子结成夫妇了——"

"恭喜恭喜！"

他木然地，自语，如同呻吟：

"我不想做'丈夫'，这包袱太重了！"

看他的痛苦表情，一定联想到一个平凡贤淑的妇人，脂粉不施，不苟言笑，把热腾腾的汤吹凉，送到他跟前，侍候着。孩子爬在脚下，一个两个三个，丈夫不悦，妻子一把抱去，又打又骂，哇哇的哭声，惊破黄昏的霞彩。

他叹息一声。又一生了。

"唉——"

只见许仙也在叹息：

"唉——"

但，许仙的心事，是因为他在趑趄，好不好去找她？他的愿望飘飞在水面。

水面有小巧玲珑的彩灯，是青春好色的少年，给写上了芳名，放在水面，随着流向万花楼，妓女们一一拾起，争相调笑，过一个你追我逐的风花雪月夜。

许仙持着刻刀的手止住——

他见到我俩。

在一个意外的时辰。

他心念一动，她就出现了。

不相信这是真的。当下，最老实的人也敌不过此般诱惑。什么也扔下不顾，在同僚的目送下，他赶紧赴一个注定的约会。

许仙原来那么一本正经，德高望重，知书识礼，文质彬彬，但，他跳上我们的船儿。

"你们看，"大伙在诧异，"许仙这厮找到他的活观音了！哈哈哈！"

新月下的西湖，鼓乐声大作，都是游人玩赏助兴。

素贞道：

"船儿划到湖的那边去好吗？"

他忙不迭：

"好，越远越好，人越少越好。"

"多少人比较好？"她笑。

"只我们两个吧。"

素贞看看我：

"我们两个，还有小青。"

"——我不去了！"我道。

他十分自责：

"我只是一时口快说错。又怎会扔下你一人呢？快别小器了。"

小器？你去算一算，我与素贞相依为命有多久？如今你一个新人，成了新欢，还回头来说我"小器"？才不过三分颜色，便上了头脸，气得我："我不去！"

许仙连忙过来作揖：

"小青，我说错了，请多多包涵，请与我们一道游湖去。"

"我不去。"

在唐代以前，民间活动只限白天，夜里常宵禁，闷得很。唐末五代以来，直至今日，宋室南渡后，夜市相当兴旺。坊巷市井，酒楼歌馆，常闹至四鼓后方靖，而到了五鼓，又有趁早市的人开张了，所以最热闹好玩的，便是在本朝。

但这些都不是我的娱乐。

三人仍是困围在一样的瓜皮小艇上，我百感丛生。

舱口亦两条木板作凳。

时移世易，这一回，轮到他俩共坐一条，我坐一条。

几天之间，我沦为了素贞的次选。真叫人坐不住，便跑到船头上去。

并没有谁追出来招呼我。

船慢慢地，慢慢地沿苏堤流去，荷叶刚长出来，还很嫩，因是初长，分外用心，神秘而新鲜，容不得旁人惊扰，很自觉地细意暗展。

新月爬上中天，把黑色的湖照得冷冷亮亮，心意澄明。虫声如繁雨急落，发出它们也不了解的鸣叫。

我曾在西湖徜徉五百年，今天晚上，厌倦它的陌生。是我先厌倦它，抑它先厌倦我？一切都分不清了。我只忆从前的懒散，无法接受今日之忙逼。

当我回过头去，便见素贞与许仙喁喁细诉，她不知预备了什么措词，总之是甜言蜜语，这又不需要本钱，二人交换得密不透风。

自我姊姊的神情，阅读得她之快乐。她从没如此快乐过便是。

她说："你看，这景致多美满，这环境多清幽，只希望好的东西可以永久……"

他说："我一生一世，都待你好，请放心。我许仙永远不会二志……"

如此这般，又谈了一夜。仅仅是回忆，也足够一百年用。船过孤山，许仙指着桥头：

"这是白堤最先的一道桥，叫断桥。"

"这名字不好，"素贞惺惺作态，好像是第一次听到这名字，"本身就像一出悲剧。如果可以改……"

我进了舱，接碴儿：

"我祝你俩不断。桥断有什么相干？"

素贞过来，握着我的手道：

"小青，谢谢你。"

不过一句祝福，引发她感动如斯，我一时之间，也说不上话来。当时，我不是不真心的。无论怎样，她是我姊姊。

要多少的机缘巧合，不相识的男女才可结成夫妇？

当我这样艳羡着时，游目于夜色，无意中见到堤岸上，有个小小的黑点，屹立如山。这个影儿，不知是谁。

他合什。只以目光紧随我们船儿，不动。船儿走远了，他没有动过。

我并无将之放在心上。

这晚过得特别慢。

回去后我送他们一些礼物，我手扶栏杆，脚踏胡梯，上了阁，取下一个布包儿。亲手递与素贞，她打开一看，却是五十两雪花银子。素贞朝我会心一笑。心知那是偷来的。一条蛇的操守会高到哪儿去？

"相公，"素贞对他说，"这银子你尽管取去打点一切，向你姊姊姊夫说项，成就这头亲事。如果不够，再作打算。"

"够了够了。"他把银子藏于袖中，起身告退。去了又再折回，依依眷恋。不得已，又提起忘了取伞，好多看姑娘一阵。终于我把伞塞向他手中。这伞，真是千古妙用的鹊桥。没有伞，哪有故事？——没有借口，哪有再会？一切都是原始而幼稚的，按捺不住的男欢女爱，心有灵犀。真是。把伞撑开，甚至幻见五彩天虹，把他俊脸映照得辉煌。

"得了吧，你回去办好事，明儿再来便是。"我推他一下，"要不，你便莫走。"

他又不敢。迟迟疑疑的，憨气逼人。

结果在小红门口道：

"我明日再来。"

——谁知明日再来的，不是许仙相公。只听得门外一声锣一声鼓，喧嚣嘈杂。一群看热闹的老百姓，指指点点，鬼鬼祟祟。

"姊姊，不好了，发生什么事？"我推窗一看。忽见一名英明神武的粗壮汉子正排众而出，向他底下人喝道：

"就是这儿吗？"

下站的是缉捕使。他向众人喝问：

"谁住在这上面的？"

老百姓纷纷细语，都说："不知。"——原来是一个废宅，什么时候变成白寓呢？公差威风凛凛地又来办什么案呢？很久没大事发生了，一时之间，甚是兴奋，左右忖测。素贞道：

"小青，许是你那五十两银子出事了。往哪儿偷来的？"

"随便一间库房吧，怎么记得清？"

"你看你——"

"姊姊，难道你不明白我是为你好？除开我，谁肯偷银子来让你贴补男人？"

见我义正辞严，素贞也不答话。忽闻得人声鼎沸，那群器宇轩昂的公差也上楼来了。怎么办怎么办……

"里头有人没有？"缉捕使一壁吆喝，一壁推开房门。

他一推开房门，就呆住了。

他见到我。

是的，都是素贞足智多谋，她说："到了危急关头，女人惟有好好利用自己的色相。"

我缓缓地上步，青绫裙子就无意地幻成细碎的轻浪，斜斜睨他一眼，装作不知如何开口。然后我索性不开口了。

像我们这般长舌的蛇，要隐瞒说话能力，原来并不难。我的胆子大起来，因为我的戏演得登样。

这个呆在原地的粗壮汉子，他的职位不低，他见过的场面不少，忽而英雄气短，我十分地得意——哼，许仙并没看得起我，一定有其他的男人看得起我。

这是一个考验吸引力的机会，我要玩这个游戏。

"公差大哥，请问贵姓？"永恒的开场白。

"本人是何立。"

"何大哥为什么在我家楼下吆喝呀？吓得我们姑娘家心儿扑扑跳。"

"是这样的。"这男人把声音放轻点，"日前邵太尉库内平空不见了五十两银子，曾出榜缉捕，今早有一对夫妇到来出首，说是其弟不知如何，获得五十两赃银，为免牵连，带到官府去，我们奉命查案。"

是许仙供出来的？

"那许仙怎么说？"

"他说他对此事一概不知，只道是一位美丽女子相赠。这位姑娘——"

"什么？"我做了个受冤无告的委屈表情，还伸手按按胸口，垂下头来，"你说我是贼？"

眼泪都要淌下来了。

"何大哥，我们身家清白，书香世代，诗礼传家……"

"当然，姑娘如花似玉——"

"谢谢何大哥的赞美。"第一次动用色相，就有这般惑乱人心的成绩，我明白了。

我再施展一下，眼睛望定他，射出一点光彩，这游戏真好玩。"如此，你就别来惊吓我们了。请进来见过我家姑娘。"

踏进门，见一张床，床上挂了帐子，只把里头的人遮盖，影影绰绰。

我道："何大哥，我叫小青。我家姑娘是白素贞。你别粗暴盘问，冤枉好人。姑娘娇生惯养，她会哭的。"

装强大难，扮弱小，简直不费吹灰之力："你们官爷们拔一根毫毛，比我们腰粗，随意问一两句话，事情便过去了。"

掀开了帐子，素贞现身了。何立惊艳，更是魂魄不全。忽然听得——

"大爷你在上面查到什么没有？"

底下人不耐烦了，眼看会接踵而来，事不宜迟，素贞召我过去耳语几句。

素贞又向何立说道：

"请官爷吩咐底下人稍候片刻。"

我出去一转。

回来时，素贞接过布包儿。纤纤素手递予他。何立不知就里。

"何大哥，你接过了，来我这儿有话说。"

"本人奉命查案——"

我牵着他袖角："世人都不外在名利中打滚。你缉捕到贼人，不过立点小功，但这里另有五十两银子，灿白灿白的，你接过去，马上花得快活。只要大哥诸事不提。"

素贞向他微笑："放心花用吧，除开我俩，谁也不晓得。"

我用全身簇拥他，推向门边：

"大哥一定会得交代。说看错了便是。"

看着他会意地下楼去了。

他一定会得交代。

任何一个人，只要他不是窝囊废，也一定会得选择。名是虚幻，利才实在。说金钱万恶的人，只因他没有。

我打发他走了，他又打发底下人走了。

这场官司化作无形。我松了一口气，还好原形没有毕露，否则坏了素贞好事。

但，难道这场游戏中没有牺牲？我心中也有一点委屈，我并没有爱他，这不过是一个各行各路的男人，在色诱之际，难道不必动用精神气力？——我的"得到"是"失去"。银子给了，人走了，他也并没有爱我。想起来，不过是一个莽夫。

素贞换到的，我换不到。然而这许仙，都是这许仙，他竟自保："我一概不知……"

"姊姊，真猜不着许仙竟是那样的人，"我把一腔委屈，都归罪于许仙。"他不应该恩将仇报——"

"他没有！"素贞忙说项，"那是他姊夫做的好事。"

"难道他不会拦阻一下的吗？"

"也许他有。"

"难道他不会帮你讲话吗？"

"也许他有。"

"许仙这厮不是好人。"

"他是。你看，他说一概不知。"

"姊姊，你情迷心窍了，但凡要置身事外，最美满的话就是'一概不知'。"

"这也是人之常情呀。假如换作是你……"

我忙作势一截："永远不会是我。"真是，不管我怎样说，她都不会听我的了，何必多费唇舌？"你听着，我一概不知！"

素贞捉住我的辫子，轻轻朝我颊上一拍。我俩又亲昵地笑起来。

像不久之前，每当她听见我讲一句俏皮语，一时接不上口了，她都会这样地拍我脸颊，很高兴我俩还是旧时一般地热切。

——谁知，门外又来了那男人。

许仙面带愧怍之色，向素贞递上一把扇。

他什么都不提，只轻展扇面。

呀，真是好扇，是异色影花藏香细扇。

"看，我在徐茂之家扇子铺买的，专程买来，希望博得娘子一笑。"

"算了。"素贞也不提。

但我决不放过他。

"许相公，虽姑娘算了，我小青可有话要问。"

素贞忙维护："已经过去了。小青你去泡壶茶出来。"

"不！"我立在原地。

"许相公，"我正色而道，"我要你一句话。如果你怀疑，你不要冒这个险。"

当我说完，素贞也望向许仙，听他回一句话。

"这——这样的，我向姊姊姊夫提出自了亲事，本来是不必教他出钱，他也甚乐意，以为我自攒得些私房，谁知一看银子，姊夫接在手中，翻来覆去，看了上面凿的字号，大叫一声：'不好了！全家都有祸！'……你们想想，姊夫是个怕事之徒，怎不马上拿了银子到官府自首去。官差提我问话，我只道'一概不知'，然后他们追逼之下，方把这宅子供出——"

"你也以为我俩是贼？"

"连官差也查出不是了。"

"在官差未查出之前呢？"我忙问。

"小青，泡壶茶出来。"素贞打发我走。她在我耳畔，带点央求和威胁，我也分不清是央求抑或威胁了。"我的事，你别管。"

我叹一口气。

撮了茶叶，好好一泡。

唐代饮茶十分讲究，陆羽还写过一本《茶经》来精研细品，那时用的是煎煮法，到了本朝，则改为泡饮法了。我泡的茶，自是最极品的好茶，那还是头春龙井呢，摘于清明节前，嫩芽初迸，形似莲心。明前龙井，又称为"莲心"，我把茶端出去。

又听得许仙在道："……我一生一世，都待你好，请放心。我许仙永远不会二志……"

哈，怎的这个男人，起誓成了习惯？我失笑起来。

这茶叫"莲心"，但喝茶的二人，莲也是莲，并蒂的，剔去了苦心。话由他说尽吧，我无话可说了。

一生一世？

人的一生一世，才不过数十年——最慷慨的男人，也不过爱你数十年；何况，"一生一世"那么重的赌注，有谁会全下了？但素贞，她的一生一世或许是无穷无尽的：千年、万年、十万年……？即使许仙付出了一生，他还是以小博大，抛砖引玉。

"相公请喝茶。"素贞被他看得羞涩了，只支使他喝茶，好等他的视线转移。这样地看下去，只怕她要昏了。

素贞也喝茶。心有灵犀的男女，不约而同地，连举杯的姿态都是一致的——他们自己一定不觉。只为旁观者清，我也看得怔住了，爱侣都心心相印，多美满。日子久了，不知如何？一生一世？

他俩又一齐放下茶杯，说着以后的日子。

"相公，此地出了一点事，令我心中不快，想你也体谅，我不想久留于此。"

"你有什么打算？"

"我想到苏州去。"

许仙意外地道："到苏州去？"

难怪他意外。一下子要他离开了亲人，离开了故业，离开了久居之地。不过是一个平凡人，怎禁得起变易——何况，不是我刻薄，他有啥能耐另起炉灶？

许仙也算有骨气：

"我许仙虽穷，但也有养家活口的责任，清茶淡饭三餐不忧。娘子要是眷爱，我俩何不在此扎根。"

因他这样的一番话，我对他又改观了三分。别看他文质彬彬弱质纤纤，也不似个爱捡便宜的。

素贞比我聪明，且中间又牵涉到爱情，她高兴他这样说。

"相公请听我的，"素贞婉言，"我自小倒有点医事上之识见，会得治病开方。要开药店，一来此地全是你熟人，恐生嫉妒；二来，苏州离此不远，你在该处立业兴家，也好让姊姊姊夫另眼相看……"

她还未说下去，我便代言："三来，姑娘有近亲在苏州正有一药店出顶，现成的店子。"

素贞欢喜地朝我点点头。我俩同一阵线了。她很安慰。

许仙还有什么好顾虑呢？今天他送来了一把扇，对了，是异色影花藏香细扇。因这扇，把情焰扇起。

许仙又不走了。

每个男人最终目的都是"不走"，只看他支撑到什么地步。每个女人最终目的都是男人"不走"，只看她矜持到什么地步。

我只好走了。

一直以来，她身畔是我，我身畔是她。同吃同睡，连洗澡都在一起，但此后，我要把这位置让出来了。

庭院深深，露湿霜重，我在二人世界以外，见他俩携手共入纱橱。素贞放出迷人声态，颠鸾倒凤。一条蛇，如何令得男人快乐，我明白了。

一个女子，无论长得多美丽，前途多灿烂，要不成了皇后，要不成了名妓，要不成了一个才气横溢的词人——像刚死了不久的李清照……她们的一生都不太快乐。不比一个平凡的女子快乐：只成了人妻，却不必承担命运上诡秘与凄艳的煎熬。

素贞依依送许仙出门，着他回家打点一切，好辞行往苏州。

我在二人身后，不是不羡慕。但我比素贞多了一重冷静——素贞心底莫非也有隐忧？他可以一去不回，要是他不回来，素贞怎奈他何？天下女子都要吃这个暗亏。要是他回来，谁保他天天都深情若此？

是的，送的时候甚是忐忑：

"相公记得……"

幸好结果是在拱宸桥边，上了一条船，三人顺风，抵达苏州。

谁知刚抵苏州，此地已有暴雨成灾。

大雨狂下三天，汇成巨流，发出激昂雄伟的雷鸣，大水滔滔，石子皆碎裂。

它又如伸着长腿，一蹬蹬到天涯。大水混着泥屑、砂石，向人间直灌。

屋子冲塌了，庄稼浸坏了。水深及膝，上面浮着猫狗和婴儿的尸体，发胀发臭。

病人和伤者躺在大木盆上，急急延医，但失救的太多了。

瘟疫蔓延。

老百姓染上了，全身都起红斑，还发热发冷。

我们的药店置在观前街，号"保和堂"。

店共三进。一进看病处方，一进作药栈，一进作住家。

市中瘟疫盛了，保和堂门限为穿，好像是惟一的生机。

素贞调了一缸药水，分发予各病人服用，轻的即愈，重的病况减轻。因她与瘟疫的力战，使她名声更上层楼。因素贞的能干，连带许仙也门楣焕彩。

锣鼓声由远而近，一面书了"妙手回春"的横匾簪着红花，给送至药店外，停在"贫病施药，不取分文"的牌子下，看病的群众前。

送礼的人排众而出。

"我家夫人说，送予白郎中留念！"

大伙在夸耀：

"郎中又漂亮，药又神！"

是的，闻风而至者日增，有病的来看病，没病的来看人。歌功颂德，永志不忘。

素贞渐渐地，成为杏花烟雨苏州观前街上一位贤慧女强人。

每个人都喜欢她。

她更忙碌了。

许仙自是沾光不少。

他回头望她一下，只能在群众中间，情不自禁地抚抚她的手，牵牵她的衣袖。

素贞体谅地一笑。她用手擦擦额角的汗。依然美丽，但变得凡俗了点，药在炉中发出蒸汽氤氲。

许仙忽地端详了好一阵。她娇嗔：

"怎么了？"

"奇怪，"他道，"你从前没有汗的！"

他用指头点点她的汗滴，送到嘴唇。背人打情骂俏。无意地：

"凉的？"

我看见素贞即时脸色一变——她不是人！她的血凉！

但许仙径往柜台撮药去，非常满足安分的样子。

某一夜，他体贴地为素贞盖好薄被，蹑手蹑足出来关窗户。

我看见他，向着月明星稀的夜空，忍不住暗暗得意地笑了。

一个一无所有的人，一下子什么都有了。

是的，是她先爱上了他。他心里明白。一见他这副表情，我自以小人之心，度君子之腹。在这样的因缘里，谁先爱上谁，谁便先输了一仗。他太明白了。他也爱她。但比起来，他那么平凡，她竟毫无条件送上了一切。

他除了给她温柔体贴之外，还给得上啥？也只好如此。难怪他踌躇满志得意洋洋——但，男人都有难以容忍之处。

渐渐地，许仙便有风言风语可听。

"说是连人带店一并送上的。"

"女人能干，是男的'光荣'吧？"

"哈！我亦希望得女人提携。"

寄人篱下的日子，过十天半月倒也没有什么，但长此以往，便难过起来。

一般的老百姓，都是长日寂寥，无所事事，甚是希冀有些嚼舌的根由，搬弄他人是非。毫无目的地伤了别人的心，顺理成章巩固了自己一家人的融洽——饭后培养感情，最好是互相贡献这家那家的短长，交换了心得，便有感于自身实是幸福。

许仙成为左邻右里不大看得起的男人。

他憋不住：

"娘子，我想，如果你太累了，不若暂时休止，免致自己也积劳成疾。"

"那日中便太闲了。"

"你可以设计三餐菜式，剪裁四季衣裳，这些也足够你忙的了。"

"相公，我这一身本事，岂不丢荒了？"

他握住她的手抱怨：

"娘子眼中只有病人，但病人好了，便不回头，有听过病人与郎中长相厮守的么？"

素贞决意好好向他献媚，把贤慧女强人的外衣脱去，变成柔情万缕的妻，依偎着男人。降低身份，诸般抚慰：

"相公，我是你手底下的一名雇员，请你勿把小妻子辞退。"

许仙见状，便扶素贞共坐："妻子一职，还没辞退二字可言。除非你死了，除非我死了……"——最后许仙依旧饰演他小丈夫的角色。

人人的妻子都"敢谓素娴中馈事，也曾供读内则篇"。她们致力于三餐菜式、四季衣裳，就终此一生。如果丈夫心有外骛，她们更觉时间不敷使用，要拨一点出来悲哀——但，这何尝是妖精的生涯？

妖精要的是缠绵。

她要他把一生的精血都双手奉上。她控制了他的神魂身心。她一手提拔，一手兜托，他是她的。

有时，我也向素贞探问一下：

"许仙好不好？"

"当然好！"她说。

"男人有什么好？"

"——怎么说呢？对了，那是叫人软弱无能、万念俱灰的快乐……你不要问了，说了，你也不明白。"

素贞骄傲地道。她觉得比我优胜的，除出多了五百年道行外，还有她已经拥有一个男人。

她见我像孩子等待糖果的神情，等待她告诉我她的快乐，更是难掩跋扈。甚至有一点儿轻视——别怪我多心。她从前待我那么好，在湿冷的洞穴中，我们自彼此得到暖和，直至春到人间。

自从她与许仙成了眷属，我原想不怀念，又不可以；原想不探问，又忍不住。

我提出一个天真的要求：

"一场姊妹，把他让给我一天好不好？"

"哈！"她失笑，"开什么玩笑？"

"好不好嘛？只一天？"

她一直把我当作低能儿。她不再关注我的"成长"和欠缺。她以为我仍然是西湖桥下一条混沌初开的蛇。但，我渐渐地，渐渐地心头动荡。

幸好她没时间去知道。

她的一颗心全放在许仙身上。见他人言可畏，闷闷不乐，不无歉疚。

她不要看男人的苦脸。笑，买不到，便制造。

素贞最是善解人意了。

一见形势不妙，急作诸般补偿。好不容易赢得一个男人，万不能大意失荆州。

素贞安排虎丘之游。

我们来了苏州，置业安居，还没好好瞧上一眼。只知城内河道，南北方向的有七条，东西方向的有十四条，一街一河，居民店铺，大都前门临街，后门临河建筑。粉墙照影，蠡窗映水。水巷中舟楫如梭，我们由小船载过海涌桥。

"相公，"素贞近乎取悦，"你可知虎丘如何得名？"

"据说是丘如蹲虎，所以叫做虎丘。"

"不呢，"她说，"千年以前吴王阖闾埋葬于此，三天后，白虎踞其上。等一阵，我们便可到主景，见一盘石如削，名千人石，便是吴王筑墓，恐机密外泄，将千名工匠骗上此石杀人灭口，血溅岩石，故呈赭色。"

许仙听得衷诚悦服："娘子真是有研究。"

——他怎知道，这根本是素贞的"经历"，而非"研究"。她什么没见过？

我忍俊。三人进大门，过桥过山，经憨憨泉，试剑石，到了真娘墓。

真娘倒为我所知。她才不过是唐代人，于我知识范围之内。她是一位名妓，不知道为了什么，自缢而亡，且葬于此，墓上遍植花卉，号称"花冢"——谁知她为什么而死？我忽然记得，在西湖，不是有苏小小的墓吗？看来这两座女人的墓，也是齐名。

过真娘墓，绕千人石右行，登五十三参，向东至小吴轩，轩前有望苏石，登台眺望，隐约可见苏州全貌。左边，便是虎丘剑池。"剑池"二字，乃前朝书法家颜真卿所书。

许仙着我等坐下歇息，取出一个小包。

他要素贞猜，小包中的是什么。

这种幼稚的玩意，只能欺哄那些长日在家中刺绣，倚闾望夫的女子吧。素贞一眼便看透，还猜呢？

难得她肯纡尊降贵，跟他来这玩意儿。真猜起来了。

"是……糕点。枣泥糕？"

"不。"许仙摇头。

"——糖？"

"什么糖？"

"啊我猜对了！"素贞雀跃起来，"什么糖？松子糖？胡桃糖？花生糖？"

她猜的时候，一双明眸就如含糖地笑。轻锁着眉，细抿着嘴。专心致意地猜，好像这是她最伟大的基业。猜不中，再悉力以赴，好令对面的许仙狡狡一笑，头摇了又摇，洋洋自得。女人猜不中他手中的是啥，他很开心。太开心了：女人处于下风呀。

51

唉，这种场面我甚是不耐，终于忍不住，眼珠儿骨碌一转，又叉了腰，横在许仙身前，我了如指掌地说：

"相公手中的是粽子糖，我一早已知。"

素贞见我坏了她的好戏，瞪我一眼。对不起啊，我怎能够由明知假装作无知呢？聪明的女人晓得在适当的一刻装笨——但这是多么地费力。我不知道何时是适当的一刻，我不够聪明。

我遂继续不可一世："这粽子糖由玫瑰花、九支梅、绵白糖配成，造得粽子形状。又酥又松，包含甜、咸、酸各种味道。对不对？"

许仙见已真相大白，没奈何，半气半笑地拍我的头，捏我的面，说：

"小青，我拿你没法。你太聪明了！哎！咬我？"

不知是因我过早揭盅，抑是许仙无意的举止。素贞木然："时候不早了，回去吧。"

第二天，我很烦闷，无端地睡了一觉，突然醒来，发觉才不过午后。

汗濡黏腻地，我步进药栈，踏上台阶。

药栈是青石板地。在这另一个初夏时分，青石板更青，看上去也阴凉阴凉的。

我嗅到一片干的、羞怯的药香。

许仙背着我，打开其中一个乌木抽屉。那整幢的药柜，便是由无数小小的小小的黑格构成，各自藏着植物的尸体，永生永世不会腐化作尘泥，植物比人高明多了。

他撮了一些不知是什么的草药，一丁点一丁点地堆放在龙飞凤舞的药方之旁。

颜色昏昏沉沉，味道浮浮荡荡。

药的芳香，人的病……

一刹那间，魂儿缥缈四散。

他拈起一个蝉蜕，忽而抬头见到我。

许仙浅浅一笑，又低头专注撮药去。

见他垂眼的侧影，缥缈四散的魂儿，再也拾掇不全。

我上前，倚在柜台上，趁他不觉，痛快地看他。

"小青，"他无意地又抬头，"吃过中饭没有？"

"没有。我不想吃。"

"嗳，天气开始热了。"他说。然后他伸手把我黏腻在颈间的一小撮发丝拈开："去洗脸吧，帮帮娘子的忙。不然她便生气。"

"我很闷。"

"快去，别孩子气。今天病人很多。"

"我不是孩子！我很闷。我帮你撮药。"

我挤进柜台里去。挤进去。

"小青！"素贞唤。

总是这样，素贞不动声色地唤我。已经有三次。

我只好离开药栈，离开了那清清凉凉的青石板地。

挤进来难，要离开，一钻就钻出去了。

但我不乐意去帮她的忙。天天地治病处方，见到的尽是苦楚人脸，不快呻吟。

素贞权威地处理人间疾苦，从来不肯失手。她一天比一天更像人，更像"女人"了。脚踏实地，谨慎持家。每逢年节，又过得头头是道，皆大欢喜，赢尽亲疏远近的人心。

自她脱离魅艳的西湖夜月后，也就堕入尘网，真的，多像一个"女人"。

我还不是一个"女人"。

我有不可思议的不安定。

每当这不安定的情绪细啮心胸时，我难过得要在小小庭园中扭动身躯乱舞，来回发泄，我实在直立得太累了。

记得从前日子的逍遥，我没想过在药店中度过此生。为了什么？为了什么？我放任地乱舞着。旋身，裙裾轻掠花草，仰面迎着阳光——我没想过……

泪流下来，不可自抑。

不知过了多久，也不知乱舞了几回。我转身，见到一个男人。是的，他是此生第一个唤我名字的男人。

站得那么近，他看着我。我的不安定。

亭亭的树壁立，阳光令它斑驳留痕。仿佛很久了，但也过得太快了。多么地危险和可怕——他明白了吗？

竹树的手指在轻轻画画，花草禁不住慌张。一切都变得异样，庭园忽地围困了不相干的两个人。

我望着许仙，带着难以形容的似是而非的笑容："只相公'一个人'？多好！"

"你跳得很不错呀。"他推卸地道，"——我不知道你会跳舞。"

"哪是舞？我只是乱动。"

"对。舞有舞的规矩吧。"

我猛地坐在树荫下，仰起面：

"我不喜欢规矩。最讨厌了：应该这样，不应该那样。"

我拍拍身边的位置，让他也坐下来。非把这辰光好生擒获：

"相公记得我们初次见面吗？"

"记得……不过也有一段日子了。"

"那天你穿的是什么衣服？"

他还没答，我已不怀好意，挑衅地说：

"我记得！你一身的蓝衣，拎了一把好伞，伞是紫竹柄。"

眼看他不知所措，我心如平原跑马，易放难收；身如棋盘走卒，只进不退：

"但，相公一定不记得我穿的什么衣服。你眼中并没有我。真奇怪，同一地点、同一时间呢。你记得吗？"

我鼓起勇气，讲了这些不着边际的，身外之物的话，眼看许仙不堪一击——他就像我听来的传说中，那一座飞来峰。一会儿飞到东，一会儿飞到西，他的心，啊是的，忽然无落脚之处，不知留在东，抑或留在西。

"其实像小青那么漂亮，应找得如意郎君。"

"真高兴你夸我漂亮——即使是假的。"

"我不会说谎。"

我用急躁而诡异的眼神望定他。贴近他。

"你！有没有喜欢过我？"

喘息相闻。

"一点点？有没有？"

你们见过一头猫，捕得耗子后，不马上杀之，总是松一阵紧一阵地处理吗？其中不无凌虐的成分。横竖你躲不过。怎么躲，明天一大早，大家又再面面相觑。

他吓了一跳，心有点乱。

我送他一颗葡萄——不，我用嘴衔着一颗葡萄递给他的嘴。

他惊魂未定，骨碌一下把它吞掉了。

"咦？你连核也吞下肚中？"

我伸手，顺着他的脸，他的眼睛、鼻子、嘴巴、耳洞……

"以后，这里、这里、这里……都会长出树苗来——"

他任由我的手游走。

在这纷乱而昏热的下午。

我不希冀任何答案。

姊姊的脚步声忽自另一进传来，一壁唤：

"小青怎的还不来？"

我长虫过篱笆，有空子就钻。

千万别露出了马脚。

素贞出来，见只有许仙一人呆坐在此，一地的葡萄。便道："半天不见小青，不知又皮到哪儿玩乐去了。"

"我……也半天不见她了。"——许仙讲这话时，我暗自地开心，他终于肯为了我，向素贞说谎。这对一个老实的男人是难的，他也表现得不好，幸而素贞不察。素贞如何猜想得到，他的脸红不是因为初夏的太阳，而是因为初夏的不忠？

"真的？"

"真的！"许仙心虚，更显得不济。

"你怎的一脸细汗？"她给他抹汗。爱怜地。顺便一脚踩烂了几颗葡萄。

"天气热了。"

把一切都推到天气上去。

"是呀，"素贞浏览四周，"都四月了，天气热得快。"

"对了，过两天是吕祖圣诞，我打算到庙里烧香，你也一同去吧？"

素贞一想："不去了，求医的人太多，走不开——你，不若与小青同去？"

说完望定他，看他如何回话。

"不了，我自己走一遭，快去快回便是。"

晚上，我们吃饭时，素贞又向我提出了："小青陪相公往吕祖庙烧香吧？"

我别过头去。她知道多少？觑得一个空档，向素贞道："姊姊忘记了那小汤圆？都是那吕洞宾，把我俩搅弄得进退两难，还要拜他？"

——其实只是我的难，进退两难。

素贞失笑："说起来，我还要感谢他呢！否则我倒不晓得，有这动人的七情六欲。"

在许仙面前，又故意说："相公烧香时，可要特别地虔诚。祈求我俩白头偕老，白发齐眉。小青，你瞧'我相公'，连脖子都红了！"

吕祖圣诞那天，许仙自个烧香去。

他去了半天，回来时，不住叙述庙外的热闹："有说书的，看相的，卖药的，也有喷火的……"

他从没讲过这大量的话，我看着很奇怪。

素贞对我悄道：

"你有没有发觉，相公神色有异？"

"他话多了。"

"一个不多话的人，忽然要借讲话来掩饰紧张，我看一定有点原因。"

我不知道是什么原因，但愿这"原因"不是我。心里有鬼，连自己也不安起来。

晚饭后，许仙又托辞疲倦，入房良久，出来时，倒了杯清水，取出一道符，化了撒在水中，递给素贞：

"娘子，这是今天求得的结缘符，你喝了吧！"

他的手抖起来。

素贞见状，若无其事，取过一口气喝掉了。还表示感谢：

"相公一片诚心，我怎敢拂逆？"喝光了符水，把杯子反过来，滴滴不余。

许仙目瞪口呆片刻，见一切安然，方才大大吁出一口气。脸色也和缓了。素贞又随意问：

"这符可是吕祖庙中求得的？"

"才不呢——"

许仙一时放宽了心，解除警觉，忘记了他不可告人的秘密。

"谁给你的？"

"……"

"相公有事相瞒？"

"没有——"

我见他分明满腹疑团，怎肯掉以轻心，遂也一同追问：

"这符，可是用来对付我姊姊的？到底从何而来？快说！"

"相公，你我夫妻一场，竟还有事放于心中，真令人失望。"

素贞的失望，倒不是装出来的。

许仙马上自疚了。于是和盘托出：

他今日绕廊下各处殿上观看一遭，方出寺来，见一个天师，穿着道袍，负雌雄宝剑，头戴逍遥巾，腰系黄丝绦，脚着熟麻鞋，坐在寺前卖药，散施药水，见许仙道："贫道是终南山张天师，见相公头上一道黑气，必有妖精相缠。我予你二道灵符，救你性命。"许仙说完，忙把头巾一揭，原来他发中也藏有一道符，用以保身，看来是刚才于房中安置。另有一道，便已化于清水，诓素贞喝了。

他嘻嘻一笑：

"那天师还说娘子是妖，一旦喝了符水，便会化为原形，我边看你喝，边担足了心。"

"你怀疑我是妖精？"

"不不，我虚应一下而已。"

"你怀疑我是妖精？"

"娘子，这天师胡涂，我们不再说他了，好吗？"

"相公，你没有答我。"

"——管他灵不灵？他又不要钱。他让我试一试，又有何妨？"许仙嗫嚅地说，"娘子既不是妖精，就当是一场玩笑吧？"

素贞正色："如果你真信任我，就不该开这场玩笑！"她说的时候，语音透了一丝悲哀。许仙俯首。

素贞恨恨："堂堂男子汉，竟然耳朵软心思乱，禁不得旁人唆摆，就连妻子都不相信了。我对你的好，比不上陌生人三言两语。"

许仙忙作揖认错，赔着笑脸："是我胡涂，听信谗言，请娘子见谅！"——容易受到离间的，就不是真爱。忽然之间，我同情起素贞来。

正是人不犯我，我不犯人。如今被一个道行奇低的天师书符相试，把相公说得心神不定，真是岂有此理。

我与素贞，同仇敌忾，联袂蹿至吕祖庙前，找他算账。

只见一簇人团团围住那厮，正在书符散药，素贞蛇眼圆睁，凛立眼前，喝道：

"你好无礼！枉在我夫面前说我是妖，书符来捉我！"

对方犹强硬支撑到底：

"我行的是五雷天心正法，凡有妖精，吃了我的符，即现出真形来。"

素贞面对群众："你且书符来我吃着。"

他递来，素贞接过，便吞下去。我恃着功力不浅，也抢过一道来吞。嘿嘿，"现出真形"？真是衣角扫死人，好大威风。凭这走江湖的两下子，敢太岁头上动土？

我俩还故意现出头上的一股白气和青气，好叫他屈辱至死——是妖又如何？你有能耐收得住？

群众抱着看热闹的心情，袖手观火，谁知不过尔尔，没啥看头，丝毫不吸引，便嚷道：

"这是我们苏州一等一的郎中，远近驰名，如何说是妖精？"

天师被骂得张口瞪眼，半晌无言，惶恐满面。

我落井下石："说不定他本身是妖，妒忌保和堂广得民心，一意来破坏！"

哗，煽得群情汹涌，嚣喧鼎沸，他脸色青红皂白不分。转身便跑。

我岂肯放过？

追及天师，大喝一声，他悬空而起，被我驾风挟持，动弹不得，只好任从摆布。

他一路地哀求："姑奶奶高抬贵手，放过我吧！……"

"你说，谁是妖来着？"

"姑奶奶是人，我是妖！"这种没骨气的天师，大难临头，叫他唤我一声娘也愿意，真是败类，连尊严都出卖。

我佯怒道："你既是妖，那雌雄宝剑拿来，免你四出为害人间。"

因见宝剑非凡，起了贪念，夺过来再说。

他也就讨价还价：

"宝剑予姑奶奶，好歹放过小的一回。"

好，得些好意须回手，我把他弄到一个古塔顶。他抬头四顾，不知身在何方。

我道："这是云南，你在这里落脚，永远不准到苏州去！"

他无奈只好道谢。

如同上回在杭州，那个瞎眼的道士一样，这些无聊的人，一个一个，看不得人家活得欢快，多管闲事，不自量力，真是罪过。

看，一个一个，还不是让我给收拾了？

胡闹了一天，也好，赢回一双雌雄宝剑，与我姊姊分赃去。

晚上，我俩沐浴濯发，把今天的战迹重申。头发很长，用梳子梳好，垂垂曳曳，到院子乘凉风干。

拆散流云髻，去掉金玉钗，我俩十分原始地平等了——就像当年，两条光秃秃的蛇，不沾人间习俗风尘，身是身，发是发，一般的面貌。

我们携手对付同一的敌人。

我们携手庆祝轻易的胜利。

晚风轻悠，黑发缥缈。素贞叹道："用尽千方百计，仍然稳不住他的心。"她说："一有点风吹草动，我就心惊胆跳。他太容易被人牵着鼻子走了。小青，你说是吗？"

她目光停驻在我眼睛上。

她知道多少？

她知道多少？

——或是，他说了多少？共枕的夫妻，他对她说过吗？些微的暗示，潜藏的得意。告诉了她，便是戴罪立功——但，他不会说的，他如果有说的勇气，就有要的勇气。他是一个连幻想也发抖的人。

素贞目不转睛。"也许我猜错！"她道，"我越来越像人了，真差劲。小青——那天，你俩聊什么来着？"

"不要转弯抹角了，姊姊，我不会的，我起誓。"

月亮晶莹而冷漠地窥照我俩，话里虚虚实实，曲曲折折。它一定心底嘲弄，为了什么，就大家揣摸不定？

水银泻在我俩身上，黑发烁了森森的光，干了，便脉络分明。世情也不过如此。

对着素贞说：

"今夜月色好，我起誓，请姊姊听明白了：我不会的！"就因为我不肯定，故起誓时，表情是极度肯定的。

素贞道："小青，别对月亮起誓。"

"你不信？"

她冷笑：

"对什么起誓都好。但月亮，它太多变了——它每隔十天，换一个样儿。"

她步步进逼了。一寸一寸地，叫我心念急速乱转。

"姊姊，我是为了试探。"我终于找到借口，"我试一试他，如果他并不专情，我会马上告诉你，好叫你死心。"

"谁要你狗拿耗子来了？"

"我可是一片好心——他若是不爱你，爱了我，我便替你报复。"

"谁用你替我报复？"

二人反反复复地说，尔虞我诈。大家都不明白对方想说什么。

一件简单的事，错综复杂起来，到了最后，我俩都蠢了。语无伦次。

"姊姊，许仙并不好。"

"怎么说这种连你自己都不相信的话？"

——对了，水落石出！

她爱他，我也爱他。即使他并不好，但我俩没遇上更好的。

这是一条死巷。

二人披了发，静静地，静静地沉思。思维纠结，又似空白。我们都在努力装出一副沉思的样儿，其实，只是一种姿态，因为再也找不到话题了。又不能逃回屋子去——头发尚未干透，是一种半郁闷的湿。远远地看过来，我俩莫非也像半夜寻不到故居的孤魂野鬼？

思前想后，心比絮乱。

素贞过来，把我紧紧搂缠住。

那么紧，喘不过气来。

我的回报也是一样。

——如果这不是因为爱，便是恨，反正都差不多。

她换了腔调：

"小青，人间的规矩，是从一而终，你还是另外挑一个自己喜欢的——"又补充："一个身边没有女人的男人吧。"

不容分说。

"小青，你是我的好妹妹，"她半逼半哄，"你比他高明，放过他吧！"

啊，原来她要讲的，是这句话。

她一口咬定，是我不放过他了。

她真傻——爱情是互不放过的。

在这危急关头，我稍一转念，松懈下来，忍不住说句笑话："姊姊，你也比我高明，不若你放过我吧？"

这不过一句笑话。谁知素贞听得勃然大怒，她奋力推开我。我一个踉跄，不知跌到什么地方去，也许跌在龙潭虎穴中，再也爬不起来了。

毫无心理准备，快如电光石火，她拼尽全力，狠狠地打了我一记，不可抵挡，我竟就势翻了半个身子。

我的脸色变青，青得和我的身体一样，成了一层保护色。

事情变化得太快。我没有任何反应——简直不明白，做什么反应才是适当的。

素贞愤怒难遏，七窍冒出烟来，把一列的竹篱扫倒，欹斜歪跌，颤抖乱舞。花花草草，一回又一回地惶恐，莫名其妙。无情的暴力，叫假石山隅一个青花瓷金鱼缸也轰然爆裂，几尾无辜的金鱼，一些残留在半壁缸中，一些已魂飞魄散地溅到碎石地面上，突如其来的震动，面对生死关头。

万物流离失所。

二人对峙着。我是一条蓄锐待发的蛇,全身紧张,偏又隐忍不发,将一切恩怨网罗在见不着的心底下,孤凄屏息,独守一隅,若见势色不对,伺机发难。

她打！她从来都没如此凶狠地对付我！她自牙缝迸出:"我不会放过你的！"忽闻窗户咿呀一响,吓了二人一跳。

许仙凭窗轻问:

"什么事?"

不可以僵持下去了。

我俩匆匆换个笑脸。真是灵犀暗通,当然,就凭这数百年的交情,谁不晓得对方的心意?当下,没事人一般,素贞答:

"是碰掉一缸金鱼。"

许仙翩翩下楼。问:

"谁不小心?"

"不是我。"我恢复活泼,故意地卸责。

"是小青！"素贞瞅我一下,"她粗心大意。做了还不认。认不认?"

我嘟起了嘴,装成无从抵赖:"还不帮忙收拾残局?"

三个人,各展所长,各自救活一尾金鱼,以观后效。

有些短命的,不堪意外,早已丧生。有些在濒死之际,明知过了此刻,过不了下一刻,竟十分努力地挣扎,像人的心跳:扑、扑、扑、扑、扑……特别地努力。

千万要活下去。活不下去,要死得慢一点。

几缕淡云,浮浮飞过月亮的身畔,像中断,却又迤逦。末了想盖过月色,苦无良策,月亮还是透射出来,人寰处处有争执,总是纷纭难解。

许仙问:"头发干了吧?小心招了风。"

不知是问她,还是问我。从前一定是问她,但如今也许是问我。如今不同了,我们都不一样了。

许仙轮廓澄明,眉目秀逸,眼中永远有流泻不出来的、迷茫的眷顾,不知投放在哪里好——我想,他是在问我。

"快干了,"素贞一马当先答了,不容有失,"都是小青顽皮,追追打打,弄得一片胡混。来,一起把汗冲一冲吧。相公,你先回房,我随后就来。"

许仙走后,我俩笑靥一敛。敌不动,我不动。

时间一点一滴地过去了。难过也得过。她从没打过我,只为了一个男人;她从没这样地为难,只为了一个男人。

她道:

"……"

"小青,你……回西湖去吧。"

"你回去吧!"

她讲的话,自己莫不也十分惊诧。我听了,一跤跌到万丈深渊,一直地堕落,一直地堕落,足不到地。

她要我走!

我是一个做错事的孩子,得不到原谅。她要我走。整个世界都离我而去,流云一般,最后只剩下我,人人都走了,不,人人都在,我走了。

我突然极度地孤寂。回到西湖底下?独个儿?朝朝暮暮?不,我已经野了,不再是一条甘心修炼的蛇,我已经不安于室。

也许世上本来没有我,是先有素贞,素贞把我种出来,她不要我,我便枯萎。

"我不走,姊姊,要走二人一起走。"

"谁说我要走？"

"我独个儿回去干什么好？"

"你在这儿又干什么好？"

"我什么都不干！我在你跟前，在你身后，胜过西湖岁月。亿万斯年，自言自语，你明知这种日子……"

"是你自己要留下的，"素贞像一个神，无上的权威，"小青，我待你不薄。你要留，我让你留。但，许仙是我的。"

运蹇时乖，我垂头丧气。

——如果有别的选择，我一定不肯如此屈辱！

"好了，来把汗冲一冲吧。"她说。她赢了。

一到五月，地气上腾，人间就像个蒸笼，把我们折磨得五内俱焚。我天天咒诅太阳，因为苦热，比相思更难熬。是的，生理上的劫数，往往比心理上的更为直接。

贴近端阳，我长日恹恹。在严寒日子，需要冬眠，一壁吃饭也一壁盹着了。天气一热，亦要大睡一顿。自恨无力胜天。

素贞好一点，昏昏然，亦可强自抖擞。

许仙熏香割艾，张悬菖蒲符箓。见我俩懒懒地包粽子应节，也来张罗一阵。我见他来，趁机地跑开了。

刚至门前，忽见一个和尚。

他似在寻人，也似已久候。

细察，唔——曾经见过。

仍是皂色葛布单衫，外披袈裟，手中持一根红漆禅杖。看他眼神凌厉，印象至深，是眉间额上那若隐若现的金刚额珠，对了，就是他！

他来干什么？

我吃了一惊，感觉不祥。

他在门边站定，我闪身一躲，决不露相，看他来意若何？

许仙出来，见和尚，道是化缘，正想给他银子檀香聊作打发，谁知他一概不要。

许仙奇怪：

"师父有何指教？"

和尚目光一扫，望定许仙，微微一笑：

"贫僧原是镇江金山寺法海，生有慧根，替天行道。云游人间，见苏州妖气冲天，心生疑窦，追踪至此，一寻之下，原来自施主家中所生。"

许仙愕然："怎么会？"

法海问："施主最近有什么奇怪的事儿发生过吗？"他对许仙目不转睛。

"没什么奇怪。我贤妻持家有道，业务蒸蒸日上，快到端阳，还预备应节酒食，何来妖气？"

"你娘子可美？"

"美！"

"这就是了。"

"长得美也是妖？"

"有人向你提过她是妖没有？"

许仙沉吟："这倒是有，不过是信口雌黄，已被娘子识破。道士天师皆落荒而逃。"

"道行浅，难免为妖所乘。"和尚胸有成竹，我暗叫不妙。

"师父说她是妖，是什么妖？"

"千年白蛇精。"

"她还有个妹妹。"许仙没忘记我呀。

"不错，那是青蛇，也有五百年道行。施主请细细思量，你们相识交往，以至今日，是否处处透着奇诡？"

"——即使是妖，"许仙动摇了，"对我这般好，也没得说了。"

"这正是她厉害之处，"法海道，"她对你好，惑以美色，你不防范，末了她施展法力，你一生精血，就此化为乌有。"

许仙面露惊疑之色，张口结舌："是，没理由那么好。"看来他又要听从那秃贼的诡计，不，我竖起耳朵。

法海教他："明日是五月初五端阳佳节，午时三刻，阳光至盛，蛇精纵道行高深，也是惴惴难宁，你要劝饮三杯雄黄酒，定必有奇景可看。"

"如果是妖，我怎办？"许仙忙为自己图后计。

法海朝他似笑非笑地道：

"菩提本无树，明镜亦非台，本来无一物，何处惹尘埃！"

转身离去。剩许仙一人，半信半疑。

我见秃贼扬长而去，心底悠悠忽忽，千回百转。他是要素贞现出原形了。

雄黄酒？一听见这三个字，我已一阵恶心昏晕，还要灌下肚中？

这简直要我的命。

但素贞？她也许不怕，她一定拼尽全力以赴。她爱这个男人，不肯让他日夕思疑。素贞会抛尽一片心，换得他信任。过了这一关，她便守得云开见月明，地老天荒去了。

多重要的一关。

一念至此，自个儿阴险地一笑，有所决定。

我就把法海与许仙的合谋先告知素贞，从旁观察她的反应。只见她坐在那儿，心事重重。她一定也明白这一关的重要性，所以像个赌徒一样，只有孤注，掷抑不掷？

我便说："姊姊，地气蒸沤，直涌心头，几乎要把我熔掉了，我还是避一避。"

见她不动。我又劝:

"到后山深洞处躲半天吧,何必为难自己?我真怕,要是一不小心,便无所遁形了。"

素贞还在犹豫:"我有一千年道行,大概还顶得住,你自己去吧。"

我施以刺激:

"话不是这样说,万一你迷糊起来,难以控制,便前功尽废。一千年来,你都避过这盛暑骄阳,你试过挺身与天地抗衡吗?你有这本领吗?你有这经验吗?"说个不了,还作关怀之态:"姊姊我是为你好。万不能为了博相公宽心,与自然斗争,也许你会输。如果我是你,便失踪半天,烦恼皆因强出头,三思呀。"

见我把她贬抑得不济,更激发万丈雄心,非把那雄黄酒尝一尝不可。她说:"你放心去吧,我自有道理。"

我火上加油:"万一见势不对,便也逃到后山来。"又说:"唉,我真为你担心!"

素贞道:

"得了,你走吧。"

我回头:"我走了。保重。雄黄酒可免则免,你不喝,他也没奈何。若被他知道你是妖,他一定不再爱你!"

"快走吧,真是!"素贞不愿我继续这不中听的话。

我转身一闪,闪到后院去。

——但在躲进深洞之前,先进行我的阴谋。

我怎么会忘记,某一天,素贞曾经用那样凶暴的态度来对待姊妹情谊?我怎么会忘记,她曾经赶我走?桩桩件件,都只因为我们无可避免地,互相嫉妒起来。

女子由来心眼浅,她容不得我,难道我忍受得她年年月月,两相依恋，置我于万劫不复之境？

一杯羹，难以两分尝。

是我的不对，也是她的不对。

他们都看不起我。

但是，我得不到的，你永远休想得到！不若一拍两散。

走吧，一起走吧，回西湖去。

回到天涯海角，眨眨眼，百年过去了，原来什么都没发生过，什么大起大跌，什么爱恨纷争，全都没了，我们没认识过许仙，甚至没离开过那方寸地。

——只要他俩分了。

当下潜至素贞房中，见她枕下的蛇皮，折叠整齐，我取过七根绣花针。窗外热风过处，忽见影绰幽摇，我心术不正，难免疑神疑鬼，马上闪过帘后。

不是。看来无人路过，只是我的阴影。

我心中的阴影跑到我身后，来冷观所进行的勾当。

我豁出去了。谁管结局呢？结局在我预料之中——

我就是那针，我的心眼，比针眼更小。但，我比针更尖利。

小心翼翼地，将七根绣花针，一一扎进灿白蛇皮的七寸处，因囿不可动弹。

试一试，没有差池，肯定奏效。

这便是素贞的枷锁。

一切，都只为风月情浓，逼令我出此辣手。势不两立。

布置一切，正欲窜至后山避难去。濒行，还听得素贞在向许仙叮咛：

"……记着了：一件，不要去方丈处；二件，不要与和尚说话；三件，去了就回。要是来得迟，我便来寻你的！"

许仙已换过新鲜衣服鞋袜，袖了香盒，预备出门。

三人各怀鬼胎。

我暗自好笑。我们全都互不信任，但又装作亲热和谐。事情怎的演变成如此局面？真不明白。

后来，我便躲进深洞里去。这真是别有洞天，外界的盛夏，端阳的热气，——不能侵扰，我安心地睡一个清凉的午觉。遍体舒畅。外面有咚咚的锣鼓乐声，扰攘半天；民间赛龙撒粽，煞有介事地，又过了五月五。

时辰过了，我安全了。

省起布置好的，便施施然回去收拾。

一切应该在我意料之中——

素贞被许仙半诱半哄半逼半劝，喝了我类至惧的雄黄酒，加上骄阳盛气，一定无法抵挡，毒热攻心，像一把利剪，从咽喉直剪至肚子去，嚓嚓地剪，撕心裂肺，穿肠破肚。

素贞一定痛苦难当，歪歪倒倒，六神无主，她往床上一躺，立时化为原形。蛇皮七寸处，早被我七根绣花针扎住了，蛇头不能游，蛇尾不能摆，浑身乏力，且又正中要害，即使勉定心神，也不能回复人形，去把那针剔开。

我设想得很周到，这样一来，许仙怕不被这毕露的原形吓呆了，怎么肯再与素贞厮守下去？他一定逃之夭夭，头也不回。

是的，不过是一条蛇，竟欲与人鹣鲽情浓生死相许？未免痴心妄想了。我不能，她也不能。拆散了，让一切还原吧。

事实上，当我一踏足房间，便见到这大白蟒动弹不得的狼狈相，瞪着铜铃大的蛇眼，昂首吐信，拼命挣扎。她自然不知道为什么所锁，我心里有数。

当下帮她把七寸处的绣花针一一拔掉，素贞恢复自由，忙变回人形，不住喘气。

我假作追问：

"怎么了？没事吧？许仙呢？相公被你吓跑了？"

她还未作答，我已安慰：

"让他跑掉吧。这种人，还说一生一世爱你？一见你现出原形，便抱头鼠窜，可见是虚情假意。"

我把素贞的乱发拨好。是的，天地间又只剩下我俩了——

不料素贞向房间另一端颤颤一指，那里躺着一个人。

他笔直躺着，手中还牵扯着半幅纱帘，想是受惊吓过度，要抓些东西来持定，又把它扯断了。四周一片颓乱，劫后灾场。他躺着，不动。

我赶快过去，伸手一探鼻端，不，再探，一点气息也没有！手上没有脉搏，身体没有温暖，什么都没有了！他连命也没有了。

始料不及！

我把他害死了？我间接把他害死了？

忽然间无比空虚。这个细致的多情的美少年，如画的眉目变成一张终于化为乌有的人皮。我摇撼他，素贞摇撼他，他一句话语也出不得口了。

——我从没打算要他死的。他做过什么坏事？

他不过怀疑，难道他没这权利？我原谅他，怀念他，或者，我不承认，某一天，我是多么地爱他。

但从今以后，已是阴阳陌路。拿什么换回生命呢？束手无策。

素贞陡地站起来。

她泪下如雨：

"都是我不好，吓死了我夫！"她咽着气："怎么办？——不，我一定要救他……"

说完，她一跺脚，便要走。

我急忙扯住她：

"姊姊要到哪儿去？"

她说："我到昆仑山盗灵芝草去。"

"哎呀，去不得，那仙草日夜有人看守，你怎能弄到手？而且万一斗不过他们，救不了相公，白赔了命。你扔下我一人……"

她勉定心神，吩咐后事：

"小青，我爱许仙，愿意为他九死一生。我去后，请好生看护他肉身，三日之后，若我还未回来，你便为他发丧好了。"

我大惊："你不回来？你为什么不回来？"

在恐怖之余，我便毫无智慧，连一个最普通的问题也想不通。只念到自己一时失策，以致家破人亡，众叛亲离，不由得恼恨。

"不回来，还有什么地方可去？"素贞见情势危殆，也不跟我话别，转身欲去。

"姊姊！"我高声唤住，把那雌雄宝剑取出，"带去傍身。"

她取了一把，把另一把递回给我：

"你也带一把在身边。"

"姊姊小心！"

"小青——"她欲言又止，终隐去。

我抚着那把宝剑，守着许仙的尸，自恨渗入五脏六腑中——死去的，都是最好的。只因不可再。

如果他跑了，下落不明，则至少仍在人世，我们可以怨恨他寡情负义。但他死了，地位忽而得到提升。

一时的歹念……念及此，我不肯原谅自己。

连忙提剑，飞身而出，直指昆仑山。

我岂可由得素贞一人拼命去？

轻风一阵，到得昆仑。

松涛澎湃，绿竹掩映，花迷曲径。静耳一听，远处有铿锵撞击叱喝之声。

必是素贞与人打将起来。

我急趋山巅，见素贞头发半披，汗濡在履。口中衔着一株紫郁郁、香荡荡的灵芝草。她已得手了！谁料竟给两个看守的仙童追及，一个是鹤童，一个是鹿童。

"大胆蛇妖，竟敢来此盗宝？"

素贞一边抵挡，一边恳求：

"两位仙童，素贞不辞跋涉上昆仑，也不过为了盗草救活夫君一命。这草我已拔掉，索回也成枯叶，但教我拿回去，却是起死回生的灵药，何苦相逼？"

鹿童道：

"我们就是不容你得手，简直叫我们没脸！"

鹤童搭腔：

"对，抢回扔掉也好，别叫南极仙翁以为咱们光吃饭不做工。"

为了面子，二童非把失物夺回不可。素贞全力迎敌。但二童法术甚高，刀来枪往，势如风雨，加上因看守不力，竟为人所乘，血气上涌，更是凶狠。那鹤童还化为原形，朝素贞身上啄去。

见白鹤自长空扑下，我小青箭步上前，欲与素贞合力相抗，素贞把灵芝向我怀中一塞，强力一推，一边暴喝：

"小青回去救人！走！"

她继续苦战。我没有时间考虑：是救人为上，抑助她合理？

接过那灵芝草，便马上朝保和堂去了。

留下素贞面对她的生死，我回去伺候许仙的生死——我错了！以后的事令我想起也脸红耳赤。

拼尽全力飞返。许仙尸横,他双目紧闭,脸色铁青,四肢僵硬。我什么也不做,当务之急是把灵芝嚼烂成茸,至许仙跟前。

已经是黄昏了。瑰丽的天色很快便变了。只在此刻,无限地奇诡,把死映照如生。

我衔了灵芝,慢慢地、慢慢地欠身,挨近他。我把灵药仔细相喂。当我这样做时,根本没有准备——某一刻,我俩如此地接近。我把一切寄托在灵芝上。若非有灵芝,一千个许仙也死光了。

许仙鼻息悠悠,纾缓而软弱。他醒了他醒了!我心里有说不尽的欢喜。他勉强睁眼,星星乱乱,不知此身是主是客。我与他四目交投。

突然地,他惊呼:"蛇!"

我按住他。看到他的魂魄中去。

"相公,不是蛇。是我!"

"你是谁?"

"——"

"我是谁?"

"——"

他的离魂乍合,一片模糊。你是谁?我是谁?啊,大家都不明身世。

我起来,倒退了三步,在远一点的地域端详他。最好他什么都记不得。一切从头再来,东山再起。

一刹那间,我想到,我们双双跑掉吧,改名换姓,隐瞒身世,永永远远,也不必追认前尘。

"小青?"——他认出来了。

他依稀地,又记起刚才的细碎点滴。

"小青,你干什么?"

灵芝荡荡的香气，在我与他之间氤氲飘摇。无双的仙草……他支起身，向我趋近。

我有点张惶。

他向我趋近。

我有点张惶。

是的，好像他每一步，都会踩在我身上心上。才不过三步之遥。不知道为什么变得这样地无能。

一下子我的脸泛了可恨的红云。我竟控制不了这种挨挨蹭蹭不肯散去的颜色。我刚才……？他看着我。看的时候，眼中什么也有，带着刚还阳的神秘和不安，一眨眼，将没有了。

固知难以永久，不若珍惜片时。

连黄昏也迟暮了。

素贞快回来了！

这三步之遥，我把心一横，断然缩短。我要他！——难道他不贪要我吗？

快。急急忙忙地，永不超生地。

天色变成紫红。像一张巨网，繁华绮丽地撒下来。世界顿显雍容闪亮——一种魅魅不可告人的光亮。可怕而迅捷。没有时间。

未成形的黑暗淹过来，淹过来，把世人的血都煮沸。煎成一碗汤药，热的，动荡的。苦的是药，甜的是过药的蜜饯。粽子糖，由玫瑰花、九支梅、绵白糖配成……人浮在半空，永不落实。

不知是寒冷，还是潮热，造成了颤抖。折磨。极度地悲哀。万念俱灰。

什么都忘记了。赤裸的空白。

素贞快回来了？

树梢上有鸟窥人，帘外有声暗喧。不。世上只有我与许仙。女人和男人。

我不是女人，我是一条蛇。光是蛇的舌头，足令一个男人爱我，不克自持……

我从来都没试过，这样软弱地爱他！

我不想他离开我。

我不准他离开我。

天地无涯，波澜壮阔，我对世界一无所求，只想紧紧缠住他，直到永远。

——每个女人都应该为自己打算，这是她们的责任！谁会来代她绸缪？不，我有的，不过是自己。

趁许仙还未来得及仔细思量。趁他还没有历史，没有任何相牵连的主角。我是主角。

我用一种最轻忽迷惑的语调来问他：

"——我——跟姊姊——是不同的。对不对？"

我不放过他。匍匐身畔道："我不容易感动，你要很爱我……"

他把我扳倒，不给我机会继续说下去，他温柔地不给我任何机会。我很骄傲，非得擒获他的心。我讲完想讲的：

"……你知道吗？你是她拣的，我……我是你拣的。"

这样地一比较利害，这样地分别了身份地位，谁说我不晓得在适当的一刻装笨？女人有与生俱来的智慧，何况我累积了五百年，也不是省油的灯。

时间无多。

单独相处的一刻，弥足珍贵。不要浪费。

人和蛇都沦为原始的动物……

爱情，不是太饿，便是太饱。不是赔尽，便是全赢。

我不知道。自昏眩中复苏，但觉以后一无所有。费神臆测，惴惴不安。

许仙惆怅地，看也不敢看我。终于嗫嚅：

"小青……我们竟然在一起。"

"你且放宽了心。其实——真的，你若自私一点便好。"

他惊骇地回望。

我问："你怕吗？"

"不！为了你！"他狠狠地道。

"我不信！"

我不信。我不信。我不信。

在这片刻温存之后，我像世间女子，忽而十分疲倦，什么也不信。他是骗我的。

"我逼你，你才这样答。"

"你扪心自问。"我说，"如果你遗弃我，那不要紧。"

"怎会——"他本来就不擅辞令，此刻更是手足无措。被我絮絮叨叨地蘑菇着，我什么时候竟变得这样婆妈？无可抑止地，又反复一些无谓的盘诘，要听无谓的盟誓。

在这关头——他答什么，都是错。

谁说他不懂得自私？

我怎会委身于这个男人？

也许，新鲜的喜悦还没有过去。腐败的霸占油然而生——如果他肯用点心思来哄我，也就算了吧。

他忽地想起：

"小青，娘子呢？"

他回复了一切的理智。唉。五月五，端阳佳节。一个叫法海的和尚不知如何看上了他，教了一招半式。雄黄酒，曾逼令素贞现回原形，然后他便吓死了。素贞在昆仑苦战盗草，塞我一株灵芝，着我回来救人，人救活了，也越轨了。

许仙一点也不知道他曾死里逃生。他的魂儿往阴间一溜，马上因我喂以灵芝妙药，转瞬还阳。重新做人的一刹，他像个胚胎般单纯，遂也顺己意而为。

对，素贞呢？

我也回复了一切的理智。

"啊——我记起了！"许仙突然惊呼，"我记起了，刚才见到一条可怕的白蛇！满身厚鳞，血盆似的大口，向我吐着长舌喷着腥气，像要把我吃掉……"

我不理他：冲锋陷阵地下床，忙乱穿戴。我未及追问许仙，那些床上未完的情话。

心慌意乱。

"……小青，刚才的蛇呢？——呀，是了，法海曾说过——"

"相公，你别拦我！"

怕他忆起桩桩件件，叫我哑口难辩。我像个窃贼，不知应把赃物藏匿何处。那赃物，收不来折不起，它太大，明明可见。它太贵，脱不了手。它抖开着，为世人指点，亲友不容——我竟偷了姊姊的男人！

冲出房门，蓦地遇上一双晶晶冷眸。

身后，就传来许仙的困惑："那和尚说，我家有妖精！"

眼前那个影儿一闪，我一震。啊素贞！素贞回来了。

她杀出重围？虎穴逃生？我以最快的速度把她细细打量，脸色苍白颜容憔悴。她也把我细细打量一番。

许仙尾随我出来，见素贞。素贞拨走黏在她颊上一两根碎草残泥，拨一下两下三下，用一种看不出结果的气力。她咬牙问：

"谁说我家有妖精？"

"姊姊……"

并不打算回应我，她又暴戾地，一把拖了许仙到后院去。

"相公，你来！"

许仙被她不问情由不容置辩地拉扯，踉踉跄跄至后院。

"你看！"

树上挂了一条白蛇的长尸，软软地垂着头。

素贞用腰带变的。她指点着它，拼尽全身气力一般地解释：

"刚才，听得相公惊呼，原来床上盘了此物，我也吓了一跳，当下赶忙抄了一把剑，奋力把它刺杀，我与之纠缠甚久，弄得身心疲惫。"

许仙有点胆怯，不敢走近。素贞哀求：

"好相公，你看仔细！你看仔细了？"

许仙搀扶气若游丝的娘子。

"你刚才见到的蛇，已被我杀掉了！"素贞无限地悲凉。

末了，她见交代好一切，再也无法支撑。

她软倒了。

许仙与我交换一下眼神。

我大步赶快上前，扶持她回房间去。

她甩开我的手。但她连甩开我的手，也是乏力的。

也许她知道了。也许她不知道。

只是，一双男女，关系不同了，这一刻与前一刻，就连空气也变了质地变了味道，逐渐地扩散，直至旁人也觉察。骗不了任何人。

但愿素贞不知道。我这样自欺着。

挨挨跌跌，我俩把她安顿好在床上，她这样一身血汗地回来了，想也是奋力苦战，最后得到体谅。听说那南极仙翁也算是老好人，年岁差不多了，故减少作威作福。灵芝都被盗了，不如顺水推舟送她，让她永远欠他，感谢他。手下的鹤童鹿童再凶，也不过是底下人；主子肯了，凶都没啥用。

不过在哀求的过程中，素贞实无条件付出了自尊，逆来顺受，委曲求全，为了她的爱。

"……我口渴。"素贞呓道。

"姊姊，我给你热碗姜汤去。"

正想趁机干点活儿，得以下台。

"我去！"许仙急接，争相躲藏。

"不，我去吧。"

"我去！"许仙对素贞道，他要说与她一人听，"娘子为了救我，这样地与巨蛇厮杀，真难为你。我给你端来。"

末了，他还百般安慰："娘子，好好将息，等等就来了。"

逃一般地出去了——他多在乎她！为了补偿过错，急不及待去亲手炮制。用尽他的爱情作料，怕也补偿不了他在床上对我的温柔。嘿，他以为他还是从前那忠贞不贰之士吗？

"小青，你过来。"

我寸步移近。见她的脸变换了四五种颜色。千愁万恨涌上心头，嘴唇开始抖索，不知该如何言语。像一个濒死的人，不得不把遗言吐尽，也许是句咒诅："小青——我憎恨你！你就是贱！"她恶毒地，眼睛像喷出一蓬火，把我化成灰烬，一脚踩没了。

因这样不遗余力来恨我，一句话没讲完，血气不继，元神激越，素贞两眼一翻，昏过去了。

我的灵魂结成硬块，敲打不入。

她不会死，她将永无休止地憎恨我。我也不会死，我将永无休止地被她憎恨着。

倒退一步，思潮起伏。

风忽然大了。一阵初夏的清风，把我头发吹起，还未及把那凌乱的发髻理好，风吹得更乱。乱发鞭笞着我的脸，发不出任何声响，只有我的心……

"你，就是贱！"这话太过分了。

我僵硬地直视她的身体、她的头、她的脸、她的眼睛。紧闭着，那火暂时熄灭，等待另一次的焚烧。她看我的目光，永远不再一样了。这昏过去的、怀恨在心的女人，是我生死与共的姊姊？一切历史都将湮没。在这种荒淫而又邪恶的关系中，我俩水火不容。

我的眼睛忽然毫无准备地停驻在她那起伏的胸膛上。

她的心轻缓而微弱地跳。

啊。真的。只要剑往这里一刺——

什么都不顾虑了，只要往这里一刺——

刺下去，然后飕地拔出来。甜的血、酸的血、凉的血，就像一碗桂花糖酸梅汤，汩汩地注满了一床。她将毫无痛苦，毫无想象余地，死掉了。多好。前因后果尽在半信半疑中，又却难以追究下去。

她曾爱过我。在她刚想恨我，疑幻疑真时，不能继续恨下去了。我见过她把花研成汁，染在裙裾上飘香。花死了，花的种种好处，一缕芳魂，随着举止，恋恋依依。

我转身去找那属于我的剑。

出去时，我的身子从没这样轻过。

但回来时，因多了一把剑，陡地沉重了。稍为趑趄，发觉素贞不在床上！

她不见了！

我万分惊恐，在斗室中，企图把自己嘶嘶的气息压抑。我六神无主。

提剑赶来，要做什么？不过是"自相残杀"！无聊的人类才巴巴地去做此事。而我，道行那么高……

突然——

颈际一凉，寒森森剑光一闪，武器架在要害。我毛骨悚然。

轻轻一动，那剑硬是不动。生生割裂了一道口子。一点也不深，像一条红头发，黏在脖子上。我再也不敢造次。

我无法看到背后的是谁。但还有谁？我想干的，她先发制人了。

咬牙切齿。尔虞我诈。

不是你死，便是我亡。

这一双雌雄宝剑，曾是我俩的战利品。二人对分。谁料得二人对峙？

忽觉颈际的剑一抖。因我的专注。即使是最轻微的异动，也叫心神一凛。

是的，她已是强弩之末了。见不着她，也感到气势之难以持续。

我汗流浃背，伺机发难，身子一蜷，往后一弹，飕地回身，反手一剑，格在她剑上，终于，无可避免地，我俩面对面了。

在这生死关头，谁都下不了手。谁都下不了手。

——也许，我其实不忍杀她，否则怎会轻易受制？

也许，她其实不忍杀我，所以我有反攻机会。

我们都似受了蛊惑。"爱情"比我们更毒，所以抵抗不了。无限凄酸地，二人交架着剑。

西方远处，传来寺院的钟声。特别地震人心弦。

我俩无限凄酸地交架着剑。动也不动。

月落乌啼霜满天，江枫渔火对愁眠；姑苏城外寒山寺，夜半钟声到客船。

对了，苏州阊门外西七里，正是这被前朝诗人张继所吟咏的寒山寺——我俩都是姑苏的客，何以寒山为我俩敲了丧钟？

素贞的脸更白了，我的脸更青。这就是我们本来的面目？

素贞用陌生而冷漠的声音向我道：

"不要以为，我不知道。"

"你知道什么？"我嚣张地问。

"瞒得了谁？"她不屑。

"我不打算瞒骗，那是下三滥的所为。"我豁出去了，"你说该怎办？"

"小青，"素贞恨道，"我——容不得你，有你在，永无宁日。"

"我也不见得肯容你！"我说，"放公平点，姊姊。"

"这事上没所谓公平不公平！"

"你叫他来拣，"我尖着嗓子，"你叫他来拣。哈！这已经不关什么道行深浅的问题了。你看他要谁？"

当局者迷，每个女人都以为自己稳操胜券。每个女人都以为男人只爱她一个，其他的是逢场作戏。

素贞是我的前戏，我是她的后戏。对方是戏，自己是活生生血淋淋的现实。无法自拔，致轻敌招损。

到了最后，大家都损失了。

事实如此，但谁敢去招认？

"看他要谁？"素贞的脸色苍白了，只是眼眶缓缓地红起来，她拼了老命不让那不争气的泪水冒涌，两相斗争，几乎还要把那方寸之眸挤得爆裂——

"我不能'看他要谁'了，小青！"素贞狠狠地把泪水直往咽喉压下去，压下去，生生止住。她把剑别过一旁："不能了。我，怀了他的孩子！"

啊！我如着雷殛，手中的剑琅珰一声跌坠。我呆立在原地，不知道为什么，根本没有准备，眼泪忽然汩汩淌下。不是悲伤，不是兴奋，这一阵的眼泪，未经同意，不问情由，私自地滚淌下滴。我呆立在原地。

素贞也扔掉了剑。

她紧握着我的双手，紧紧地：

"小青，我——势成骑虎。"

不不不。

"姊姊！"

我拥着她，放任地哭起来。素贞没有做声。她的泪水暗暗滴进我衣领，渗进去，一滴一滴，寒凉至心底。令我微微疼痛。

一切无以回头。

罗愁绮恨，化为乌有。

我的姊姊怀孕了！

"姊姊，你太过分了！"我骂她，"为什么你要这样做？"

我捶打她的背：

"我不准你这样做！我不准你给他生孩子！"

"小青，"她竟然抚慰着，"我想做一个'真正'的女人呀。我爱他，不能回头了。以后，还要坐月子，喝鸡汤。亲自奶孩子，到他大了，教他读书写字……"

"你真卑鄙！"我不愿意听下去，"你给自己铺好后路，我呢？我怎么办？"

啊！一下子，万事庸俗不堪。什么情欲纠缠，什么爱恨煎熬，都不是那回事了。

苦心孤诣的素贞，她最成功的地方是"过分"。我全军尽没。

"这是我选的，我情愿的。"素贞道，"我情愿舍生救他一命，你，有吗？"

我有吗？我没有。想到素贞昆仑盗仙草，而我，却是个捡现成的。

真汗颜！我反复地思量：我没到那地步。我不及格。完全是当今宋室帝王的苟安心态，耽于逸乐，但求日子过去。捡现成。

碰上一个这样的男人——他惟一的本领是多情。

但是，事到如今，怎样互相摆脱呢？男人与女人，这是世间最复杂诡异的一种关系，销魂蚀骨，不可理喻。以为脱身红尘，谁知仍在红尘内挣扎。

"——姊姊，我决定了。他是你的。"

我把披散了的头发绕到耳朵后，展露了整个的脸孔，整副从容的笑靥。雨过天晴，前嫌尽释：

"他不会爱我，你放心，他一直惦记你，你的心血没有白花。我试他一下，就知道了。你多蠢，还动真气呢。"

素贞饶有深意地浅笑，她得了我这话，仿如吁了一口气，舒适难言。

她是他堂堂正正的妻，我是什么？我爱他，却无缘与之结婚生子。

但愿我能像个婴儿那么善忘与无情！

妻。

这样的身份，永远在我能力范围以外。皇帝的妻是皇后、梓童。诸侯的妻叫夫人。一般老百姓，便称她们为拙荆、糟糠、娘子、媳妇、内掌柜的、内当家的……不过，我此生此世，也成不了许仙的妻。

所以素贞恨我"贱"。

"娘子，"许仙端了热腾腾姜汤进来，没有看我，"趁热快灌下。"

——我悄悄地走了。

"小青呢？"他问。

"一切明天再说吧。"她答。

她又赢了，她总是棋高我一着。

啊，原来已经是这样的夜了。今儿晚上天气好，抬头只见满天的星，满天的星，满天的星。

　　它们发着清冷的光，我讶异地望着它们，从未见过这么灿烂的星光。当我在西湖的时候，甚至不曾如此地被星光包围着，几乎伸手可触，可摘。它们曾储蓄过我的喜悦，一下子毫不保留地又用罄了。我的喜悦经不起浪掷，就一蹶不振。

　　谁都没有醒，只有我醒过来，在这世界上，如此星夜里，只有我，心如明镜，情似轻烟。怅怅落空，柔柔牵扯。

　　我有一个华美而悲壮的决定，今夜星光灿烂，为我作证，我不会对月起誓，只为月貌多变，但这满天的星——我，永远，不再，爱，他。

　　一切明天再说吧。

　　幸好有明天。

　　幸好隔了一夜，把一切过滤净尽，明天再说。

　　曙色苍茫。

　　我没有睡，看着天边由青白而绯红，心中有无限凄怆正辗转。

　　已经是"明天"了。我手中拿着一把利剪，无意识地，一下一下，活活把那伞剪死。我藏起来的那紫竹柄、八十四骨的好伞。一切的变故因为它，我狠毒而凄厉地，把它剪成碎条，撒了一地，化作尘泥。不愿意它在我眼前招摇。

　　收起来是密密的网幽幽的塔，张开来却是血肉人生。心魂在它势力范围之内翻扑打滚，万劫不复。

　　啊，回头一想，算了，又有什么意义呢？——我百般地说服自己。

　　素贞经过一夜休养生息，又得许仙内疚地百般呵护，二人如沐春风。

　　我笑着迎上前："走，趁天色好，我们上香去。姊姊干掉了巨蛇，保了家宅平安，也当酬神去吧？"

白素贞回房更衣，许仙暗来拉扯痴缠："娘子并没有起疑。"

我冷冷地道：

"我不是真心的。"

"我是，小青，何以一夜之间变了脸？"他把握偷来的时间，"我不能对不起你。"

我奋力夺回我的手。

"我看不起辜负妻子的男人。"

"为什么这样地矛盾？"他无辜地向我低语，"我不过血肉之躯——"

"别罔顾道义，请你放过我！"我说，"一切都是误会。"

紫金庵，这始建于唐朝的名寺，位在洞庭西卯坞内，到了本朝，民间雕塑名手雷潮夫妇，精心雕塑了观音妙相，呼之欲活的十八罗汉像，远近的人无不慕名参拜。

我们走进大殿，迎面见三尊大佛，面容安详，端坐于莲座。望海观音，神情优婉。红绿华盖，在微风中簌簌飘动，普渡苦海众生。

我等莫非也是苦海众生？眼前的十八罗汉，莫非也笑我等多情自苦？那看门神、长眉、评酒、抱膝、伏虎、降龙、钦佩、沉思……慈威嬉笑，于我眼中，一一尽是嘲弄。

是处香火鼎盛，烟篆不绝地书空。一室的迷蒙薄雾，刺眼催泪。

我等上香，素贞虔诚禀告：

"……只愿日后……"

前事不记，只愿日后。

许仙的脸，浮在薄雾中，一如海市蜃楼。近在咫尺，远在天涯。一时间昏晕莫辨。

我对他说：

"相公起个誓。"

"起誓？"他脸色一变。

"对我姊姊矢志不渝。"

"我的誓——在心中！"许仙一瞄素贞，"不必起在神前。"

"我信你就是。"素贞道。

"既在心中，说与神知也就更好了，言为心声，说呀！"不遗余力地催促。

"——"

"说呀！"我逼他。

我坚决逼他，破釜沉舟，再无转圜余地。我要倚靠神的力量。

"不过几句话：若我许仙，对白素贞负心异志，情灭爱泯，叫我死无葬身之地。就这样说。说呀！"我暗自变得歇斯底里。

许仙不可置信地看着我。

我嘴角挂了一丝嘲弄："相公从前不是挺会起誓的吗？你不是爱说什么一生一世……"我逼令自己顽皮起来，"再说一遍又有何难？"

许仙道："我——"

"让我起誓吧！"素贞用世间最平和的语气说了，"若我白素贞，有对不起相公的地方，叫我死无——"

许仙顾不得紫金庵的人烟稠密，善男信女络绎来往，毕竟受惊了，他受着原始感动的鞭策，她竟对他这样地好！只得不甘后人地道：

"娘子，我许仙，在神灵前起誓，若……有对不起你的地方，叫我——"

"好啦算啦，观音罗汉都只顾得你俩，没工夫去听别人的了。"

"小青，让我把这句说完，你住嘴！"许仙截止我打的圆场，他有意让我听着，"叫我死无葬身之地！"

好了，大局定矣。

一切自何时开始，又如何开始？我的心怎忍追究？了断与开始其实都一般难。

趁我还未沦落到素贞那地步——那势成骑虎，无以回头的地步，我就比她强！我承受得起，一时间又巨大起来。

我竟有兴致给她锦上添花呢。

取过一个签筒，递与许仙。

"相公，"我笑眯眯地说，"来求支签如何？看看你俩的美满结局。"

许仙已经无心恋战，也许心中在厌恶我的殷勤。

"不了，难道我们的结局，自己都不知道？"

"来嘛，进了庙，人人都要求求签。"

他随意地摇晃签筒，好应酬身畔两个女人。不一会，跌下一支签，是第八支。

许仙当然不知道，第八支是下下签。

我夺过去，急急取签纸，扔下他在神前。还一边笑，一边说：

"不准过来，待会由我给你俩解签。"

这第八支，原来是"鸠占鹊巢"，签曰："鸣鸠争夺鹊巢居，宾主参差意不舒。满岭乔松萝葛附，且猜诗语是何如？"——我的心剧跳，怎么可以宣诸于口？

仙机但道："情海无舟，缘尽十八。"

一切自西湖情海小舟开始，缘尽十八？屈指算来，也有一年多光景。我惊骇得说不出话来。当下妙手一挥，那签变了第十八支——呀不好，第十八支，也是下下签，那是"杜鹃啼血，寒梦乍惊"。又把它变了第廿八支，不过是中平，开首是"船泊浔阳月夜天，琵琶一曲动人怜……"。

终于便挑拣到一支好签了，那是三十八，数变之下，三十八，才算是吉。我给许仙念道：

"相公，你看你求得的上上签，那是'渊明赏菊'呢。"

素贞道："拿来一看。"她笑了，细细地在丈夫耳畔私语："归去来兮仕官闲，室堪容膝亦为安。南窗寄傲谈诗酒，倚仗徘徊饱看山。"

"姊姊，"我装作为她高兴，"这签语，可是地久天长？"

"怎么知道呢？"她瞄了许仙一眼。

她渐渐地，渐渐地，变成一个倚赖的妻。看不破我的小计。我紧绕着素贞的手，素贞紧绕着我的手，步出紫金庵。

许仙表情阴晴不定。

太阳下山了，如一次赫赫的死亡。远看是一座饱满圆胖的红坟，这坟埋葬了我一次荒唐的初恋。我用最大的代价来证明：一切都是骗局。

我做错了什么？素贞做错了什么？谁骗了谁？

难道许仙不发觉吗？

情到浓时情转薄。

太浓了，素贞对他的爱，近乎谄媚，把他窒息。睡得好不好？晚上吃什么菜？一碗热汤吹得稍凉才递过去，一件衣裳左量右度。素贞整日问他，孩子取什么名儿？

无论他触及她任何地方，讲任何一句好话，她都想流泪。失而复得，格外珍重，又不敢因为禁脔——女人的难处。

一入夏，不但食欲大减，且晚上也睡不好觉。郁郁地过了一天算一天。

这是疰夏的毛病。

谁知是因为夏天，抑或失意？

万不能游手好闲下去。经历了一劫，一切又回复旧观，要一直地闲，一直地闲，待得他死了……无聊的漂泊的生涯。爱情的播弄。输家的自卑。我根本不愿意待在家中。

只好循苏州人解决庒夏的礼俗，喝"七家茶"去。

不知这风俗是否有效，但他们习惯了，大概亦有千百年。人们习惯很多事，懒得追讨因由，也不敢违背，基于不打算再想一些新鲜物事来演变成为习惯之故，便世代源远地遵循。他们竟相信情天是女娲补的、恨海是精卫填的。每人一生只能够爱一个人——以上，便是中国人的习惯了。

这天，我循例出门，向左邻右舍讨茶叶去。不少于七家的茶叶，混在一起，用去年堆在门墙的"撑门炭"来烹茶喝，便可却暑去病。

我一家一家地讨，去得越远越好。用一只瓷碗，盛着东取西撮、零星落索的茶叶。什么茶也有，混成一卷胡涂账。

情天是女娲补的，恨海是精卫填的。一生爱一个人是绝对的真理。

"小青！"

背后有人唤我。

蓦然回首，那人是许仙。比起第一次，他老了，凡俗了，气短了。

他尾随我沿门讨茶来？

家家户户都向家家户户沿门讨茶。也许不算讨，到了最后，结果只是"交换"，并无丝毫损失。中途并没有抉择、失落、萎顿。

"什么事？相公。"

"没事，"他道，顿了一顿，"只想唤一下你的名字。"

我没搭腔。

一切由他。敲了王妈妈的门，笑着要了一撮茶叶。又道："王妈妈下午来我家讨茶叶吗？我给你上好的碧螺春。"

"小青，谢了。你家姊姊身子可好？"

在我们婆婆妈妈地寒暄时，许仙背过身，离得远远的，拔着墙缝中挣扎着茁长的野草。疏淡轻浅的青草腥味，郁闷不可告人，他血肉之躯的矛盾——做人就这点麻烦。

我有点不忍。

——但，不过数十年，很快便过去了。流光轻易把人抛。红了樱桃，绿了芭蕉。人类轻易老去，死去。

我一路地走，在小巷中，走不到尽头。他什么都没有说，甚至连呼吸也没有，于我身后，亦步亦趋。

在这样的一条小巷，炎炎的毒辣的日头，几乎要把我俩一口吞掉。我俩身体中的水分，被蒸发得暗地发出微响，嘶的一声，便又干涸了。

蝴蝶舞于热雾中，泼剌泼剌地，不知不觉，将会天凉了吧，一下子天就凉了。它那残余的力气，用在最后一舞上比较好，还是留待悲伤时强撑多一阵好？连它自己也说不上。

我想：

"不要心软不要心软。"

"小青，不若我俩走吧？"听得许仙这样胆大妄为，迸出一句话，我回过头去。

"走？"

无限惊疑。

我问他："走到哪儿去？"

不待他回答，再问："走得到哪儿去？"

"不必担心，天下之大。且我们也可带点银子——"他胸有成竹。

他肯与我走，我不是不快乐的，我的心且像一朵花霹雳地绽放。

天下之大……

——但他说什么？他说到"我们也可带一点银子"，谁的银子？

素贞的银子!

这个男人，我马上明白了。是各种事件令他成熟、进步。他学习深谋远虑，为自己安排后路，为自己而活。他开始复杂——也许他高明得连素贞也无法察觉。

难道他私下存过银子？

他可以这样对待他的发妻，异日一样可以这样对待我。

嘿，男人……真是难以相信的动物。

我跟他距离那么近，一瞬间，竟在人海中失散了。我再也找不到那令我倾心献身的许仙。

我的眼睛闪出抗拒的绿光。

"我错看了你！"

"什么意思？"

"——既然钱买得到，又何必动用感情？"我无限悲凉，"现在才明白，原来世上最好的东西，应该是免费的。我俩竟不懂！"

如摔一跤的惨痛。

许仙由得我发泄一通。

"哈！"许仙忽地冷笑，"小青，你以为我真的不知道你们是什么东西？"

我脸色大变。如身陷于泥沼中。

"你也太低估我许仙了。"他道，"你们根本低估了人类的能力，人类最会保护自己了。你们是什么东西，你真的那么笨，以为我不知道？"

我不知所措。神魂晃荡。恐怖地：

"你……你在什么时候知道……"

"我渐渐地知道了。也许是——我并不相信这样毫无要求的爱情。小青，你爱我，也是有要求的，对吗？"

"我不爱你！"

"随你吧。"他有点受伤，只好用不屑来武装自己，"你不过是一条蛇，既享有人的待遇，自己却又骄傲地放弃了。不识抬举！"

他改颜相向。

嘲弄更浓。嘴角溅出一丝笑意。

啊，他是知道的。

不知什么时候，他因着人性的本能，洞悉一切，冷眼旁观我们对他的痴恋争夺。鹬蚌相争，渔人得利，此乃古之明训。整宗事件，他获益良多，却始终不动声色。

他简直是财色兼收，坐享其成。

我痛恨他，反手欲掴他一记。他飘逸地退开了。

笑靥轻浅。把我俩玩弄于股掌之上。

我为我与素贞冤枉的爱情，痛心疾首——他因为我不肯私奔，不惜把一切揭穿了，然后，他会到什么地方去？他舍得到什么地方去？他吃定了两个天下间最笨的笨女人。

"你滚！"我向他怒喝。我没勇气面对这般的狰狞。

"小青，你赶我走？"

"滚！以后别再在我们跟前出现！"

"你肯，"许仙道，"素贞肯吗？"

我无语，瞪着他。

"看来，素贞比你更好！小青，不要那样，男女之间，合则聚，不合则散。我们没有欠对方什么，我对你惋惜，是因你先拒绝我——"

我转身飞跑，不要再继续下去。

途中，有贤妻良母在喂她们儿子吃"猫狗饭"，这是苏州人的习俗，为怕儿子养不大，常把喂饲猫狗的吃食，分一点给他们，迷信他们会像畜生般好带好养。

我漫无目的地奔逃，一脚踢翻小钵的猫狗饭。一脚踢翻苏州人的习俗，凡人的迷信。

背后犹传来小孩哭喊，母亲叫骂。她们都不原谅我的失措。

我念及素贞的孩子。

素贞的孩子，是否也有被喂吃猫狗饭的幸福平和日子过？

不，我不可以在素贞面前戳穿这假象。

我情愿把所知一切悄悄埋藏，数十年过去，只如夜间一声叹息，是的，很快。

像把一件碎裂的玻璃，小心拾掇，小心镶嵌，不露痕迹。在人间当客旅，凡事只看七分，哄得痴心的素贞快乐。

我要追及许仙。回头追及他，请他保守这秘密，三人如常生活，这有什么难？原打算头也不回——那么窝囊，为了我姊姊，回头了。不旋踵，撞到一个人。

那也是一个男人。

法海盘膝横亘在我跟前，我一见这好管闲事的秃贼，恨意冒涌如头发一般密丛丛。我骂他："好狗不拦路！"

"阿弥陀佛！"

法海以红漆禅杖，雄伟傲岸地拦住我去路。

这样的一个男人，磐石一般坐定，浑身有慑人力量，我不敢造次。

"——你，什么意思？"

"雨点落在秃头上，真巧呀！"

"呸！什么地方都遇上你这秃贼，好不气人！"气不过，连珠发炮，"我找我家相公，与你何干？你再多管闲事，看我不把你那小木棒砸断！"

他皮笑肉不笑地端视了我一刻，道：

"小娃娃，你才多大？五百年？一千年？小小蛇妖，胡子上的饭，牙缝里的肉——没多大一点。来呀，来砸呀！"

我暗自衡量，他那么高大，那么精壮，若站起来，一条汉子，连影儿也会把我压扁，何况，谁知他底细？谁知他道行？

我万不能轻敌，他可不是那轻易被解往云南去的小天师。

我不敢妄动。

眼珠儿一溜。

虽然这和尚，有如扒了皮的癞蛤蟆，活着讨厌，死了还吓人，不过识时务者为俊杰，我便装扮楚楚可怜。

"——我，说说罢了，你那根禅杖，那么重，我怎有气力砸？扛也扛不起。"

"阿弥陀佛！你俩回去吧。"

"什么？"

"苦海无边，回头是岸。世上所有，物归其类，人是人，妖是妖，不可高攀，快快摒除痴念，我或放你俩一条生路。回去再修一千数百年，炼成正果才是。"他不可一世地教训我。

"不回去怎么着？"

我正暗思一种比较奏效的方法来应付他。

"师父，我姊姊爱许仙，泥足深陷。世人生命奇短，才数十寒暑……你不若由得他俩——"

见他不做任何反应，我便把声音放软，放至最软：

"这是'爱情'。你一定不明白。师父，你要明白吗？"

法海先是抬一下眉，继而看着我，像听见天下间最滑稽的笑话一般，终发出曲折离奇的笑声："哈哈！哈哈！哈哈哈！"

我不知所措，只得也定定地看着他。我那伪装的媚笑，僵在脸上，难以一手抹去。我说错什么？

他继续闭目合什，硬是不让路。

我若闪身绕路，或往回走，那是怕了他。岂非让他笑死？嘴巴既硬，不如试他一试。

　　他盘坐如石雕，一心收拾我来了。

　　好！

　　缓缓脱去上衣，慢慢走近，靠在法海怀中。把他的手握住，环向我的身体。

　　他没有看我。

　　头顶上现出一道彩虹，无限澄明。

　　"哎，你'不敢'看我。"

　　他陡地睁开眼睛，刻意看着我，我马上趋近，鼻子贴鼻子地，良久，他的目光没刚才那么凶悍。

　　"佛之修法，无魔不成。你尽管来试我，我不怕！"

　　我用嘴唇揩擦他的嘴唇，用手抚摸他的脸，他的眼睛，他的颈项，他的胸前……

　　"人的好处，我懂了。你呢？让我教你吧，何以不解风情？"

　　他急念经咒。我俩飘荡至林间溪畔，人世仙境。

　　他思绪一定晃悠不定，体内兴起挣扎。盘坐的身躯微微晃动，开始流汗。

　　头顶上的一道彩虹依然无缺，但抵不过纠缠，他的汗滴下来。

　　我有点痴迷。

　　这不是一个男人吗？他不是在焚烧吗？

　　他表情痛苦。

　　"师父，你的心跳得很厉害呢！"

　　啊，彩虹变色了，光彩黯退，渐黑……

　　正欲施展浑身解数——

　　法海拼尽全身力气，于此关头，把我推开。他大怒：

"妖孽！来坏我修行！"

禅杖已迎头击下，我疼不可抑，已经负伤。

忙变身，遁地一逃，盘卷上树，伺机还击。即使身手多灵巧，但我不是他对手，禅杖反映烈日金光，数度把我打倒。

奋力招架，长发也被他扯断。看我伤成这样，他半点怜惜也无，是企图抹煞刚才的失态吧？——我不相信他铁石心肠！

一分神，禅杖又狙击而至，我退无可退，就在此刻，忽生奸狡念头。

觑个空子，一伸手，往和尚下体抓去！

他大吃一惊。

赶忙一弹而远避。

我睨他一眼，脸有得意之色，还不借此良机逃走？

只见和尚怔住，表情复杂，又羞又怒。眼中闪出烈火——第一回遭女人非礼，被得罪了！

林中，剩下一个矗立的和尚，在婆娑树影下，只听得一下拼命的咆哮：

"此妖非镇伏不可！"

金刚怒目，势不两立。

"你是什么东西！"

什么东西？

我的自尊百孔千疮，血肉模糊。

连和尚都轻视我！不要我，送上门去都扔掉！

作为一个女人，碰这样的钉，栽了个大筋斗。

小青呀小青，你美丽的色相就如此地一无是处？

我无地自容。一口气咽不下，遥喊："你要什么？"

他道："我要的不是你！我要许仙！"

"不，你怎可以干这种勾当？"

他要许仙？

我极度震惊。万箭穿心。

"世上有什么事不可能发生？好呀，我把他带走给你看。嘿！"

"你敢——"

他转身就不见了。残留那冷笑。

他到什么地方去？又把许仙带到什么地方去？

我因心慌，一时间思潮乱涌。粉雕玉琢的女人，竟不能令男人动心，他眼中的至美，是许仙？

真是不甘心。

下下签。鸠占鹊巢。素贞占不到许仙。我占不到许仙。是法海，哦，原来他才是霸占鹊巢的鸠！

我更没勇气面对这般的狰狞。

都是这法海。一层一层，把真相撕现，现实惨不忍睹。

我百般忧虑，心折神伤。

掩住了面，无计可施。

生命为愁苦所消耗，年岁为叹息所旷废。来人间一趟，一事无成，反落得四面都是陷阱谗谤。

真累！

竟不发觉自己坐在某一破墙角落，消磨了多少辰光？

把七家茶叶如仙女散花撒遍大地。我不要做人了。精力枯干如同败瓦。但勉力把法海之勾当尽诉——

"姊姊！"我劝她，"姊姊，你放手吧，不要爱他了。另换一个吧？"

"不，我找他去！"素贞冷静地说，"小青，相公不是自愿的，你别被法海所惑。"

她见我不动，便道：

"我俩且把真气元神集中，好追探那秘密——"

但愿她没忘了，她那千多年的功力，躲到什么地方去。也许它一早溜了出来，离开她的身子，在后山之巅，大石后面，提笔练习书写一个"情"字——一字熏神染骨，误尽苍生。

我俩上了后山，盘膝而坐。晚风吹来，已是日暮时分。斗大的太阳，慢慢地慢慢地下沉。如一面紫红色的早已不大明朗的圆镜，被光怪陆离的晚霞侵扰。

是的，连太阳也疲乏了。残红映照一个女人的悲剧。不，两个女人的悲剧。

素贞严峻地凝视远方，无限地倔傲。要很艰辛才可以令她相信，她的男人抛弃她。

"他没亲口对我说过任何话。一切都是谗言。"

我不知道她等什么。也许连她都不知道。不过在自欺着。

很快，整个疲乏的太阳已遭没顶。大地空余一片青白。

渐行渐远渐无书。

"许仙不回来了。"我说。

素贞屏息凝神，侧耳聆听。

她找到蛛丝马迹了？

"小青，你与我一样，闭目屏息，集中精神。对了，听，听到吗？"

她功力比我深，所以早臻千里传音之境，我要费神良久，才得沟通。不知自什么地方，隐约传来法海与许仙的对话——终于我接收到了。

我俩凝聚全副心神去偷听两个天下最可恶的男人之间，有什么心腹话说。

这法海，他道："所谓色相，皆属虚幻——"

色相？虚幻？岂有此理，自己没有，心怀嫉妒。我听下去："好比纯净宝珠，本来无色，红光来照，遍珠皆红；绿光来照，遍珠皆绿；红绿齐照，则遍珠红绿。因宝珠体性本空，虽百千万亿色相相加，包容如故。然色即是空。"

"师父，你带我来此，不放我走，一直与我谈及色即是空，我一点也不明白。"

"——你不必明白，你只要跟随贫僧便是。"

"你要带我到什么地方去？"

"到一处与世无争清净极乐地。"

"什么地方？"许仙惶惑地问。

法海悠悠道曰："上山、入寺、青盘、红鱼、清风、明月。我与你，内守幽闲，躲脱尘嚣，于深山密林之中，得享一片空寂。"

"不，"许仙急了，"不不不！师父，请放我回去吧。我与佛无缘。"

"难道你仍留恋那蛇妖？"

"——你留我无用。我……我不肯出家！"

素贞偷听至此，心神绷紧，伫候佳音。

"你不怕？"

"——我不怕，我要回去。师父，在妖面前，我是主；在你面前，不知如何，我成了副。师父莫非要操纵许仙？"

"哦不，人间寂寞不堪恋栈，故才决意为有缘者揭示客尘幻境而已。施主受困惑，是彻头彻尾的梦中人，梦喜则笑，梦悲则哭……施主对贫僧，是否有一丝信任？"

许仙沉吟："这……"

"施主请直视我双目，镜中花影，于镜何碍？镜性明净，花影难伤。施主，随我去没错！"

素贞整个身子猛弹而起，怒不可遏：

"他勾引他！"

她气得颤抖，就在山石之间，刷地划过来划过去，顾不得损伤。眼睛狠狠地突出来，几乎没变成远射轰炸的武器。手指抽动，六神无主。

"他勾引他！"

屈辱、憎恨和愤怒。

我撇撇嘴："嘿，这许仙真天赋异禀，怎的男人女人都来勾引他？"

——话一出口，我蓦地省察，蓦地脸红。咦？我不也曾使出浑身解数来勾引他吗？我输了，故意地看不起猎物。

素贞赢过，她比我跌宕，她看不起猎人。

"他凭什么带他走？"

我没说出来：就凭他是人。

"相公真是一时胡涂，为这恶人所乘。他不知念了什么咒，要不相公怎会变心？"

爱一个人，就是如此容忍包涵。不信他变心，怜惜他失察。他不好，是呀，但她舍得承认他不好？

心灵空虚的女人有这般可怕！全神贯注于一个男人身上。上穷碧落下黄泉。

我佩服她。

再偷听不知传自何方的对话。

许仙在疑惑：

"那是些什么？"

"你看，空中下望，尽皆骷髅，夫妻恩爱，情人反目，女人是惊扰世道人心的浊物，众生都为虚情假意所伤，朝为红颜，夕已成白骨——白骨犹彼此攻讦，敲打不绝。"

"呀——"

"施主掉下凡尘的是什么？是银子？……越聪明的人，越是'贪'。你得了色，又要财，是贪；爱了一个，又爱一个，是贪，罪孽深重，阿弥陀佛！"

只有我才知道真相：人比妖孽更厉害的，是他深谋远虑。他抢救不到赃物了。

"让我考虑一下？"

"哈哈！没时间考虑了。你正在镇江金山寺途上，无法回头了，我不打算由你。"

"师父——"

许仙的声音转弱了。

这法海挟持许仙，已在腾云驾雾风驰电掣中。他把他捕猎。

素贞咬牙切齿。

她要赌一记：

"小青，我们赶快把他抢回来！"

好。又再齐心合力对付一个人，很好。

赌就赌。虽然赌不可靠，永远不知道下一刻发生什么事。下一个月，下一年，下一生——也许因此我俩死掉了。

"姊姊，我们找他算账去。这秃贼污辱我们，说是惊扰世道人心的浊物。哼！与他何干？多管闲事，杀无赦！"

素贞心里不是这样想的。她刚啖了几口的鲜肉，被人强要分尝，她肯吗？鹬蚌相争渔人得利，哪有这般便宜？严重的爱情岂肯枉费？

我心里也不是这样想的。我对许仙绝望了，但我对法海的侮辱切切记恨——一个女人，对男人当面的拒绝，视作奇耻大辱。他说：你是什么东西？他说：我要的不是你。他说：我要许仙。

我俩绝对不肯成全他！

好！拼上了！

飞身驾起云头，向西追赶。

一直追。至长江下游南岸，见镇江，天下第一江山。

远远便见金山寺，殿宇厅堂，依山而造，亭台楼阁，鳞次栉比，所谓"金山寺裹山"。

然只见金山寺，却不得上去，因云彩四布，伟光昭然，法海不知弄了什么玄虚，保住了这山头。

"姊姊怎办？"

"明天一早，我俩见法海，当面议论！"

当夜，我们随便找一处暂宿。

就在金山寺西，那里有中泠泉，据说苏东坡有诗推许为天下第一泉。

这中泠泉泉水，绿如翡翠，浓似琼浆。我俩于泉水中，默默躺卧。梦魂飘忽至最原始的旧地，真是，这段日子是怎样过来的？

睡得不好。一夜惊醒数十次，都见素贞陷入沉思中，如何应付明日之艰险？

"好好睡一觉吧！"我劝她，"养精蓄锐，明日决一死战！"

见她了无睡意，我翻身："你不睡我睡了。"

我是那种干不得大事的小人物。我有的是小聪明小阴谋，人又小器，遇上大事，一筹莫展，以为睡一觉便好办事——素贞才不会这样浅薄。

第二天，寺门一开，素贞与我入至大殿，她见小沙弥，也连忙施礼。款款而道：

"我们相公姓许，单名仙，昨夜被法海师父请来共聚，至今不见归家，特意前来接他回去。敢请麻烦转达一声。"

小沙弥倒退一步，听得她这番温柔软语，也合什还礼："请稍等。"

我在她身畔责问："那么和气干什么？——"

还未说完，法海昂然出。他手持地老天荒的禅杖，搬出永恒不变的傲慢，正眼不看素贞，目光投放至她身后不知什么地域去。看他那丹凤眼，眼角轻轻上扬，光彩暗敛。六辔在握，一尘不惊，不知如何，那么地讨厌！——也许因他不曾瞧得上我吧，这横蛮绝情的人，真叫人憎恨。在憎恨的时候，百感交集。

他漠视素贞的礼数：

"孽畜，许仙在我这里，你要他回去，不怕犯了天条？"

素贞不动真气，语带委屈："我们夫妻相爱，怎是犯了天条？请师父放一条生路。"

"闹到金山寺来，真放恣！你俩赶快回去，选一处僻静地方，重新修炼，勿痴心妄想，贪慕男欢女爱，逾越本分。也就当算了。"

"那许仙呢？"

"许仙哪用得着你来过问？"

"他是我丈夫——"

"他是人，岂能降格与你族同栖？他日后在金山寺，庭园静好，岁月无惊。"

素贞整个崩溃下来。而我血气上冲，暗中掣剑在手。素贞忙按住。她这窝囊！竟跪下来：

"师父，请大发慈悲——"

我见她平白如此屈辱，跪在敌人面前，哀恳他慈悲，我悲从中来，胸口一闷眼眶一热，怎么可以？怎么可以？

"他妈的！"我再也忍不住了，破口泼骂：

"你这秃贼！凭什么为民请命替天行道？谁推举你出来当霸主的？人各有志，怎可由你统一思想？"

法海霸道一笑。

"数千年来，都是能者当之！当上了决不让！"

"只怕你没这命！"

"大胆！"

他内劲一运，叱喝在大雄宝殿的佛像间激荡不已。

素贞陡地站起，豁出去，我俩联手，欲上前抢回被捆绑起来的，那心术摇摆不定的男人。

金山寺内和尚们层叠为障。

法海的禅杖把我俩阻截，且劈成五六截，蠕动在地。

不得已，现出狰狞暴怒的蛇相，长舌分叉，一身腥臊，喷出蓝烟绿火，好不可怕。

许仙闭目不忍看。直至我们重新组合回复人形。

斗争良久，不易取胜。

素贞暴喝一声：

"明日午时，我把你这金山寺淹了！"

法海紧锁着眉心，对她的狂言十分憎厌。原来有一竖，这一字纹，狠狠地划在他眉间。我愤怒之中稍一松懈，心想：咦，敏锐的手摸上去，一定感觉得到那凹槽的。

不禁私下阴森地笑一下。马上惊觉造次——谁料得会那样分神？功力不足。

我又暗忖，这法海，过分地狂妄绝情，他一定从未得过女人的眷顾了。要不他怎会竭力霸占许仙？这，有什么乐趣可言？

且他凶霸霸的长相，仿佛额角便凿了"大义灭亲"四个字，我忍不住，紧抿的嘴角，泄漏一点心事。

谁知接到那冷峻的目光，但觉浑身上下无一幸免，我怯懦了，大气也不敢透，空余一个野蛮的架势，不知可支撑到几时。他自齿间漏出寒森森的话：

"孽畜，别逆风点火自烧身，末了求生不得求死不能！"

素贞听了，昂首大笑："哈哈，生死有命，事在人为。我不信光明正大的爱情，敌不过你私心妄欲。许仙我要定了。记着，明日午时。"

"爱情？"法海嘲弄，"我从来不相信这种东西。真幼稚！"

他下命令：

"许仙明日剃度！"

翌日，东方才发白，素贞与我，换过短装，分持雌雄宝剑，来至长江，念动咒语，水族听命。素贞道：

"但凡道行在五百年以上的，一声令下，长江发大水，兄弟漫过金山，为我于秃贼手中夺回夫郎！"

这些水族，平素修炼苦闷，一点娱乐也没有，但见得有事可做，当仁不让，义不容辞，也正好联群结党，一试自己功力可达什么地步。习武的等待开打，修道的等待斗法。堂堂正正的题目，引得族众义愤填膺，摩拳擦掌——我心中想，历朝的民间英雄，什么黄袍加身，揭竿起义，恐怕也是一般的部署了。

午时到了，金山寺大门洞开，出奇地寂静，法海不把我们放在眼内了。我俩往里一冲。只见大殿前，法海持禅杖相拦。

此时，大殿传来众僧的沉吟。

万灯蓦地点亮，钟鼓齐鸣。

《金刚静心普慈经咒》在念诵着。

许仙在一群木然的灰衣和尚中间挣扎：

"我不落发！我不要出家！我恋栈红尘，沉迷女色，你们是妒忌我吗？我不要学你们一样！……"

"秃贼！"素贞骂，"还我夫来！"

法海气定神闲：

"回头是岸。"

说毕突然发难。

禅杖一扔，大红袈裟一脱，茫茫如天壮大。

他露出上半身，整个背部，尽是刺青！

苦行僧以针穿过鼻孔，刺透舌头，参悟"我非我"。以针一下一下往皮肤上戳，血水渗出。青蓝入侵，与血脉、神魂相结合。毁身、忍疼，成就一幅大图。

法海背上是一条替天行道的苍龙。

它盘踞于他身上，陡地随肌肉活动，发出精光万丈。

仿如破肤而出，冲天一翔，吟啸嘘吸雄壮而霸道。因青蓝色的苍龙腾空，云起了。脊上的鬐，焰电齐放，头角峥嵘，头上有明珠，眼睛奇特，力摧群山。

火球喷击不断，我嗅到身上毛发的焦味。

它张牙舞爪，自空中俯冲，要置我两于死地。

法海冷笑：

"孽畜！不自量力！"

一时金光灿烂，眼花缭乱。血红一片。

法海原来有备而战，当天一喊：

"天兵天将，快来追捕青白二蛇！"

这一喊，非同小可。我两一惊，马上化作急烟，乘风逃逸，到了长江头，发动大水，一路浪卷浪送，涌至人高，呼啸直奔金山寺。

天色陡地变黑，狂风急雨，像一个五内翻腾的妒妇。一切行动只为负气。事件演变为僧妖大斗法，都因双方一口气咽不下。

江水泼泼狂滚，怕要漫过金山了。凌空忽飞来法海那大红袈裟，他用他毕生功力护寺，袈裟险险盖住，无论江水怎么努力，水高，寺亦升，始终只漫到山脚。过了三个时辰，金山寺，矗立在昏沉黑雾中，高大挺拔，雄踞一方。

素贞正在发急，忽然五百天兵团团围困。

原来此等深沉骁勇之天兵天将，早已布好阵势，只待我俩一时心焦，意绪纷乱，便乘虚现身，步步进逼。

忽地，连那昆仑山上之鹤童和鹿童也来凑热闹了。这两个小子，眼看灵芝被盗，心已不甘，现在又得良机呼朋引类，以多欺少，把两强悍女子收拾，怎不兴奋莫名？当下忙摆定招式，准备以生平力学来表演擒拿。

众朱幡宝盖，盔甲齐备，正与我俩对峙，后方有援兵杀至。天兵天将，力战水邪水妖，一时之间，杀得难分难解。血肉骷髅，不免成为主子的垫脚石。

就在干戈扰攘力战群雄之际，素贞突举剑乏力，腾腾后退数步。

我莫名其妙，赶快搀扶。

"姊姊，怎么了？"

素贞一阵腹疼，直不起腰，脸上滚下豆大汗珠，她说：

"小青，不好，想……想是动了胎气……"

"哎！"我一听，气结，"早不动晚不动，偏在这节骨眼上动。金山寺漫至一半，天兵又战至一半。进退两难呀。"

她咬牙强忍。

稍一拖延，被敌人看出不对劲，长了他人志气，还不穷追猛打？

我一边护住姊姊，一边勉力迎敌，筋疲力尽。素贞又疼得不成人形。

此时，有人高呼停手：

"莫开杀戒！莫开杀戒！"

哦，原来又是那南极仙翁。

他先喝止自己的底下人，便是那鹤鹿双童。他骂：

"姓白的寻她丈夫，有什么不对？别管人家夫妇的事！"

那两个混小子，怎敢不听命老人，只好鼓腮败兴站过一旁。真是，自己都未开窍，懂啥七情六欲？南极仙翁转身一瞧两军阵势，心里明白，他一指素贞：

"这白蛇身怀有孕，是文曲星托世，请各位大人高抬贵手，免伤仙骨——且这人间爱欲纷争，不可理喻，不值得各位动气，浪费了时间精神，分不清是非，何必牵涉入小圈子中？"

众大汉一听，见他说得是。转念堂堂男子汉，原来插手入了家庭琐事，担了个大材小用之名，纷纷告退。水族们也离去，给足面子。

"仙翁。"素贞忙下跪——这素贞，忠的也跪奸的也跪，真是作孽了。她恳求："请代我救出许仙相公吧。"

"哦，"仙翁道，"我是来劝架的，不是来打架的。有什么纠葛，还是你们自行解决好了。"

终于又只剩下我们四人。

扰攘了半天，一切也就还原了。这般滑稽的戏，还要不要上？

不，素贞疼痛难当。

"小青，我怕我要生了——"

我大吃一惊，手足无措。眼看罡风已靖，她老人家却要生了。

"怎办？"

"等生了再说。"

"许仙还抢不抢？"

"抢！要不我孩子没有父亲！"

她泪流满面："我要我孩子有父亲。"

啊！枉她千织万纺，如今只余一根断线，惟一的愿望是"孩子有父亲"。这人间虚妄而无奈的责任。

"小青，"她真心地说，"此刻我只有你！"

她终于觉悟了！

"姊姊，"我扶持着她，"我们索性把姓许的忘掉吧——要一个'父亲'来干啥？这只不过是凡俗人的习惯吧，算了，我们自己把孩子提携。忘了他吧。"

她没有答我。疼了一阵，也许是想了一阵，她低下头来：

"回西湖去。"

然后她就一直沉默了。

女人连沉默也是撒谎。

我不管，闹攘了一段日子，终又回到老家来。日暮乡关何处是？烟波江上使人愁。

御风乘云，仓皇归巢。你看，我们到底得到什么？

又见那长堤，堤外有山，山下有湖。

过了这苏堤，经孤山绕道，踅上白堤，一湾流水，半架石桥。是呀，我也曾在断梦中，忆起过这断桥。我对杭州的感情，对西湖山山水水的感情，原来是那样地牵肠挂肚。"江南好，风景旧曾谙，日出江花红胜火，春来江水绿如蓝。能不忆江南？"

满载一身伤痕，两袖清风，我俩回到故地，相对凄然苦笑——不要紧不要紧，改过自新，从头做起。谁没有绊过一跤半跤，谁没经历一波三折，有什么大不了？有些人郁郁不得志，空有旷世才华，也寂寂而死；有些人终其一生，遇不上一个叫他心神颤动的人，也寂寂而死；有些人……嘿！我俩才不会死，顽强的生命力，叫我们除了互相嘲弄之外，再也没有比这更适当的事儿可做了。

素贞奔波甫定，捧腹喘息。看样子也是时候了，兵来将挡，水来土掩，发生了才将就着应变便是。一边抚慰。忽然，一阵熟悉的呼唤传来，吓了我一跳。

"——娘子！"

素贞无端地激动起来。忘记了腹疼如绞，她支撑起来，循声望去。

"相公！"

许仙气急败坏奔来，扶着她："娘子你怎么了？"

我怒从心上起，恶向胆边生，一冲上前，把二人隔开。

"你这忘恩负义的狗东西，你来干什么？"

"小青，你让我说，是我的不对！"

"滚！"

"小青，"素贞拦着，"听他怎么说。"

"不，你滚不滚？看我不取你狗命——"

一怒拔剑出鞘，不由分说，横里一刺，被他逃过了，我再奋力劈下，他仆倒在地，不住地移退，双手乱摇，脸青唇白。我不肯罢手——但我没有什么壮举，以上也许只是一种姿态。素贞扑过来，横亘在中央，一手挡我利器，一手护住许仙，画面演变为一个滑稽的三角形。

"娘子救命！娘子救命！"

许仙充分发挥他的荏弱斯文，他慌忙地为自己辩护：

"娘子，都是那法海，他挟迫我依从，到了金山寺，还把我锁在内堂，择吉剃度，我听得外面水声鼎沸，只知是你来相救，心中又喜又忧，都是那法海……"

我骂道：

"我不恨法海。我只恨你。你不是人！"

我放不下，又提不上，那剑，真无用："你在此刻又来干什么呢？简直冤魂不散。"

意犹未尽，叹一声："冤孽！"

"相公，"素贞见我恨意稍减，便问，"你是怎样来的？镇江离杭州路程遥远——"

"啊！莫不是法海派你来陷害？"我道。这男人信不过，他已名誉扫地。

"不，请听我说。我是乘水漫金山形势混乱之际，就在寺下一个洞逃出来的。那洞壁上有篆刻，写着'白龙洞'，我见一道很深的石缝，仅容一人侧身而过，不管一切，便逃走了。"

我也听过这样的一条通道，不知在哪一朝，哪一个仙人所成，不知什么原因，总之，他用了那捷径，自镇江闪身来了杭州。

为什么逃离法海魔掌？难道我不明白吗？他这样狗尾巴上的露水，经不起摇摆，说不定是以为金山寺必遭没顶，又赶来投奔素贞了。

我看扁了他，再也不肯记挂他一丝好处。变了心的女人，最是顽固，根本不肯回头。现今叫我回头看他一眼，沈腰潘鬓？我也不屑。

一个男人，好应该像磐石一样，贯彻始终，任凭风风雨雨，不屈不挠，目空一切，傲然挺立——像法海便是了……

不不不，我怎么可以拿敌人来作榜样？真犯贱！

我把自己的灵魂招回来，对许仙喝道：

"不管你怎样来，如今只要你走。我们都不打算再要你，就当作从来不认识吧。"

回头问素贞："是这样吧？"

她含泪道："是，你还是走吧。"

许仙手足无措："娘子，别这样。千差万错，都是我不好。但说实话，我不再三心二意了，我会像最初最初那样爱你——"

最初最初？可以吗？谁可以旋身就回到最初，把错失莠败都一笔勾销？

"我要当孩子的好父亲！娘子，我向你赔不是！"

素贞泪流满面。她心软了。

她彻底地原谅了一个不值得原谅的男人。女人就是这点犯贱！

许仙也忏悔痛哭。

一夜夫妻百夜恩，任凭他反复地变卦，她又反复地原谅——无论她多口硬："不要他不要他！"到头来，她还是原谅他。一切都是枉然。我枉作小人。

　　这就是缘。

　　太玄了，缘来，不相干的两个人走在一起。她当初不过碰到什么是什么，谁晓得是他呢？如果是另一个男人……何以选中了他？是的，无论如何，人人都被动，做不了主。

　　许仙在素贞耳畔轻轻地抚慰：

　　"我们回家去吧。"

　　他在她耳畔软语，一时间，整条断桥整个西湖，都是他的软语，在氤氲荡漾了，叫世间女子六神无主，一种含蓄的威胁。

　　回家。

　　——世上有许许多多的人，陪着回家的，只能有一个。

　　发生了任何大事，传宗接代，生死攸关，也只能有一个。

　　只能仍是他。

　　素贞脸上苍凉安静。这是凄酸的一回事，究竟还有点渺茫。男人爱女人，也是在一段特定的日子里罢了。她不是不明白的。只因为新鲜呀。

　　她最大的罪过是爱得太凶。我就比她冷静——他决非从前的许仙。即使他假装是那把异色影花藏香细扇，都没可能了。

　　"哎——"素贞突然又疼起来。

　　"是时候了吗？怎办？怎办？"

　　许仙团团乱转。

　　我抢白：

　　"怎办？枉你是开药店的。到了紧要关头就靠不住！"

　　经这番的惊喜交集，孩子终也到瓜熟蒂落的时候。

素贞强忍着，下唇给自己咬出一排白色的牙印子，冷汗涔涔而下。

我把许仙赶过柳树底，然后扶素贞到断桥下。我从来不知道生孩子会那样疼，只是见到素贞的挣扎，就像肚中的动物，在里面翻天覆地似的捣乱着，把五脏六腑和花花肠子的部位都搅弄错误，分部割裂。她在呻吟：

"哎……呀……小青，我很疼！你会不会？……"

一声紧似一声。我用手按住那跳动的肚子，我不会，但基于本能，也许会。

真的，她如今只有我了。在她最虚弱的一刻，我非得最坚强不可，我是她的靠山，她的信仰。我怎么也可以如此伟大？

噗咚一声，她倒下来，大腿无穷无尽地伸张着，拳头攥得好紧，仿佛要握着生命中的某项错失，不肯放。血流成河。

见到孩子的头了，我惊吓得像个呆子。我们都在等他呢。他知道大伙在等，偏偏在那儿苦苦拖延，趑趄着：要不要面世？

"我求求你！"心乱如麻，手足抖颤，又强装镇定，我对他说，"快点出来吧……"

素贞被无边的痛楚折磨着，突然，全身挺直了，咬紧牙关，发出难听的惨叫。

他出来了。怎办？是手先出来！急急把它塞回去……

他在微微地抖动。

林中狂风卷过，树叶纷飞，心焦如焚。

终于哇然一哭。

他全身血污。脆弱而疲惫，承受着重担，不情不愿。刚自前生逃过来，带着不可告人的哀伤！谁知他前生有什么莫名的爱恨呢？反正每个人都是如此九转轮回。

见到这红通通的、柔弱乏力的物体，扑扑地跳动的脑囟，是的，我的心也软了！

"姊姊，姊姊，是一个男孩！"

突然眼前黑影疾奔——

啊，正是法海！

他手持一盂钵，往素贞头上直盖。

那盂钵精光四射，银灰色，是那种万念俱灰的颜色。素贞简直措手不及，无法逃躲。浑身颤抖。

我抱着她的骨肉，婴儿啼哭。这是血淋淋的现实。

"孽畜，看你这番往哪里跑？"

"师父，"素贞挣扎道，"你听，我儿子刚出生，哭得好惨，你老人家网开一面，饶了我吧！"

"你这蛇妖，我看你身怀文曲星，才让你回来产子，现仙骨下凡，你也劫数难逃了。许仙是我故意放来查探的。"

素贞闻言，诧望许仙：

"相公，你在引路？"

法海不待他答话，盂钵慢慢下压，霞光万道，正要发挥魔力。像千斤重担，素贞跌坐地上，拼尽功力，一道白光把它顶住。

法海念咒。素贞忽曰：

"师父，你让相公答我一句话。"

我急了：

"许仙，你做人要凭良心。"

手中的婴儿呱呱直哭，吵得不得了。我怕听不到许仙的回话，不知怎样呵护这物体才好。便念个瞌睡咒，先止住他再说。

可怜这物体刚刚面世，便要承受咒语，看来也是苦命。终于他昏昏睡去，不碍事了。便放在地上。

许仙惊羞交加，突地也跪在素贞面前，挡住盂钵。他说：

"求师父放过娘子！"

"我不打算杀她，我来收她吧，免她危害众生，迷惑施主。你让开！"

在这绝望的关头，我顾不得自尊了，我竟也跪下来，向一个我至痛恨的人下拜哀恳：

"求你……放过我姊姊……"

他不理。

我不肯放弃：

"师父，何必苦苦相逼？我们河水不犯井水，请高抬贵手……"

我委曲求全。

法海不假词色，狠心若此。

素贞见一切无效，狗急跳墙，便奋力一弹，向法海扑将过来。图谋一线生机。法海见状，向许仙暴喝：

"许仙，贫僧要合钵收妖，若你拦阻，把你一并摄入，同归于尽！"

许仙一听，震动一下。

法海怒喝："还不退来我身畔？"

说着，那盂钵低了几寸，往素贞头上直盖，这法宝端的厉害——

就在这千钧一发之际，我见许仙，抱头飞窜退过一旁。那么快，那么无情，那么可笑。

他不肯。

他不肯。

他不肯。

素贞失去保护，身处劣势。

看着抽身而退的许仙，动弹不得。只有双眸，闪着不知是爱是恨，似懂非懂——如果从头再来，她会不会开始呢？也许她正忆念着烟雨西湖的初遇，演变至今日的曲折离奇，一一在意料之外。

……他竟临崖勒马。

回首一瞥我姊姊，她万念俱灰，反有从未试过的从容。

双眸光彩渐渐地，渐渐地淡了，一片清纯，宛如出家人。

她不再反抗，不再怨恨，只对我道：

"小青，我白来世上一趟，一事无成。半生误我是痴情，你永远不要重蹈覆辙。切记！"

她长揖到地。

"师父，我甘愿被镇，但求留我儿一命。"

素贞复了原形，白蛇静定做一堆儿，匍匐伏在地上。

法海扯下褊衫一幅，封了盂钵，拿到雷峰塔前……

我无限伤痛，浑身紧张，心颤肉跳，理智尽失，心中燃着最猛烈的恨意，双目尽露杀机。

不假思索，提剑直刺许仙。直刺下去！

——温热冒泡的血泉，飞扑至我脸上。

是的，我往他的心狠狠一刺！那里马上喷射出鲜血。溅得一头一面。

许仙不可置信的，犹豫不决的表情，僵住了。他连痛苦都来不及。我太用力了——浑身气力无处可用，遂集中于仇杀上。怎么会怎么会？但，我把他干掉了。

许仙几乎立刻死去，濒死，他有凄绝之美丽，莫名其妙地好看。一种"既种孽因，便生孽果"之妖艳，人性的光辉。

我把剑扯出来。

我笑了，啊！我终于坚决地把一切了断。

我杀给你看！

笑声在寂寂的西湖孤零零地回荡，在水面反射，在柳间鼠窜，直冲这暑天的苍穹。

一切都过去了。断角的独角兽，失去灵魂的生命。玉树琼枝化作烟罗。

什么一生一世？

这许仙自创的笑话。

我兀自冷冷地笑着。

到了最后，这个人间的玩偶，谁也得不到了，他终会化为血污脓汁，渗入九泉。

——我杀给你看！

法海望定我。

我只挑衅地对峙着。

他完成了壮举。

白蛇被封压在塔下了。

他闭目，合什：

"西湖水干，江潮不起；雷峰塔倒，白蛇出世。"

那些温柔誓语，那些风花雪月，那些雨丝和眼泪，那些"爱情"，原来因为幼稚！

——但，为什么要揭穿它？

是你妒忌吧？

你一生都享受不到的，因此见不得天下有情人终成眷属这种好事，甚至不准他们自欺。

我与他对峙着。

你下一个要对付的。就是我了！

夕阳西照，雷峰塔浴在血红的晚霞中，燃烧着自己，如一个满怀心事的胭脂艳艳的姑娘。不，它是一个墓，活活埋着心死的素贞，人和塔，都满怀心事。

雷峰塔始建于吴越，原是吴越王钱俶计划建造的十三层砖塔，以藏八万四千卷佛经，亦为其宠妃黄氏得子，祈保平安之用。雷峰塔，也有人称它黄妃塔，如今亦囚着一个得子的女人。不过，二者的命运相去极远。

　　孰令致此？谁都说不上。

　　也许全错了。素贞不该遇上许仙，我不该遇上他，他不该遇上法海……错错错。

　　都是这法海，我不该，也遇上法海。

　　我恨他！

　　作为一个女人，我小器记恨，他可以打我杀我，决不可以如此地鄙视我拒绝我弃我如敝屣。

　　我恨他！——我动用了与爱一般等量的气力去憎恨一个叫我无从下手的一筹莫展的男人。

　　暮色暗暗四合，晚烟冉冉上腾。

　　他永远都不知道，这永远的秘密。我同他说的最后一句话，竟然是"……请高抬贵手"，真窝囊！我惨败了。

　　人的心最复杂，复杂到它的主人也不了解。至少，演变成一种幽怨、无奈的倔强。到头来都是空虚。

　　目下，他理应把我也收了。

　　我望定他，待他来收。

　　法海站在那儿，不动如山。

　　时间过了很久很久。

　　他心里想着什么？我不知道。

　　……

　　琅珰一声，盂钵扔下了。他急速地，傲岸地，沉默地……逃避地，转身走了。

他走了。

他放我一条生路？

不知如何，我竟挂上一朵嘲弄的微笑。

"这就是男人？"

他走了。

空余我面对残局——也许，也许他是知道的。

残局已是定局。

我目送他走远。

事情结束，如夜里一更，晨间怨艾。

他没有收我。

我孑然一身，抱着个婴儿，寂寞地上路，不知走向何方，惟一方向是与他背道而驰。

一路上，一路上，都见到地底、石下、树根、亭脚……全为法海所镇的妖。但他放过我了！我是赢家抑或输家？

忽传来禅院钟声，一下一下，催人上路。

冷月半残。

和尚还有寺庙可去，沿途密布白纱灯笼，汪然如海，迎他回金山寺，继续替天行道，假装什么也没发生过。

但我呢？

我到哪儿去好呢？

万籁俱寂。到了结局，只保存得了自己。真可笑。

一切一切，如夜来一阵风雨，下落不明。我不珍惜，不心慌，什么感觉都没有。不过是一场游戏。

咦，还有那个酣睡着的婴儿——我附了一封信，上书："娃娃姓许，他的亲生父母，因有逼不得已的苦衷，无法抚育成人。含悲忍泪，心如刀割，万望善心人士……"就这样，我把他放置在一处稍登样的人家门前，隐匿一角窥看，直至有人出来把他抱进去，不再抱出来了，我放下心，悄然引退。

他的父亲死了，不知轮回往何方？世上一定有人死了，才有人生。

哈，父子两人的年纪，竟然是相若的。二人一直轮回下去，又有些什么纠葛？……

"这一切都安排得不错呀。"我想。

不是吗？法海永栖幽闭、许仙得到解脱、孩子有人抚育。素贞不知这境况，她只当相公老了，然后自然地死了。她是真的，他也是真的，不必怀疑，只不过不恒久罢了。

抬头，凝望半残的苍白的月儿，我有什么打算？我彻底地，变得无情了！

别过人间，我便漫无目的地一直向东方走去。一江春水向东流，东方不知是过程抑或结局。海上有很多小岛，有些太大，有人居住；有些太小，百鸟声喧。终于我寻到一个树木丛集常青的小岛，埋首隐居于深山之中，宝剑如影随形，伴我度过荒凉岁月。

我一天比一天聪明了。这真是悲哀！

对于世情，我太明白——

每个男人，都希望他生命中有两个女人：白蛇和青蛇。同期地，相间地，点缀他荒芜的命运——只是，当他得到白蛇，她渐渐成了朱门旁惨白的余灰；那青蛇，却是树顶青翠欲滴爽脆刮辣的嫩叶子。到他得了青蛇，她反是百子柜中闷绿的山草药；而白蛇，抬尽了头方见天际皑皑飘飞柔情万缕新雪花。

每个女人，也希望她生命中有两个男人：许仙和法海。是的，法海是用尽千方百计博他偶一欢心的金漆神像，生世伫候他稍假词色，仰之弥高；许仙是依依挽手、细细画眉的美少年，给你讲最好听的话语来熨贴心灵——但只因到手了，他没一句话说得准，没一个动作硬朗。万一法海肯臣服呢，又嫌他刚强怠慢，不解温柔，枉费心机。

得不到的方叫人恨得牙痒痒，心戚戚。我思想了很多很多很多年，终于想通了——而人类此等蠢俗物，却永远都想不通。直到有一天我回头一看，才发觉已经变了天……

原来又过了好一段日子，大宋江山已没有了。

经过一番扰攘，统治中国的是鞑子，改朝换代。号"元"。

民间也有心灵无所寄托的读书人，偷偷地捧读着前朝刻本。

宋版书籍字体工整，刀法圆润，纸质坚白，墨色芳淡，保存了很久，仍闻得到清香。其中有一些，在书末还记上校勘人的职衔、姓名和籍贯。见到"杭州"二字，我的心满是好奇——

有没有人把我们的故事写下来呢？

有没有人记得，在西湖发生的，一个虚幻的情局，四散的灵魂？

真是太失望了。竟然连错误的报导也付诸阙如。即使在小圈子中是多么惊动的事儿，毕竟得不到文学家的眷念——有什么大不了？他们提都不提。

太失望了。

巴不得跑出去请人给我作传，以免辜负了此番痛苦——一个人寂寞地生活，就是诸般地蠢蠢欲动，耐不得受冷落。

山中方七日，如是者世上又过了数百年。

我很不耐烦，要等到什么时候，才是"西湖水干，江潮不起；雷峰塔倒，白蛇出世"？每当夕阳西照，塔影横空，苍老而突兀，我便想：殊途永隔，囚在塔底的素贞，潜心静修之余，有些什么欷歔？或有：

——不要提携男人。

是的，不要提携他。最好到他差不多了，才去爱。男人不作兴"以身相许"，他一旦高升了，伺机突围，你就危险了。没有男人肯卖掉一生，他总有野心用他卖身的钱，去买另一生。

这样地把旧恨重翻，发觉所有民间传奇中，没一个比咱更当头棒喝。

幸好也有识货的好事之徒，用说书的形式把我们的故事流传下来。

宋、元之后，到了明朝，有一个家伙唤冯梦龙，把它收编到《警世通言》之中，还起了个标题，曰《白娘子永镇雷峰塔》。觅来一看，噫！都不是我心目中的传记。它隐瞒了荒唐的真相。酸风妒雨四角纠缠，全都没在书中交代。我不满意。

明朝只有二百七十七年寿命，便亡给清了。清朝有个书生陈遇乾，著了《义妖传》四卷五十三回，又续集二卷十六回。把我俩写成"义妖"，又过分地美化，内容显得贫血。我也不满意。

——他日有机会，我要自己动手才是正经。谁都写不好别人的故事，这便是中国，中国流传下来的一切记载，都不是当事人的真相。

繁荣、气恼、为难。自己来便好，写得太真了，招来看不起，也就认了。猪八戒进屠场，自己贡献自己——自传的惟一意义。

感情上不可能再奢侈了，必得做长期储存休养生息，只好寄情于写作成名。

"说什么脂正浓，粉正香，如何两鬓又成霜？昨日黄土陇头埋白骨，今宵红绡帐底卧鸳鸯……"——在一本人尽皆知的名著上见过这样的诗句。算一算，我如今已千多岁了，与一般的老百姓又有什么不同？尽管发生了不可胜数的流血战争，芸芸众生还不是如常地繁衍生殖爱恨老死，陈陈相因？

忽然有一天，这天，正当我在小岛深山埋首写作的时候，遥见雷峰火光一片，木廓角檐，熊熊焚毁，攀附藤萝，霹雳乱响，砖瓦通赤，人声鼎沸。啊！我心念一动：莫不是素贞有救了？

我兴奋莫名，飞身赶至。

只见一群小娃儿，穿着绿得令人不安的制服，围上红得令人不安的臂章，高举红旗，在火海中叫喊：

"先驱者，为革命，洒尽碧血；后继人，保江山，掏出红心！"

"为革命，纵一死，又有何惧！捍专政，复永生，血染河山！"

就这样，自清晨太阳初起，直到黄昏夕阳残照，他们不上学堂，净在那儿叫喊唱歌，茶杯在人潮中递来递去。

他们是干什么勾当的？"革命小将"？

"许士林同志！"一个红卫兵向另一个红卫兵说，"你来号令主持把这封建帝王奴役百姓的铁证推倒！"

"不，从今天起，我不叫许士林！"这英姿勃发的男孩骄傲地向他的战友宣布，"我已给自己改了名字，我叫许向阳！"

全体欢呼鼓掌，也有不少和议：

"我也要改名字，我叫陈向东！"

"我要叫郑前进！"

女孩们也嚷嚷："我要叫李永红！"

"好了好了，同志们！"许向阳振臂一呼，"我们团结战斗，不怕牺牲，不怕疲劳。为了保卫毛主席、党中央，甘愿洒尽最后一滴血。毛主席、党中央是我们的靠山！战无不胜的毛泽东思想万岁！"

"文化大革命万岁！"

唉，快继续动手把雷峰塔砸倒吧，还在喊什么呢？真麻烦。这"毛主席"、"党中央"是啥？我一点都不知道，只希望他们万众一心，把我姊姊间接地放出来。

他们拼命破坏，一些挖砖，一些添柴薪，一些动家伙砸击。我也运用内力，舞剑如飞，结结实实地助一臂之力，砖崩石裂，终于，塔倒了！

塔倒了！

也许经了这些岁月，雷峰塔像个蛀空了的牙齿，稍加动摇，也就崩溃了。

也许，因为这以许向阳为首的革命小将的力量。是文化大革命的贡献。

我与素贞都得感谢它！

——白蛇终于出世了！

我一见她，急奔上前，她先是满目苍茫，不知人间何世。一个坐牢坐了一辈子的囚徒，往往有这种失措——最焕发的日子都过去了。

"姊姊！"

"小青！"

我俩相拥，穷凶极恶地，恨不得把对方嵌在自己身体内。

"姊姊！我俩也有今天！"

大家都抢在对方前头洒泪，霏微的灰雨，砖木的余烬，全跑进眼睛里，化成涕泪酸楚，不可收拾。

我俩也有今天。

"小青，是谁把塔推倒的？"

"是那群小娃娃。"

素贞循我手指方向，望着那群高举红旗，鸣鼓收兵的小将，队伍还在唱歌。

明天他们又不知要去破坏哪座塔，哪座寺庙，哪座古迹了。反正这是他们的功课。

"谁？"

"喏，唤许什么……的。"

"是他？"素贞嘴唇微颤，"是他？……"

"谁？"

"是我儿！小青，让我去会他！"

我拼命地阻拦。好不容易摒绝一切爱恨，又在翻尸倒骨干什么？

"姊姊，他不是你儿子，你想想，八百多年了，隔了那么多次的轮回，他会记得？别自找麻烦啦。"

"对，八百多年了。他们父子也……"她喃喃。

"你多老！看，差不多二千岁。"我岔开话题。

"如今是什么朝代了？"

"不晓得呀。"

"谁当皇帝？"

"也不晓得——不过，好像不叫'皇帝'，叫'主席'。"

"'主席'？"

"唏，别管这些闲事了。我俩回家去吧。"我牵着她的手，回家去。

沿途，竟然发现不少同类，也在"回家"去。我俩是蛇，其他的有蜘蛛、蝎子、蚯蚓、蜥蜴、蜈蚣……极一时之盛。这些同道中妖，何以如此热闹？

啊，我想到了！——

我们途经什么灵隐寺、净慈寺、西泠印社、放鹤亭、岳坟……一切一切的文物，都曾受到严重破坏，剥削阶级的旧思想、旧文化、旧风俗、旧习惯，都像垃圾一样，被扫地出门，砸个稀烂。

也许每一座被砸烂的文物底下，也镇了一个痴情的妖！

谁知道呢？此中一定有难以言喻的故事，各自发展，各自结局，我们没可能一一知道。

感谢文化大革命！感谢由文曲星托世，九转轮回之后，素贞的儿子，亲手策动了这伟大功业，拯救了他母亲。也叫所有被镇的同道中妖，得到空前大"解放"。

革命行动是理性的化身，打破世界的常规秩序，叫受镇压的，得到超生。

我和素贞，跟它们一一打招呼，交换会心微笑。谁没一番过去？

如今大功告成了。好像画卷压边，需要一方朱文图章，方正而肃穆，文革便是那方图章，痛快地盖在每个故事旁，铁案如山。

我在深山，素贞在塔底，各自避世，一旦见市面上如此地混乱，十分受惊。

老百姓全都穿灰蓝衣服，总是有游行和大规模的破坏。众人学艺不前，急剧退步。营营耳语，闪闪目光。堂堂大国，丰度全失，十亿人民，沦为举止猥琐、行藏鬼祟的惊弓之鸟。

红卫兵是特权分子，随便把人毒打、定罪、侮辱，那恐怖的情形，令我汗毛直竖，难以忍受。

所以我俩慌忙躲到西湖底下去。

谁知天天都有人投湖自尽，要不便血染碧波，有时忽地抛掷下三数只被生生挖出来的人的眼睛，真是讨厌！

我们不喜欢这一"朝代"，索性隐居，待他江山移易再说。老实说，做蛇就有这自由了，人是修不到的，他们要面对不愿意面对的，连懒惰都不敢。

……过了一阵子，大约有十年吧，投湖的人渐少了，喧闹的人闭嘴了，一场革命的游戏又完了——他们说游戏的方式不对，游戏的本质却无可厚非。

风波稍静。

素贞装作对过去不大关心，偶然伸个懒腰，问那问过一百七十三次的问题：

"后来相公怎么样？"

"哦！"我哄她，"你被镇塔底之后，法海散去。相公懊悔，情愿出家，就在塔旁披剃为僧，修行数年，一夕坐化去了。"

"真的呀？不要骗我呀。"

"他临去世时，还留诗四句呢。说什么'祖师度我出红尘，铁树开花始见春；化化轮回重化化，生生转变再生生——"

素贞忙接：

"下面是'欲知有色还无色，须识无形却有形；色即是空空即色，空空色色要分明'，对么？"

"你既背得那么熟，怎的又要我从头说起？真是。"我讨好她。

"也许你每说一遍，都补上一点遗漏了的情节吧。"

——不会遗漏。因为这根本不是实情。这是我在那冯梦龙的《警世通言·白娘子永镇雷峰塔》中抽出来的一段。别人为我们的故事穿凿附会，竟又流传至今。为了安慰素贞，怎能叫她得知我"暴行"？我大可不必把真相揭发。遂做结论："姊姊，相公也算不错了。"

"是的——即使我见不着……"

我不搭话。也不追究了。从今后我要她只有我！

那清悠轻忽的钟声又传来，如缘分，在呜咽。我又再把身子辗转。

"姊姊——"

"唔？"

"很久很久之前，你们是否相爱？"

"是！"素贞肯定道。

我呢？奇怪，我已不再恨他了。曾经有一天，他在我身边，在我身上，曼妙的接触，他的手在来回扫荡，我几乎相信，我也是爱过他的。

当时只道是寻常。

但原来已是最后。幸好我把他杀了，故他没机会遇上另一个新欢。他一生便只得两个女人。此刻这两个女人又再绞缠在一起——我们是彼此的新欢。直到地老天荒。

但我有一个刻骨铭心的秘密，即使喝醉了也坚决不肯透露的，那是一个名字，叫做"法海"。我甚至不敢记得。

没有男人的生活，不是一样过得好吗？

我俩再也不肯对人类用情了。

那么委屈，可耻！不若安分做蛇算了。

从此素贞不看一切的伞，一切的扇，一切的瓜皮小艇，一切的男人……

感情一贫如洗。

我把自己的故事写下来，一笔一笔地写，如一刀一刀地刻，企图把故事写死了，日后在民间重生。

仲春。

阳气日盛一日，桃花绽红，鸟鸣唧啾，天地阴阳之气接触频仍，激荡中闪电特多，雷声乍响，又届"惊蛰"。

夜间，下过一场江南春雨后，星星月月，雾气萦绕，白堤上间中高举莲花灯，凄迷倒影在湖上。天还有点料峭。

渐近西泠印社，夜半无人私语时。

只听：

"小佟，你放心，我在存钱。过一阵就可以买缝衣机、电冰箱，要不可先买电风扇。而且下个月我大表哥二表哥来，他们会给我捎来一台录音机，双喇叭的，和刘德华跟黎明的盒带。在香港是最红的了，你一定要听他们的歌。小佟你嫁给我好不好？……"

西湖上的情侣，两个人两辆自行车，并驾齐驱地，选了一处柳荫深深，便在起誓。

"我一生一世，都待你好，请放心……"

没有人在花前月下，湖畔柳边，会记起什么"五讲四美三热爱"、"清除精神污染"、"沪苏浙皖赣比翼齐飞"……他们只晓得讲和听一些自己都不相信的话，又平和而谦虚地相信了。建设祖国多么困难，建设爱情就易得多了。虽然同是空中楼阁。

良辰美景奈何天。

忽地一阵凉风掠过，像一只手在发间轻扫。冷不提防，又下起雨来。

不大，但很密，轻飘而流曳，踏着碎步，款款过来。

"啊——"

小小的惊呼声，不情不愿地受打扰，情侣们还未及把心底的话争先说尽，便又要踩着自行车离去，好觅个清静安全地带。幽幽的路上，也有拌嘴声。女的骂：

"叫你不要来啦，洗过澡，在弄口见面不好？又要踩来断桥。待会雨下大了，回去不又是一身湿透？"

"你弟弟偷听嘛！"男的委屈。

"明天不要上班，哦？死拉活扯地来了，怪到我弟头上去。"

"你怎么这样蛮不讲理？"

"谁要讲理？你不是要谈情？谈个屁！"

二人僵持着，男的生气了，不肯上前议和。女的鬓发一抖，自踩车回去。

素贞看不过：

"哎，浪费了这么美丽的晚上，快别拌嘴了，快点和好吧！"

我笑：

"与你何干呢？"

雨，无缘无故地大起来。

断桥附近的小亭，忽来了个避雨的男人。因雨实在太猛了，迷迷蒙蒙，隐隐约约，他只得暂避一阵才上路。

他拎着一把黑伞。一般老百姓总是用那种黑伞的。

——但他不是一般老百姓。

他是一个美少年。眉目清朗、纯朴、虔诚。穿着一件浅蓝色条子的上衣，捧着一大沓英语会话课本，和好些书刊杂志。为了维护他手中的文化，革命后嫩弱的文化，他才一心一德，静待雨过。

素贞不安定了。嘿，一有男人在，她就不安定了！

"小青，"她说，"你看我这一身装扮多落伍，如今的女子已不作兴盘髻扎辫子了。老土！"

"姊姊你又干什么来着？"

她赶忙地适应潮流。

一旋身，烫了发，额角起了几个美人钩。改穿一条宽脚牛仔裤。脚上换了丝袜，是那种三个骨肉色尼龙丝袜。高底凉鞋。上衣五彩缤纷，间有荧光色，在腰间以T恤衫下摆结了个蝴蝶结。手指上戴了指环，银的，粗的。耳环也是一般式样。脸上化好妆，涂上口红。虽然是雨天，上衣口袋中也带了个太阳眼镜——并没有把商标贴纸撕下来。

"你看我时髦吗？好看吗？"

还背了个冒充名牌的小皮包。

"姊姊，"我骇然，"你又要——"

"小青，生命太长了，无事可做，难道坐以待毙？"

"不，你忘了你受过的教训？"

"小青，我约他迪斯科跳舞去。你忙你的吧。再见，拜拜！"

"你的教训——"

她的心又去了。留也留不住。

这一回，真的，依据她受过的"教训"，她要独来独往，自生自灭。她根本并不热衷招呼我同行，免致分了一杯羹，重蹈覆辙。

遥遥见她过桥往小亭去。

低语，传情，雷殛电闪般的恋爱，她又搭上这个男人。

他把伞撑起，护她上路。一切自伞开始，她不需要任何穿针引线的中间人了——也许她此刻的身份是张小泉剪刀厂的女工。张小泉，杭州三百多年来的名牌。它的剪刀镶钢均匀、刃口锋利、磨工精细、开合和顺、锁钉牢固、刻花新颖、式样美观、经久耐用——不过，这么优秀的剪刀，剪不断世间孽债情丝。

那男子是谁？

他是谁？

何以她一见到他，心如辘轳千百转？

啊，我明白了——

如果那个是许仙的轮回，则她生生世世都欠他！

是他吗？是他吗？

我禁止自己心猿意马。

横竖素贞看中了，就让她上吧。

我要集中精神，好好写那发生在我五百多岁，时维南宋孝宗淳熙年间的故事。这已经足够我忙碌了。

我还打算把我的稿子，投寄到香港最出名的《东方日报》去。听说那报章的读者最多，我希望有最多的人了解我呢。

稿子给登出来了，多好。还可以得到稿费。不要白不要。

我在信末这样写："编辑先生，稿费请支港币或美元。否则，折成外汇券也罢。我的住址是：中国，浙江、杭州、西湖、断桥底。小青收便可。"

万一收不到稿费也就算了，银子于我而言不是难题。我那么孜孜不倦地写自传，主要并非在稿费，只因为寂寞。

因为寂寞，不免诸多回忆。

——然而，回忆有什么好处呢？在回忆之际，不若制造下一次的回忆吧。

呀，我的心也去了。

淡烟急雨中，蓝衣少年，撑开一把伞——

还等什么呢？

我要赶上前。我依旧是素贞的妹妹，同是张小泉剪刀厂的女工。

我决定借了他的伞，着他明日前来取回。解放路、延安路、体育场路、湖滨路、环湖路……随便一条柏油马路的一家。

我一拧身子，袅袅地袅袅地追上去……

初版：一九八六年五月

修订版：一九九三年六月

秦
俑

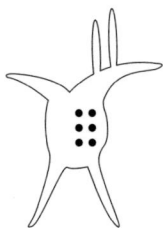

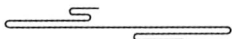

序

它是一只蚁。

蚁，是万物中最微末的生命。

这只蚁，不知如何，开始懵懂地，在土隙中一直往前走。它缓缓地走着。

如果蚁有籍贯，它便会知道此处是陕西省临潼县一座山的底下。如果它有眼睛呢，得见面前景物，一定震惊得颤抖。

四周还是很幽黯。

只能借着不明来历的光华扩散。先见到炯炯的眼睛，然后是鼻子，然后是一张威武的脸。浮在黑色上，凝静如死。他直立着。

蚁在赭黑色的靴边走过。隔不多远，又是另一对靴……

这个军阵是由四个小阵勾连而成的。第一个是由三百三十四个弩兵组成的方阵。第二个是由六十四乘战车组成的车阵。第三个是由将军、步兵、骑兵混合编组的长方形军阵。第四个，战车六乘，骑兵一百零八，排成十一列。

每一个战士，都沉雄刚毅，嘴唇抿得紧紧。他们束发盘髻，或轻装或甲衣，或挟弓弩或佩长剑，或立或跪，都有一股慑人气势。马，眼眶隆起，睛如铜铃，耳朵高竖，奋鬃扬尾，引颈嘶鸣。

军阵蓄锐待发。

蚁又走了好一段日子，它渐渐地老了。这里的战士，仍是一动不动的。

——因为他们都不是人，是陶土造的俑。

这是一个陵墓。

陵墓的顶部是天，有二十八星宿。底部是地，有水银为四渎百川江河大海。松柏玉石雕成，凫鹤金银镶造。通壁奇珍异宝。

一片死寂中，忽然，

吁——

有一下轻微得几乎听不见的叹息。

是谁？是谁？

这叹息来自幽宫，诡异莫名。浩瀚的俑海中，声音回旋，不忍逝去。

人鱼膏燃点的烛火，顽强地残照着。

但这只蚁，已走完它的一生了。

终于它栖止于一个微末的点上，成为尸体。

它当然不知道，穷它整整的一生，方才走至这陵墓外缘一个小小兵马俑阵中央。像这样的军阵，有无数个，星罗棋布在四围。如果有缘一直深入，才可见到城墙、城门、陪葬坑、地宫、陵寝……天下最伟大的陵墓，由最伟大的皇帝，自公元前二四六年他即位开始，花用了一生的时间和精神，直至公元前二一零年冬入葬，历时三十七年，动用了七十二万人力，还没彻底完成。

这是一个深沉的、没有晨暮的世界。在一座城内。

每一个埋葬在此的生命都不甘心。

蓦然回首——

呀，流光如电，一直往回走，越来越快，越来越快，穿越数不尽的挺拔威严的俑像，穿越看不清的雄伟复杂的建筑，只见闪动而瑰丽的灯火，乐声、钟声、鼓声混杂，雄浑的声音，下着君令：

"古有三皇五帝，及至于朕，命为制，令为诏。三公九卿，集权中央。车同轨，书同文，度量衡颁制，百姓皆明一之。六国废，天下一统。自今以后，废谥法，以朕为始皇帝。后世以数计：二世、三世，以至于万世，传之无穷！"

"愿陛下万寿无疆！"

你听见么？

回首再望，也无穷无尽。前后都是渺不可测的深渊，千秋万世，地久天长。永远的秘密。

像昙花一现，他走了。历史一去不返，但历史铸刻在无形的记忆中。是圣？是魔？未可轻议。但天崩地塌过，掀翻了一个世界，遗落一座谜宫。

秦始皇嬴政，曾经叮嘱：

"骊山封土，遍植柏树为志！"

七十二万的民夫，从咸阳原上，把林土和柏树苗肩担背挑运送而来，一路的扰攘，百里之内，一群一群、一蓬一蓬的蚁，惊惶四散逃窜……

秦代

嬴政在十三岁那年即位。

即位的第二年，根据古礼法，已经开始物色一个好地方来建造陵墓了。

他身畔的谋臣，为他选了骊山。骊山，层峦叠嶂，景色秀丽，且南麓的蓝田，自古至今都以盛产美玉而著名，正是阳气之精粹，可护龙体于不败，所以，他也开始爱上这个长眠之地。

很多年过去了，嬴政也由一个少年，到如今四十一岁，陵墓尚未竣工。天天地挖，天天地修，人山人海在苦役中，下锢三泉，别有洞天。

这些年来，仲父吕不韦已于畏惧绝望中饮鸩自尽了。假父嫪毐兵败，被夷三族，所有叛将一齐枭首，并车裂尸体示众。母亲与他私生的两个弟弟，全囊扑而死。他初露锋芒，即铲除异己，巩固了内政，统一了六国，中间不是没有性命之虞，几乎便被荆轲所刺了……

经历了连番凶险，大局始定。

却是一壁坚决求生，一壁筑陵就死。

天下的子民，都为他的生死效命。巨大的墓石在纤运中，又压死了五人，伤了十多人。

午后，火伞炽烈，大太阳向地面张开了血盆大口。

远望骊山附近一丘，地气蒸腾。无风，无声，寂静得奇怪。

山丘的另一面，正麇集了千军万马。胄甲和铜盾刁斗，在烈日下反射出炫人的光芒，但人丛屏息静气，不发一声。他们不是蓄锐作战，而是凝神贯注。

一人一马，自远而近，沙尘飞扬蔽日。

背着光影，看不真切。只见那匹黑马，桀骜性烈，昂首抬足，耳朵高竖，尖嘶狂动，三番四次，企图把背上的人给抛掷下地来。

一身黑色戎装，头戴白玉十二冕旒冠的，正是他们的始皇帝。

他跟它展开恶斗。

一下失手，他被摔下，尚未着地，马上翻上马背。众不敢发言，连惊呼也是隐忍。

人与马皆不服气。他又陡然纵身，牵扯着鬃毛，力挟马肚。黑马摔跳踢踏，一时间难以取胜。

它发足狂奔。

漫山遍野地走。

他终于没再被摔下了，剽悍不羁的兽，无法可施，惟有驯服了。

四野尽是喝彩，旗帜被高高举起。

人马豪气干云地傲立着。

一声长啸。他策骑东驰，向陵墓的工地奔去。四名高手，贴身侍卫着。

远离了群众，见一头小鹿惊逃。始皇帝心念一动，逐鹿而去。

就在此时，他身后两名侍卫，相视一下，突然发难，联手向他突袭。剑拔弩张，一支冷箭，直插他背心。其他两名同僚，还未来得及应变，已经血溅当场。

这是一个孤立无援的境地——

骊山顶，有飞骑直冲而至。

随着一声呐喊，一个勇士竭尽全力排众而出，用他的剑，把叛将刺杀。

叛将的鲜血飞溅。

只见他，身子更快，在血点未溅临始皇帝衣袍上时，已腾空，旋身转体，恰恰以背相挡，血点刚好溅上他的胄甲，缓缓垂滴。

始皇帝因他护驾，连衣袍也不曾沾污。

其他军队此时方汹涌前来，事情已生变化，惶恐下跪。始皇帝忘记了他背上还插着一支冷箭，盛怒之下，拔剑把未及护驾的侍卫，砍杀泄愤，理所当然。

一轮急攻，他转向眼前此人。目露精光，问道：

"护驾者何人？"

"臣蒙天放。愿陛下万寿无疆！"

"担任何职？"

"臣自幼父母双亡，自十三岁起，投蒙恬将军麾下，现监管建陵工程。"

"十三岁那年？"

始皇帝一点头：

"好！蒙天放受封为郎中令。另有重赏。随朕回宫！"

"臣领命！"

始皇帝信手把自己的剑一扔，空中翻腾，蒙天放灵巧地接过。是一把青铜宝剑，柱脊，锋刃，长而沉。见是恩赐，蒙天放心中忐忑喜悦，仍耿直下跪谢恩：

"谢始皇帝陛下赐剑。"

他爱才，但不形于声色，只回身上马，飞驰回宫去。

蒙天放紧握着青铜剑，将士对他都有钦敬之情。而他自己，却不知如何，对始皇帝有一种复杂而矛盾的感觉。

因为烈日渐西沉，漫天霞彩中，远远传来稚嫩的童谣，连小孩子也都这样唱着：

"山山水水无穷尽，

生生死死是轮还，

天天地地风风雨雨亡始皇，

亡始皇……"

今天干活时被巨石压断了手足或胸骨的民夫，目睹同甘共苦的死者一一被搬走了。陋居中，呻吟处处，夹杂着凄厉的哭声和诅咒：

"这暴君！一定死无葬身之地！"

"只有他的是人命？我们全不是人命？"

纷纭的人声突地止住，大家都愕然。因为新封的郎中令来访。

民夫不明白他的好意，只是慌惶地退后，像面对鹰犬。

蒙天放道：

"各位，辛苦了！伤得怎么样？"

大家受不起这问候，全无感动，一步一步地退后，嗫嚅地：

"郎中令请回，我们没事！"

"我们下回一定小心，不会耽误工程！"

蒙天放与他们面面相觑，只觉是一番误会，有点无趣。记起那首童谣：

"天天地地风风雨雨亡始皇……"

外面忽闻人声鼎沸，原来是收书的官兵展开行动了。

始皇帝为了一统思想，下令焚书。

这场烈火，到处点燃。

爱书的人，抱着奔逃。有两个黑影，往林中跑去。官兵穷追不舍。

林中，老人慌乱中只急急用手挖泥，企图把竹简埋下。一个清秀女孩，衣葛履麻，一脸汗污，一边挖泥，把刻上文字的书册：春秋、诸子、语录……一一埋下，一边回头望道：

"爹，他们来了，还是逃吧！"

他坚定地、不肯走：

"不！书册是无价之宝，没书，也就没文化了——"

还没说完，身后中了一剑，死于非命。

女孩抱着一册，藏身在草丛，屏息。一回首，只见黑如墨的夜色里，有双炯炯的眼睛，她如被针刺，全身皮肤都收紧了，心头突突乱跳。生平第一遭，面对死亡。额上开始冒出冷汗，她自己快将成为枯瘦的死人了……

蒙天放只是以身掩护这个弱小的黑影，放她一条生路。

收书的官兵，搜查没有结果，呼啸而退。

冬儿自草与草之间的缝隙外望，这是一个英武的背影。隐隐约约，看不分明。不过他给予她无限的安全。她也曾全盘地信任过他。

她记着他的脸。

在灵魂深处，一直期待他转过脸来，看她一眼。但他没有，只待官兵远去，便耿直地走了。萍水相逢的人是救命恩人，晚风又把他吹走了。

冬儿只蹲在那儿不敢稍动。直到人声渐杳，孑然一身地、缓缓而起，前路茫茫。

两批兵马，一批收天下兵器，聚送咸阳，预备销铸为十二金人之用。计划中，这些金人长五丈，足履六尺，各重千斤。

另一批，则把所征所收之书册，一一运送至此。巨大的窑炉，有十多个，喷焰冒烟，熊熊火光夹杂着蓝彩，烧红了半个天空。

主窑旁，正矗立上千个陶泥塑成的武士俑和马俑，执戈待发。

远处传来长吆：

"始皇帝陛下驾到——"

他骑着黑马，来到窑前，冷眼看着被扔进炉中的燃料。

丞相李斯俯前下跪：

"陛下，连月来，臣等已遵旨将史官及黔首所藏之册籍，包括诗书及诸子百家语录，一一焚毁。三代之事，不足为法。有胆敢评议者，亦处死暴尸灭族。"

他满意了：

"唔，统一大业，乃大势所趋。"

一众目睹焚书烈焰把千古文化吞噬，灰飞烟灭，只默默低头工作。

司炉的老人，头垂得更低，无限惋惜。他只能把俑像一排排地推进窑内，鼓风加炭。

扔书的人更落力了。

始皇帝问道：

"朕闻得陶俑烧制，未符理想，不知原因何在？"

"敬禀陛下，"老人恭顺地答道，"吾等当悉力以赴，以求陵寝大军烧制完美。此支征战杀伐之兵马，必雄立守陵，'事死如事生'，请陛下稍——"

始皇帝一听"死"字，脸色陡然一变。

死？

即使威武骄横、雄霸天下的君主，也会老，也会死。无限恐惧袭上心头。年事渐高，心事重重，一听此言，他勃然大怒，脸上的肌肉微颤，不容分说：

"住口！推出去'坑'了！"

司炉老人在惊愕中，已被逮走。

"从今以后，不准在朕跟前，提一'死'字！否则枭首腰斩活埋，夷其三族！"

无辜的窑工，颤抖伏倒领命。

始皇帝大喝一声，下令：

"出窑！"

窑工以铜锤铜钎开窑。窑门乍开，炉膛发出轰然巨响，俑像全被炸碎。

火光及碎片四下迸溅。

迷信的始皇帝，只觉不祥，一怒而去，头也不回。

万籁寂然。

咸阳宫内，蒙天放侍卫着，御医正为始皇帝检视背心上的箭伤，那个伤口，是个模糊的血窟窿。在敷药的时候，他感到一阵剧烈的急痛，他眉也不皱，只大口地喝酒。他心里明白，如今，一切的伤痛，他还可以从容地熬住，但以后，当他老了、衰弱了，他就不堪一击。

跪在庭前的方士三人，还告诉他巨窑的秘密："敬禀陛下，巨窑须以女子血祭。血祭者须泰然无惧，视死如归，含笑投身烈焰，熔成一体，如此方可感动神魂，各方精气汇聚，助陛下以竟全功。"

"血祭者如何得之？"

"可遇不可求。"

始皇帝有点欷歔：

"天下男儿尽皆贪生怕死，岂有视死如归之女？"

半晌，转向众方士追问：

"你等呈献之数十颗丹药，不知药效如何？有否一试？"

方士都答：

"此乃精炼十年方成之丹药，只供陛下享用，臣等岂敢轻试？"

其中一位，犹侃侃陈述：

"丹药乃以硫磺、白石英、紫石英、石钟乳、赤石脂、水银、火硝、朱砂、雄黄、食盐、皂矾、砒霜等炼制。服后不食五谷，吸风饮露，乘云气，御飞龙，游乎四海，长生不老！"

始皇帝色喜：

"长生不老？长生不老！"

正欲张口吞服，又迟疑不决。他阴沉地扫视三人。

"若其中有毒，岂非一命呜呼？"

在他沉吟之际，目光与蒙天放接触，望定他：

"天放，你意下如何？"

蒙天放三思之后，进言：

"长生与鬼神之说，虚无缥缈，臣只觉——"

"直说无妨。"

"——只觉有点荒唐。"他稍顿，不知应否继续。

始皇帝一听，斥责：

"天放，你胆敢在朕跟前放此厥词？"

蒙天放知批其逆鳞，忙下跪请罪：

"请恕臣无礼，臣乃一片忠心。"

他感他曾舍命护驾，又爱其身手，但没稍露心意，只佯怒：

"你叫朕如何相信？"

蒙天放一念，便请缨：

"臣愿为陛下试药。"

这郎中令手下的将士一听，都望向他。若丹中有毒，岂非……

始皇帝行近一众之前，巡视挑选，信手一指二十人。被点中者，毫无异议，只站前下跪。蒙天放见二十人中，自己未曾入选，愕然抬头。

始皇帝道：

"天放且留于朕左右，不必试药。"

他以自己肯尽忠报主，竟不蒙恩赐，有点失望。

二十人各吞服丹药一颗，入口苦辣炽热，骨碌而下。方士们紧张莫名。始皇帝精目如灼，观其药效反应。

良久，生死未卜。

忽闻其中一声惨叫。

未几，二三人捧腹，辗转，发冷，发热，汗流浃背，痛苦万状，一一相继昏倒。

御医上前探其鼻息，发觉全皆闭气。

始皇帝惊怖之余，龙颜大怒，只下令：

"将一众将士以泥封为俑像，立于陵前，生世守护。"

方士们面无人色。只见始皇帝怒视，如虎狼之回顾。

蒸气氤氲的炼丹房中，丹炉火盛，外封盐泥的丹罐在火中不动声色，聚合于此的七名方士，有的正凝神将锅置于丹炉上进行结胎，有的将砒霜和硝在乳臼上细研。不管在做什么，都心神不属。

才一阵，后宫人声鼎沸，夹杂三位方士之哀哭：

"陛下饶命！陛下饶命！"

卓生吓得被火所灼，连忙缩手：

"他们三人因丹药失灵，难逃一死！"

大家开始担忧了，窃窃私语：

"丹药一日未曾炼成，一日不必面临大限！"

"此暴君若长生不老，定是天下黎民之祸。"

"惟是丹药迟迟未成，亦只能苟活一时半时……"

姜生过来向一个老者焦灼问计：

"徐生，你看该如何是好？"

白发白须的徐福，原来正专注地盯着他眼前的熊熊炉火和上面的鼎，他把手中研成细末的金粉倾入，药起了点变化，转为气态飞升。

两旁白色的眉毛，如八字轻垂在他眼角。他一皱眉，那白色便抖一抖。

金丹接近完成了。虽是各司各法，但，丹药还是自己的好。他耳畔尽是各人的忧虑，不是不明白身陷困境，进退两难。他若有所思，如一座石碑。

"徐生——"

徐福只随手把袖子一扬，示意他们不要打扰。然后继续沉思。

方士们一见这下动作，竟然赶忙把自家精心炼制的丹药，争相倾倒，随下水道，流去无踪。毁尸灭迹，不留痕迹，以图苟活一阵。

徐福回过头来，问：

"你们干什么？"

"我们都'悟'了！"方士恭敬地答道。只不过是阴差阳错的一念吧。

徐福心中另有盘算，也就不理，继续沉思去。

由炼丹房随下水道而出的各式丹药，姹紫嫣红亮黑，悉数溶于水中，汇流一处。

水往外流，往东流。

终于天亮了。

徐福盼得一线曙光。

暮春初夏，天正下着绵密的细雨，夹着碎屑如粉的落花。徐福轻轻用袖子一抹，吸一口气，缓步过后宫马厩，直趋玉阶。

舀水饲马的马夫，晨起洗漱的将士，都是郎中令的部属。有个小兵，喝一两口水，忽见徐福，便与同僚私语：

"不知这方士，是否过得了今天？"

徐福又深深地吸一口气，挺起胸，壮起胆，孤注一掷去了。

始皇帝摒退左右，只留蒙天放在侧，听徐福诚惶诚恐之言。他煞有介事地献出良策：

"神仙方术之说，自春秋战国已有之，流传至今，必有可信。齐人徐福，自祖上三代之遗书，知东海中有蓬莱、方丈、瀛洲三座仙山，上居仙人，若求得仙丹，当胜过方士所炼丹药。"

徐福偷偷瞥一眼，始皇帝竟在听着，有点神驰，他乐得不惜工本：

"臣年事虽高，但仍不辞跋涉，愿为陛下效命。臣将征集童男童女五百，携备五谷粮种，乘船入海，求不死之药！"说得始皇帝心焉向往，转向蒙天放。

蒙天放只直说：

"陛下，经历上日之意外，此说仍须慎思。且陛下一统江山，亦足以名垂千古，长生与否，应顺其天然，毋庸人云亦云。"

徐福窥探始皇帝背手在殿中踱方步，他恨这新宠，三言两语，也可破坏他脱身妙计，心中不免如鹿撞，急汗直流。

始皇帝背对他们，道：

"生死有命，朕虽乃人中之龙，亦难逃脱，惟朕备历艰辛，方令天下归一——"

一转身，取出一枚货币。这是一枚圆形方孔的铜钱，一边的表面，铸了"半两"两个字。即使微如一钱，也是一番心血。

"你看，朕手上乃七国纷乱币制统一后，刚铸好之'半两钱'，必如天圆地方之说，沿用万世。朕只望国势更盛，民生更富。匆匆数十载，日子不够用。"

蒙天放接过铜钱，心深感动。

"天下可有比朕更好之皇帝么？"

始皇帝双目放出光彩：

"天放，你明白朕之心意？"

君臣之间的距离，拉近得不言而喻。

"蒙天放！朕命你护卫求药团众，直至功成！"

接连的七天，细雨依旧羞怯而冷淡地纷飞着。

征自民间的稚女，穿素白薄纱，手持上刻自己名儿的竹牌，列队进宫，如一条迤逦绵长的轻薄带子，在人间飘忽。

徐福引领至验身房：

"各童女候命验身，点'守宫砂'。"

每一个被安排踏入屏风之内的女孩，都明知命运多舛，有家难归。有人泪流披面，有人惊惶失措，有人强忍泪珠，不过，都只静静地忍受命运支配。

有一个，长得标致，但总比同龄的女孩倔强冷傲，无论如何，不肯哭。她脸色苍白，指节苍白——因为，她紧握着一个发簪。

冷雨轻溅，湿了衣衫，发髻偏松垂在耳畔，发丝黏在颈项。冬儿突然发狂地，不甘就此屈服，持着发簪，便杀出重围去。

　　一个女孩，势孤力弱，器物也不锋利，只是乱挥乱刺，侍女也难拦截。

　　她没命地想逃跑，明知是奢想。但发簪狂划，有个将士，挡在她面前，捉她不住，也不想动武，只是由她发泄——即使她多么地勇猛，也不过是头发难的小动物。

　　男人的颊上被划过一道口子。

　　他由她。

　　反而是这头小动物，气促，人累，有点失措。因为孔武有力的男人，不肯伤害她。

　　蒙天放信手轻抚她的头一下，没有任何意思。他安慰道：

　　"选上了你，进了宫，也就难逃啦。不要害怕！"

　　冬儿只觉无限温馨，抬眼仰视，刚好接触蒙天放的目光。她认得他，他却认不得她。

　　只是，二人有说不出来的异样感觉。

　　雨滴虽仍淅沥地下着，入宫后的童女，衣履都焕然一新了。于此养尊处优。

　　她们穿丝缎、阿缟之衣，银泥飞云帔，梳望仙三鬟髻，着丝履。

　　申时，饭后光景。宫中吃得好，是黄米、酱羊肉、热汤和泡馍。水果也上场了，柿子还没熟透，粉嫩的黄红色，三五个童女，端着盘子，分着水果。

　　后宫有编钟之声，一套六十四个，每个钟都可从不同的侧面敲出乐音，大家合奏一曲，乐韵悠扬，响彻宫内外。生活得好的女孩们，暂且忘记了她们的明天。

　　她们点了"守宫砂"的玉臂，悠悠地动，一点凉意透过薄纱，时而贴着肌肤，时而掩映不见。

冬儿坐在檐前阶下，孤单一人，不肯入群。她情绪起伏，为了一个说不出的原因，烦闷地、无聊地拈着水果盘子上的几个瓷碗和竹箸。

雨水滴着。

叮——咚——

叮——咚——

那几个空碗，袒腹承接着水滴，有的盛水多，有的盛水少，偶尔竹箸敲打着，竟发出清脆玲珑的声响，抑扬徐疾。

宫外园中，正是蒙天放和部属驻守之处，他们护卫求药团众，不敢辱命。

蒙天放坐在树下，把始皇帝送他的宝剑拔出半鞘。青铜剑器，刃中央隆起，有脊有棱，剑芒映着雨光。初晴，蒙天放一跃而起。

剑在腕间翻了几朵花，反复舞动。

——不知在什么地方，遥闻叮咚的铃动。初缓后急。

蒙天放只随声舞剑，劈、砍、斩、撩、挂……心念竟与声响不谋而合。

冬儿敲着碗边，自己也受一种莫测的因缘牵引着。怎料隔了亭台殿阁，隔了重林密树，有一个人，剑花一时矫若游龙，一时沉雄稳健。她为他伴奏着似的。无限悲哀。

——至激情处，猛一着力，一声碎裂，原来冬儿收煞不住，把碗敲破了。

四野蓦地死寂。

蒙天放于险中，剑未收，人踉跄几步，生生止住。

竖耳细听，漫天落叶蓬然覆盖着他。人呆立在惘然中。

心灵互通地，他只觉不对劲了。

一滴殷红的鲜血失足落在破碗的残渍中，缓缓地化开，化开。

冬儿的手一软，碎片瘫滑。腕间一道深痕，心上一下绝呼，生无可恋。

血洒了一地，也染红了丝缎。丝本来是有生命的衣料，只比人先死了。

蒙天放像被一根丝牵扯着，急步过了重门，踏进后宫阶前，惊见一个不想苟活的女孩。

他手上抱起她，为她吸去腕间的血污。稍一用力，她在痛楚中颤动了一下，半张开星眸，望着救命的男人。

她的血汩汩失去，她的前尘回来了。伸出手，轻轻地抚摸他颊上一道将愈的伤痕。

他撕扯她的衣袖来包扎腕伤，红，淡淡地渗过重丝，她的脸更青更白了。

时间静止、停顿，天地间是钟情。

但愿长此下去，化作俑像。

一名侍卫到处找寻郎中令的踪影：

"启禀郎中令，始皇帝陛下命你整装待发，护驾东巡长城边防，行程在一日之谱。"

蒙天放的梦醒了，抖擞而起。他放下冬儿，匆匆而去。

冬儿骤失依凭，有点惆怅。

只见他突回头，遗下一句"没什么"的话才走：

"你不要再伤害自己了！"

他带着从没有过的、微妙的感觉，随侍始皇帝，在长城上巡视。

长城，原是战国时期各国为了自卫，也为了抵抗强悍的匈奴，便利用堤防，连结山脉，各自扩建。始皇帝灭六国，展开一个伟大的工程，预备西自临洮，直到辽东郡的碣石，建成一条万里长城。

蒙恬将军备了一个木头车，过来报告军情：

"陛下，臣上日领兵征战匈奴，因长城中段与西段尚未完全合拢，此一豁口，每有敌军蠢蠢欲动。"

一掀木头车上的白布，都是血淋淋的敌人首级。

始皇帝点点头：

"如此，朕命你征集民夫四十万，火速修筑，巩固边防。"

"臣遵命！"

蒙恬退下，始皇帝立足于天下至高之处，极目江山。渐黄昏，灿烂的长城，宛如一条金鳞金甲的巨蟒，雄伟壮观。蒙天放也被这气派所慑。

"真不容易！"始皇帝叹道。

是的，把那么纷乱的天下平定，其艰辛与劳累，非常人可为。人中，有能者，有庸才，靖乱必有牺牲。

始皇帝遥望长城之外，群山层叠，极目不尽，虽是一片宁静，但——

蒙天放道：

"长城以外，犹是危机四伏！"

"对，"始皇帝亦有远虑，"若不谪戍、徭役、判徒、广发民夫日夜修建，敌人总能强凌恶占，防不胜防。"

"只望长城之内，能永远一统，不必操心。"

"天放，这才是千秋功业！"

蒙天放渐渐地站近始皇帝了——他"不止"是一个黔首口中的暴君的。

男儿的大志，在于四方。

不在儿女私情。

只是，一刹那间，不适当的时刻，他忽然想起她来。在艳红的夕阳底下。

那夜，雨已止了。

寂静的夜，只有他的部属在宫外守护，人影幢幢，不辨五官。

冬儿披着轻衣，坐在檐前阶下，维持她听雨时的姿态，一直没有动过。

她伸出手来，腕间犹有蒙天放给她裹扎的伤口。相思悬念，她用那只手，轻轻偎向自己的脸。她的手像他的手……突如其来地，冬儿羞红了脸。

世上没有人晓得这个秘密。

为什么她总是遇上他？

她总是见到这个人，不一定在林间，也许更早！她见过，更早，在千年之前吧！非常地熟悉亲切——她是为了他才进宫里来的。她渴望他回来。

夜更深沉了。

晨光熹微之际，童女们都天真地交头接耳，轻轻地笑着。

徐福便问：

"你们不去静修，说些什么？"

"是郎中令随陛下回来了。"

她们童稚地告诉老人家：

"冬儿说，郎中令回来，她要面谢他救命之恩。"

人人不虞有他，只有徐福，心念一动，洞悉其中玄妙，便道：

"不用了。我会代她说的。你们快要东渡，别心野了。如今得整装，随我到神庙去。"

童女们又不识愁滋味地去了。

徐福摇摇头，心中有隐忧。

是神给他的一点预兆么？

心头乱跳。

冬儿也一样，完全不受控制。

因为她的目光穿过一层一层的人墙，终于找到他了。

在神庙。

拜的是八神：天主、地主、兵主、阴主、阳主、月主、日主、四叶主。

此日，东渡求药之团众，得齐集庙中，让画工绘下盛况。

画工们正参照徐福及五百童男女来合绘壁画。所用之色，以黑为主，夹以赭、黄、大红、朱红、石青、石绿。徐福居首位，身后是追随之众。画工想像中有缤纷的云海，围绕东渡的楼船，大海之中，又有仙山缥缈，仙人影绰……

一阵狂风，吹得众人仙袂飘飘。

画工以为天助，将之入画，栩栩如生。

童男女们，都得跟随徐福伸手前指之方位，令视线一致。

冬儿目光虽依循着徐福，但她的心，又把她的目光指使，偷偷瞅至他的所在，一瞥，方才知道原来他是目不转睛地，盯着邂逅过的女孩。

他站得很远呢，侍卫都一字排开，全衣胄甲，系革带，腿扎行縢、胫缴，足踏革靴，威武挺立，全副恭敬的武装。

隔了很多人，等了很多时日，二人眉目之间，暗传情愫。只是心中也惊扰，不明所以。十分不祥。

徐福冷眼旁观，轻叹一声，自言自语：

"一字记之曰'飞'，真相白矣！"

没有人明白他话中深意。

"冬儿。"他唤道。

冬儿忙正色望向他。

"你明白么？"

"不明白呀！"

徐福又提醒她：

"记住自己站的位置么？"

她莫名其妙，圆睁着秀目：

"记住了——为什么要记住？"

"唉！"他歔歔地摇首，"天机不可泄漏呀！到底逃不过。"

冬儿轻皱一下眉头。她太小了，完全不懂命运的玄机。

壁画在加添几许幻象后，更加灿烂，合八人之力，竟日完工。

童男女们都累了，但不敢呼气，因为，庙外传来吆喝：

"始皇帝陛下驾到！"

所有人都跪伏地下，始皇帝一人独立，欣赏壁画，目光停驻在仙山仙人之上，满怀喜悦及热望——长生之药！长生之药！好似唾手可得，他狂妄地大笑，声震四方：

"哈哈哈哈哈！"

便问：

"徐福，都准备好了吧？"

"臣等候命出发。"

始皇帝向蒙天放下令：

"好，天放，待法士选定黄道吉日吉时，朕将重任交托你手，护送楼船至渭河边！"

"臣遵旨！"他身肩重任，神情肃穆。

冬儿闻语，心头一惊。

如晃荡在风中的丝履。

树梢上，挂了一双丝履。履面是素白，小尖头，上翘，是一只凤，五彩锦缎。凤头没朝前伸出，而朝后扭转，如同回眸顾盼。中系彩带，极细，结了蝴蝶，绑在树桠上，在微风中轻扬。

后宫，是始皇帝灭六国后，依了各国园林台榭之特色来建造。一道江南清泉瀑布，飞溅过假山石林。

水面有一双女孩的脚在轻扬。

拍起了水珠，热闹中很寂寞。

假山石林有人趑趄。

冬儿知道了。一种细啮着她心头的惊喜。衣袂动了一下，但人没有动。

她并未回眸。

只是有意无意地，继续濯足。女孩的诱惑，令后面的人心猿意马。

他终于欺身上前了。

冬儿坚持没有回眸，只轻问：

"你——回来啦？"

完全不看他，只抿着嘴儿，轻轻地摇着下半身的双足，又觉如此实欠庄重，不觉把裙裾扯低一点，扯低一点。

蒙天放道：

"回来了。"

稍顿，得找点话说：

"你叫什么名儿？"

"冬儿。"

又再找点话说：

"冬天生的？"

"是。"

冬儿垂首，下颔几乎贴到胸口。她的心有点昏蒙了，微微地痛。

"我是蒙天放。"

"我早知道了。"

蒙天放错愕了，她什么时候知道的呢？他堕入一个感动人心的网。

二人无语，半晌。

不擅应对的拘谨的武夫，廿六年来，还是头一遭遇上从天而降的令人受惊的柔情。

说些什么好呢？呀——

"好精致的鞋。"

"是丝履。"

"哦？绣了凤头的——舍不得穿？"

"小时候穷，没鞋穿。后来有双芒屩，都舍不得穿。真的，从来没见过这么好的鞋，更舍不得了。"

冬儿起来了。拎了丝履，像逃亡似的跑掉，像避火似的。都不知道怎么应付过去。

"嗳嗳——"

蒙天放情急之下，就抓住她的手。忽省得了："还没好过来？"

腕间还是包扎着细帛，她有点痛楚。

其实，因为那是双指节又粗又硬的，巨大的男人的手，抓住她，自腕间痛到心头上。

"会好的，都好了。"

冬儿无端地，太烦恼了。在未开窍的幼稚的心灵里，爱情和烦恼都是无端的。他的目光令她慌乱。蒙天放仍然不放心：

"没好，我看看——"

他看她的腕。她看他的手，幽幽地问：

"蓬莱远吗？"

他看着她，一怔：

"很远。"

满怀离情别绪，满眶都是离泪，一个骤来的噩梦。逃不过去。只是原始的感情，不可理喻，不可收拾，完全没有心理准备，惊心动魄地迸发了。冬儿像投身一个庇荫，好忘记了明天，她哽咽了：

"我要走了——我们都要走了！怎么办？"

怎么办？

蒙天放在匆促之间，神为之夺，他用尽全身的力气拥抱冬儿入怀。

大地静默。

深邃莫名的悲戚担忧，赴死的困兽。爱情沸腾，惹起九天一下惊雷。

沉醉中的人被震醒了。

蒙天放，残酷地，掉头他去。

怎么办？

直到这个晚上。

两个人都各自辗转，睡不好。

夜空一团团臃肿的云，一下子，把吞没了的月亮吐出来了，突如其来地，明月团圞。像一个银盘，朦胧地照着人面。白光自天际树顶漏洒一地，情同千百指爪的魔掌。

这是一个奇异的月圆之夜。

只见一道紫雾白烟，直奔苍穹。因为炼丹房中，起了变化。

徐福明修栈道求脱身，暗渡陈仓偷炼药。丹已成，幻作五彩金光。仙气迷惘。

人也迷惘了。

是环境？天气？思念？抑或莫测的因缘牵引呢？

冬儿只身不由己地，披着她那暗紫色的一张锦被，移近炼丹房。

这房中，自方士一一被杀，而徐福东渡计划又在密锣紧鼓地进行时，已人去室空，只剩得炼丹的炉、鼎、铁锅、火钳、扇子、盐泥、天秤、乳臼，大大小小的瓶罐，默悼一去无踪的主人们。

惟一残燃着的，就是徐福的丹炉了。

阒无人声，她见到那蒙天放，竟也被他的一双腿，带引来了。

这是一个奇异的月圆之夜。

像所有传奇的开篇，不由自主。

芳菲的香气，催情的春药似的，伴着紫雾白烟，披着紫锦的人。

真是诱惑。

她望定他一阵。衣角着了火，他马上把那火踩灭了。但，理智烧毁了。

烟迷雾锁，正好看不清对方臊红的脸。太诱惑了，蒙天放不克自持。

冬儿一下拆散她头上的望仙三鬟髻，一鬟一鬟相继抖落，她用力向后一抖，长发在氤氲中陡地飞扬。头仰起，闭上了眼睛，整个人豁出去……

她缓缓躺卧在那张锦被上，蒙天放整个人覆盖上去，像个保护者。

他身下的冬儿，是头惊弓小鸟。

但没时间了。如果不是今天，就没有明天。纵隔三千世界，背负一身罪孽，他们融成一块，如饥如渴，欲仙欲死，都幻化成深沉的叹息。像飞升的丹药，不安分地颤动。

黑发交缠着。

她臂上的"守宫砂"，不知何时，无言冉退……

炉火映照在冬儿雪白的肌肤上。她用一个箆，把黑发重新盘好，三鬟髻。黑白相映，是幽会之后的妩媚。

他从不发觉，她是多么地妖娆，看得有点痴呆。

冬儿羞赧地，把蒙天放的身子扳转，开始也为他梳头——先将头顶长发束一单台圆丘双鬟小髻，然后用篦将额前和两鬓长发梳向脑后，由脑后分作六股，编成板状发辫，中间卡一发结，辫的上端打一"×"形的绳结。

梳好了，把他扳过来，二人一直对望了很久，在对方眼睛中看到自己，深不可测。

不相信这是真的。

冬儿把蒙天放一根长发拈起来，与自己的一根长发连在一起，就炉火烧成灰末，放在一勺水中。

她盟誓：

"喝，这就可以白头到老，矢志不渝！"

蒙天放不假思索，便仰首喝了半勺。

冬儿温柔地笑：

"你不是一直认为方士之术都是荒唐么？"

情到浓时，人竟便迷信了。他笑看她喝了那半勺。她在水中见到一个阴影——

冬儿惊呼，推他快走。

他心下依依，还是矫捷地闪身走了。

冬儿慌忙中，把瓶罐都碰撞倒地。身后一声暴喝：

"你干什么？"

冬儿神色仓皇地道：

"——给丹炉鼓风。"

一直暗察徐福的反应，心惊胆跳。

徐福来至鼎前，珍重地拈起一颗金丹。大功告成了，喜出望外：

"唉，竟然炼成了！真是阴差阳错！"

他带着秘密的喜悦，把惊魂甫定的冬儿招来。丹药拢在袖中。

"冬儿你看，迎着炉火，金光闪烁；拢在袖中，自发五彩。这'九转金丹'，好了，好了！"

"你把金丹献给陛下，我们便不用走了？"

"你真傻！此事别让任何人知悉。"

冬儿不明所以：

"为什么？这可是个大喜讯。"

"嘿，丹成了，我们还走得成么？"徐福正色地道，"别误事，从今天起，你不准离开我半步。不得再胡来！"

他把宝贝置于小锦盒中，揣在怀里。冬儿若有所思，苦无良计。

诏书已经颁就：

"朕，今令齐人方士徐福，率五百童男女，于七月初七日午时，东渡求仙。楼船五十，停于河边。全数须于初六晚齐集上船候命，待得黄道吉日吉时，作法启航入海，不得有误。奉天承运，始皇帝即位第廿八年夏，于咸阳宫。"

整日地奔波，一切才被安顿。

徐福与五百童男女，携备五谷粮种，人车列成一望无际的队伍，如长龙蟠缠半山，风吹白衣，飘飘乱举。童女们都戴着一顶细草织成的帽儿，垂下一重轻纱，掩映着音容。每人一个香囊，散着去国的余韵。

楼船五十，由数千民夫拉纤至浅滩，它们高耸着，巨大的身躯，异兽一般吞噬着远渡蓬莱、方丈、瀛洲三座仙山的懵懂的雏儿。

孩子们都有点好奇，有点兴奋，也有点茫然——但都乖乖地服从皇帝的命令，谁都没想过前景。

各在自己的方寸之地安寝，一个挨一个，等待次日启航。人人都一样。

但，冬儿已不一样了。

隔了重重险阻，又届生死离别，凭着楼船的雕栏，远望河边。

驻扎在河边的蒙天放，镇夜护船。部属都敬佩他的尽忠职守。

他们怎会想到，始皇帝宠信有加、委以重任的郎中令，是世上最不忠的叛臣？——他并没有把自己的分内做好。

思潮起伏。

明日一至，二人将是天涯海角，相会无期。还没有走，已经思念。只是一想到自己的身份，又摇摇头，用力把她的影子抖去，摔在水中，任由东流而逝。

仗剑挺坐，脸上不肯再有表情。只余一股忠勇。就让一切过去吧。

冬儿在楼船上，看不见他，但觉每一个影绰的黑点，都是他。

真的要走么？

夜色四合了，河水深不可测。她一步一步地，偷偷走到栏旁，像踩在每一个人的睡梦上，一下不小心，都碎裂了。

她脱了丝履，珍重地系在腰间。夜更浓了，无人发觉，她把心一横，企图跳进水里去。

正准备逃走，蓦地有一只手把她抓住。掩着她的嘴，强拖进楼船中。

挣扎间，一只丝履丢了。

它没沉，只随水漂至河边。

蒙天放蓦见，四看一片死寂，那丝履，凄婉如一声呜咽。他也珍重地纳入怀里收好。

徐福把冬儿拖至睡榻旁，晓以大义：

"怕死么？"

冬儿摇头，泪盈于睫。

但她无法把这秘密告诉任何人呀。童男女五百，是奉了君命东渡的，自己一逃，数目不对，犯了欺君之罪——且自己已不是童女了。

冬儿警觉地，用手遮掩臂上"守宫砂"的位置。她的收获就是失去。

　　徐福把一切都看在眼内。他一早就洞悉人间有这样的一些债项了，只语重心长：

　　"我什么都不管，只要放棹东洋，逃离魔掌，觅地安居，繁衍一支后裔，才是偷生上策。"

　　见她不语，又劝道：

　　"冬儿，不要自私，要为大局着想。"

　　大局？

　　她一夜之间成长了，成为大人以来，始发觉是这样地凄怆。为大局着想，她就得放手，然后与一群没有血缘的人，到陌生地土，落地生根？她明白了。

　　但她要一个"大局"干么？

　　一个小女孩吧，任他苦口婆心，她困扰得如何听得进去？

　　只好佯睡。也许真睡了，就能把昨天睡死。

　　徐福见她安然睡好，便欷歔离去。

　　也太难为有情儿女。

　　冬儿在步声远去之后，微微张目，打开一条缝，他走了。她手中捏紧一个小锦盒。

　　七月，渭河的水凄清但丰满，谁知这河水由多少支流汇聚？谁知一直东航，前面有多急险？冬儿远远望向岸边的营火，她只知有个人在那儿守候。

　　如果一直待下去，天亮了，楼船随大水而去，失去夹岸的约束，不知多么地飘摇。人也一样，回头需要莫大的勇气，只有爱情可以推动她。

　　她被推动跳下水中。

　　"扑通"一声，静夜中分外惊心。

蒙天放见到一个纤弱的黑影子，挣扎扑近浅滩，水没胫，然后她整个地浮现出来。在闪动的火光中，他认出来了。

奋不顾身，马上相迎。

牵扯上岸。

侍卫一见，以为是跳水的贪生怕死者，不愿随团去国，——都在吆喝：

"什么事？"

"有人逃跑了！"

"郎中令逮住他了！"

岸上人声鼎沸，一片混乱。

楼船上的人，都被吵醒了。徐福一看，事已至此，惟有孤注一掷。

当下，他擅作主张，大声下令：

"楼船启航！"

楼船东窗事发，急急驶向东方。

一去不回，在彼邦繁衍——这是他们的意愿。

火把燃亮，水面一片通红。大家目送着逃遁的五百人。

冬儿一身水淋淋，衣湿体寒，薄纱黏贴着肌肤，像是刚脱胎的新生。

她飞奔至蒙天放身畔，紧握他的手，苦寒而抖颤。

走？

不走？

蒙天放回头一望自己的部属，驻扎在河边。他们一直敬佩他……

只迟疑了一下，敏感脆弱的少女的心便仿佛受伤了。

她咬牙，不理他，自行奔逃。

侍卫马上便追上了，用绳子把她捆起来，带到蒙天放跟前。

他望定她，手中的青铜宝剑一举。

她呆住了，眼中尽是惊疑闪烁。

他的剑"嚓、嚓"几声。

大家愕然地望向被剑锋所断的绳子，撒在地上。

团团围住的两个人，一个是长官，一个是逃犯。全部噤声不语。

蒙天放豁出去了。

在所有人的注视下，灼灼的目光中，他把始皇帝恩赐的青铜宝剑，竖插在浅滩的石子间，他背叛了他，只好把权位荣禄都牺牲了，为了她，和她先发制人的牺牲。不计后果。

他一手把她扯过来，紧紧拥抱着她，在他强壮的怀抱中，她有点羞怯，却有更多的骄傲。充塞其中密不透风。

她满足了，一切都是值得的。

心中只觉亮堂堂，暖洋洋，闪着鲜艳夺目的万度霞光,海阔天空。

他从没这样地温柔和坚毅过。到底他敌不过冥冥中的情牵。四下是他部属惊愕而感动的低呼，交织成一个网罗，身陷囹圄，但笼罩在一片大局已定的安谧中。

对于他，敢于为她做任何事，保护她，呵护她，爱护她，这才是大局。

二人放心地，随着他们，随着数不尽的猛烈地叹气的火把，去了。

火越来越兴盛，烈焰自窑炉向上狂吐，舐向四野和夜空。

炉边搭了法台，法案摆满祭品。

始皇帝从未如此暴怒过，因为他"被骗"了,火光中,面貌狰狞：

"蒙天放！朕因爱才，对你悉心栽培，恩宠有加，你这畜生竟敢背叛于朕，是为不忠；求仙取药，乃万世大业，竟因儿女私情，坏了大计，目光如豆，是为不义。朕——要你们死！"

一身红衣的冬儿被带出来了。

经过沐浴、熏香、更衣，也明知难逃一死。但听得"你们"二字，马上扑倒叩首：

"陛下，此事与郎中令无关，冬儿知罪，愿一力承担，请放过他！请放过他！"

"杀！"

"陛下陛下！"泪流披面的冬儿，一生都没讲过这么多的话，"冬儿死不足惜，但郎中令，万中无一，求陛下留他一命！"

始皇帝当然知道，虎狼亦有不忍之心，但盛怒中，万难食言。心念一动，自怀中拎出他那天下第一枚之"半两钱"。

"生死有命，于此关头，看你造化。"

他把钱币扔到蒙天放脚前。

"见'半两'二字即生，负面即死！"

蒙天放却决绝：

"不，大丈夫一人做事一人当，臣知罪，当以死报君！"

始皇帝恼恨他之愚忠，想留活命，怒叱："掷！"——他给他一半的机会。

百官和将士，都紧张万分地等待蒙天放自决命运，非生即死，冬儿闭目向天祷告，口中低喃。

蒙天放无奈，钱币一掷，于半空中打个滚儿，他一手覆之于另一手掌心上。

生死关头，手缓缓地移动……

结果如何？一壁揭露，一壁汗透重甲。

渐见"半两"二字——是正面。众人都吁一口气。

始皇帝遂下令：

"好，天意如此，留你一命！朕令冬儿自投炉火，血祭俑窑！"

蒙天放望向冬儿。

只一眼，他想也不想，把心一横，咬牙下跪：

"臣蒙天放乃一顶天立地男子汉，不愿偷生，决同归于尽！"

冬儿的心灵震撼了，他明明得到"生"，依然要一起"死"。有一种神秘的动力在她心中翻腾，热乎乎地，滔滔滚滚，汹汹涌涌，她有话要说。

"陛下，冬儿自知难逃一死，只求临死之际，跟他讲一句话，只一句！请陛下成全！"

还没哀求完，已不顾一切，挣扎排众而出，漠视了君令，瞧不见千百双旁观冷眼。

电光石火之间，她做了一件最伟大的事。

——她把偷来的"九转金丹"衔于口中，飞扑至她男人的怀里！旁若无人地，狠狠，狠狠吻他一下。

她有无数的话要说，但一个字儿也说不出了。

在吻他之际，小舌头把丹药顶吐到他口中：渡给他——天地间一个秘密。

他惊愕万分，根本不知发生何事，已骨碌一下，不得不把丹药吞下肚中。

众人不知兰因絮果，来龙去脉。

她不知道这是否长生不老药。她不知道究竟有没有效用，但这是惟一的寄望——他可以不必死了！

这璀璨的一刹过去，冬儿向蒙天放点点头，用心地望他一眼，以目光诀别。

她把丹药给了他，自己就没有了。以生命来博得他不死，纵是牺牲，也心甘情愿。

为了她最初和最后的爱情！

穿着红衣黑裤，手持兆戮、头戴上饰有四只金黄色眼睛的面具的舞者，一边舞动，一边呼叫，大壮声势的"傩跳"，伴送冬儿血祭俑窑。

视死如归的冬儿，忽而诡异一笑。

——只有她自己心底明白。

带着这莫测的诡笑，赤足红衣的女孩，向火海纵身一投，如一头火凤凰。

蒙天放目送她，转瞬化为乌有，他流下了男儿的眼泪，哀号：

"冬儿！冬儿！"

念咒声、歌舞声、法螺声……陡地止住了。

蒙天放自噩梦中乍醒。

朗朗的君令：

"蒙天放！"

"臣在！"

"朕命你泥封活埋后，千秋万世，为朕护陵！"

"臣领命！"

"你要永远记住，不准任何人接近朕之陵墓半步，将功赎罪！"

蒙天放下跪：

"愿陛下万寿无疆！"

始皇帝作最后一瞥，转身不看——他失去他了！

工役上前，含泪沉痛地用铜锤插进一大堆的陶土里，一下一下，将陶土自蒙天放的足部起，小腿、大腿、上身……糊上去。

蒙天放神情肃穆，平静。因为他去意已决。一死何足惧！一捂怀中的丝履。

工役已经把动作放慢了，不愿这位得到部属拥戴的郎中令太快接近死亡。

即使缓缓地糊，也到了颈项、头颅……

两颊、额、下颌……

这是一具英姿勃发而又气度沉雄的俑像呀。陶土一干，他也就完了，从此成为一座死物。

陶土逐渐勾勒出他整个的轮廓，到了最后，工役终于狠下心来——

他挑了一抹土，封上他的嘴，他翕动着的鼻翼，最后，是一双闪着晶光的眼睛。

蒙天放眼前一黑。

啊，秦朝的盛况，一统的天下，他看不见了。他将永埋地下了。

天际横来一阵飞雪，众愕然上望。

在这盛暑，雪花轻淡若无地洒下来，如无声之眼泪。

也许万物之灵的人类，在真情面前，蒙受冤屈，一点怨气，赔上了的生命……没有人能真正了解。

过了三千年，还是矢志不渝的。

但日子过去了。

时移世易……

三十年代

雪花落至中空，就止住了。

人间还未到寒天，是深秋初冬时分。

一架双引擎的民航机，自上海飞往西安去。机上载送一支庞大的电影外景队伍。有化妆的芳姐、摄影师老沈、灯光、场记、服装、道具……和几个花枝招展的二三流女明星。

——大部分都没搭乘过飞机，穿戴得很隆重，一如赴宴。正襟危坐者有之，好奇地趴在窗口看云看景，老半天也不肯回过头来者有之。只有那五十来岁，微胖略矮，一脸威严的吴导演，抽着烟斗，不动声色，大家都以为他在脑海中分镜头。

中外艺联电影公司的外景队，为什么要来到这西安拍戏呢？

他们对外宣传是"剧情需要"。

如今进步电影都不再局促在摄影厂里头了。而且上海大小电影厂家将近半百，竞争十分激烈，但世界影坛中，有声片子已大行其道。他们为了适应新时代、新潮流，决定开拍《情天长恨》，这是中国电影从默片迈向有声片的新纪元。

据说投资者是日本人。田中三人先生。

这戏的男女主角，一直保密，直至记者招待会时方才揭盅。

只见一个镂花镀金的庸俗镜匣子打开着。落在一只涂上鲜红色蔻丹的玉手中。腕上有道浅浅的疤痕，如同伤口，不过不痛不痒，那是个胎痣。它的主人是朱莉莉小姐。讨厌死了，自稍懂人事以来，就发觉这道疤痕，叫她美丽的玉手扣分，恨不得了，用个镯子把它盖住。

十七岁的朱莉莉，自小发明星梦，因为自觉天生丽质，又聪明伶俐，出人头地指日可待。此番随队出发，不知有没有机会扯着龙尾巴往上爬呢？

先装扮一番再说。

正持一支口红，把小嘴"描绘"。

气流令机身一晃，她的口红便一划出界。

"哎哎哎！气死我！毁容啦！"

马上自身畔那化妆芳姐的箱子中，取过一个粉盒子，擦掉口红再补妆。咦，另有发现：

"喂，芳姐，你这口红'先施'买的吧？是油质呢，真明亮，又不糊，借用一下。"

一壁涂抹，抿嘴，好几下。把隔着甬道的另一个晕陶陶的女孩推醒。

"嗳，好不好看？"

她坐不惯飞机，几乎要呕吐，只没好气地道："别臭美啦，碍着我睡觉。"

只见她又一睡不起，朱莉莉十分无趣，见摄影师持着望远镜看云海呢，又撩拨他："老沈老沈，看我这个角度，左边，七分脸，嗳，怎么样？"

性感的小嘴微张着。老沈看也不看，只敷衍地，伸出大拇指：

"好！天下第一美人！"

得不到青睐，朱莉莉颓然坐下，乘人不觉，把那口红据为己有，收在皮包中。可惜逃不过这厉害的芳姐。

"还！"她一手想抢回，"上回也是借了不还，公家要用，反倒得开口借了。我才信你不过，你就爱贪小便宜。还我！"

朱莉莉一听，把口红扔下，就势把胸脯一挺，恶人先告状：

"哦？什么都是你的，吓？我身上的蕾丝胸罩是不是你的？"

"去你的！"芳姐不理她。

她有点寂寞了，静不下，又攀到窗口附近，用那坚挺的上身把人挤过一点，看了看，自顾自表示不屑：

"要来这鬼地方拍戏，什么都没得卖，哪比上海登样？嗳，乡巴佬的日子怎么过？一点也不'文明'，连香皂也没有——"

一瞥对面的女孩，正翻着一本《良友》画报，上面刊着女明星阮梦玲和"四七一一"的广告呢。

她灵机一触，跨越一两个座位，跌跌撞撞地趴到椅背，拍一下吴导演的肩，他回过头来，见这吱吱喳喳好似缺堤的"十三点"，跪坐支起半身，一手抢了他手中的烟斗，抽了一口，半呛，强忍道：

"导演导演，我表演一段给你看。"

先是低沉的男声：

"为什么女明星们的肌肤总是那么地娇嫩？"

然后摆出一副娇俏动人的媚态，模仿着风骚的女明星，捏出嗲得不堪设想的嗓音，腻着：

"因为，她们呀，用的是'四七一一'白玉霜，我也天天用它！"

"四七一一"，为了妖言软语，还念作"四七幺幺"呢。

她睨了导演一眼，巴结地：

"表演得怎么样？哎，导演，你没看呢，你……"

吴导演拿回他的烟斗，对这个"十三点"无法可施，只爱理不理，低头看剧本：

"比阮梦玲差远了。人家是'电影皇后'。"

朱莉莉一听，气炸了，便晃荡招摇到他身前，撇着嘴：

"哼，有什么了不起？赶明儿我红了，赚钱了，也捧自己当'电影皇后'，画报举行投票，就买下所有的票，反正我知道黑市门路。嘿！选上了，就穿件丝绒旗袍去领奖：紧身，六道绲边儿，披件狐裘，那股劲儿——要不，我就穿套鲜红色的洋装……"

越说越得意，作张作致的，真是"美艳亲王"。芳姐听了，便调侃：

"好，真选上了，我给你化皇后娘娘的妆！"

朱莉莉只道人家恭维，飞扑上前搂着她颈脖，要亲一下，以示感激。

"芳姐，你真好！哈哈！我要请你当私人……"

"西安到了！西安到了！"

大家见到陆地，都很兴奋。

导演白她一眼：

"下飞机了，螃蟹吐沫似的，没完没了！"

"啐！"

朱莉莉自恋完毕，也整装排众而出，一马当先，站到机舱的出口。

要下机见人了，努嘴、瞪眼、扬眉、耸鼻子……让脸上的肌肉松弛一下。

然后，挂上一个甜甜蜜蜜的笑容。

门缓缓地被推开。

映入眼帘的是横亘的布条，上书"欢迎中外艺联电影公司外景摄制队莅临西安"。朱莉莉深深吸一口气，挺身而出，昂然地"率众"下机了——她忽然爱上这个地方。

等得不耐烦的记者们，一见人影，马上涌上来，镁光胆"砰"地一响，如同小型轰炸。朱莉莉受宠若惊，赶忙踏个丁字步，搔首弄姿，微笑：

"谢谢，谢谢！"

大家始发觉是名不见经传的小明星。

天际忽地轰然巨响，一架双座位的小型飞机呼啸而过，连乐队也吃了一惊，演奏中止了。

飞机变了两三个花式才急降，终于潇洒地停定了。

"莉莉，你的梦中情人来了！"

"哎呀！是白云飞呀！"

果然走下一个丰神俊朗，身手矫健的男人。记者们的目标便转移了，镁光都向着他闪。朱莉莉沦为冷宫之后，只目不转睛地，为挺拔刚健的白先生所吸引，一咬牙，欺身上前，把玉手一伸。

"亲爱的白先生，我是朱莉莉，这回能够跟你一起合作，我，我……"

念到白云飞也许像绅士般吻她的手背，她就心如鹿撞了。

来迎迓的都是高层官员，也热情地上前。他们一来，莉莉就再无立足之地了，她满怀焦灼。

白云飞颊上有道长形的笑纹呢，他一笑，她要昏了。但他没有吻她。他把手伸出来，小型飞机上也伸出一只戴着白手套的，纤巧的女人的手。

风华绝代的阮梦玲，带着梦的迷茫的眼神下机了。看她穿一袭豹皮的重裘，烫了波浪鬈发，施了脂粉，特别地白皙娇媚。眉线勾得细细，眉尖略向下弯，耳垂闪着红宝石的艳光。一亮相，便把场面给罩住了。

她笑也不笑，只丰姿绰约地，由她的男主角牵引着，一如谪仙。

朱莉莉看看自己，不过是俗艳的橘红大衣，连指环上的珍珠，也是假的。

自惭形秽，不得已退后了两步。

白云飞领着她，目中无人地，上了一辆汽车，绝尘而去。

导演也上了另一辆汽车。

汽车一辆辆地开走了。

芳姐来唤她：

"莉莉，莉莉，上车呀！"

是一辆硕大的旅游车，她恨透了。

"上来吧。大人物坐小车子，小人物，坐大车子。"

朱莉莉气鼓鼓地，随同外景队伍上车了。问司机：

"现在到哪里去？"

"临潼县呀。"

"远不远？"

"从西安往东五十里就是。"

她嘀咕：

"哼！什么鬼地方！"

车子驶出机场。人人都围拢在铁丝网外看明星。什么人都有。有挽着藤篮子的学生，有农民，有工人，有乞丐……

渐行渐东，所见的人，衣衫开始褴褛，神情开始淡漠，身世开始困乏。离开了闹市，那些隔着玻璃，瞪大好奇的眼睛伸手摩掌，扬着小旗欢迎，讪讪地笑着的"影迷"都退去，也许不过是政府派来的临时演员，专门讨好日本人用——他们此番的角色不是侵略者，而是投资者，政府都尊敬他们呀。

谁记得东北的乱或靖？

到目前为止，西安还是平静的。

《情天长恨》在一座破庙前开镜。

几案上备了三牲水酒果品，还有香烛。大型的麦克风前，由吴导演致词。不外是老生常谈：

"……这部哀怨缠绵动人心弦的巨片，请得文明影帝、热血男儿——白云飞先生，以及爱国影后、天之骄女——阮梦玲小姐，双双领衔主演。档期已经敲定，田中先生也催促我们赶工……"

因剧情需要，大家都穿上了戏衣。

非常有趣，女主角演的是穷家女，荆钗布裙；女配角呢，是男主角妹妹的同学，打扮得漂漂亮亮，专门负责狗眼看人低、侮辱穷人的戏份。越是势利泼辣，越显得对方楚楚可怜，赚人热泪。

朱莉莉一早便穿好一袭大伞裙，打扮得很艳丽，但导演指使她托着一盘子的鸡尾酒来招呼来宾。

她小心地拈起裙脚，生怕弄脏了戏衣。一见那男人，情不自禁，便拎了两杯鸡尾酒趋前献媚：

"白先生！"

她把酒递出去。

"是你。"他一抬眼。

朱莉莉惊喜交集，想跟他碰杯：

"你记得我呀？"

他眼中闪过一丝调侃："不。"

把两杯酒都接过了。一杯回身递予阮梦玲。莉莉怔在原地。阮小姐冷冷瞅她一眼。然而，即使他转身去了，她仍恋着他背影的风华。

"来呀，试试戏！"

一个小工把椅子搬着，尾随着这耍大牌的吴导演，到处走。

导演安排朱莉莉和其他两个女的演同学，三人不过比龙套稍为起眼，站好后不敢造次。

豪门大户的男主角，爱上穷家碧玉，二人在雨中邂逅……

大花洒已在布景板的顶层预备好了，三个道具，一人手持一个。

大家在等待阮梦玲培养好悲情，涌出泪水。

无聊地等，一直等。

终于她向导演示意：可以了。

拍板一响：《情天长恨》，第十场，镜头三。

雨倾盆而下，男女主角相逢道左，二人拥抱。在最感人的关头，三个花洒都集中在他们头上，主角变成落汤鸡。阮梦玲被大水一注，才讲几句对白，已喝了几口，呛住了。

朱莉莉忍不住，笑出来。

阮梦玲瞥到，非常不悦，大呼：

"导演，我才刚进入情况，她就来破坏气氛了。怎么演？我不演了。要不你换人！"

她摆架子，气冲冲地扭腰跑了。

导演连忙过去临时化妆间里头哄：

"梦玲，你先歇歇，别跟小角色一般见识……"

小角色？

她被骂，心有不甘，向着她背影扮个鬼脸，但又不敢发作，生怕真把自己给换掉了。益发憎恨这"情敌"。

朱莉莉咬牙：

"嘿，不是你死，便是我亡。好，非当上女主角不可！"

导演出来时，她迎上去，有点委屈：

"导演我——"

"得了得了，别烦着我。"随即吩咐各人，"改拍第廿七场。"

"那我——"

"哪儿凉快哪儿搁着吧！"

为了安抚这个大牌，他就要自己暂时消失了，世界多不公平！

她没好气地，踱到布景外，颓然坐在一个大木箱上。

这木箱上写着"危险"、"易燃物品"，另一边，也堆了长形的，画上枪械的图样。朱莉莉浑然不觉。

一个大汉见到了，很紧张：

"喂，站开些！"

她没处出气，便骂：

"道具吧，我没见过么？张牙舞爪的，小角色！"

旁边来了几个人，看来是搬运的，见这标致的小姑娘凶巴巴，便逗她：

"上面写什么？你不识字的？"

"我不识字？"马上在皮包中拎出一支口红，龙飞凤舞地，在木箱上签了"朱莉莉"三个字——惟恐没人知道她名儿。

满意地端详一下，终于得她得到一点注意了吧。然后扭身缓缓地走了。

大汉们啼笑皆非。

"快，干活去。今儿晚上老大等着用。别昏头转向。"

"这骚货！"

"话说在前面，我先上的！"

忽有人道：

"老大来了。"

吓得一众赶紧行动，原来是唬他们的。

"哈哈哈！"

笑声中，朱莉莉无聊地，不知受了什么驱使，踏进这破庙里头。几成颓垣败瓦的神庙，面貌一片灰黯。都不知建于何年何月，且给了无数战火蹂躏，翻新后又再败坏，连壁画也模糊了。

朱莉莉贪玩，便跪在神前，喃喃祷告。她充满诚意，也非常贪心。

"我有三个愿望：第一个是'红'，人一红，就有名有利。第二个，我希望遇上很爱很爱我的爱人，很英俊，很浪漫，很……就像白云飞那样。"

提到这名字，马上飞快地在左右一扫视，生怕被人听去了，掩着嘴巴。

"第三个——就是：我再要另外的三个愿望！"

在她这样祷告的时候，左右的确无人，但在身后，早已有一名七八岁，受戒的小和尚，持帚打扫，把一切都看在眼内。

他好奇地看看朱莉莉，又回头看看右方的大壁画。

她以为秘密无人知晓，咚咚咚地磕了三下头才爬起来。

一爬起来，转身，见一个小黑影，马上尖叫鬼叫的，十分难听。

"哗——你是谁？你听到什么？你不会告诉别人吧？喂，我是说着玩儿的，我根本没爱上白云飞。"

"真像！"

她莫名其妙：

"像什么？"

小和尚一指壁画：

"喏。"

她过去，奇怪，一认就认到某一个位置了。冥冥中的巧合，没有人知道这是什么历史渊源了，只一大堆男孩女孩，伴着一个老头子，又有船儿，又有云彩，又有神仙。

她信手一指。像是像，但：

"这个？去你的！我是'文明先进'的电影女明星,会那么土气？吓？"

气得拂袖而去。

小和尚忽地合什向壁画膜拜，告罪：

"我不是有意的。"

气氛诡异，但她已看不到了。

到了拍戏现场，不禁精神一振。第廿七场是打斗呢。只见白云飞被两名流氓追杀，他身手勇猛，在她眼中是绝对的英雄——若这英雄来救美，是多么光荣而浪漫呢！

可惜，一壁扪着胸在哀恳的美人，却是那造作的阮梦玲呀，哼，她惊惶失措，带着哭音，夸张地念白：

"你们这些杀人不见血的恶势力！你们这些不分青红皂白的流氓！你们放过我爱人吧！我求求你们！"

"咳！"

导演大喊。表演中断了，一众愕然。

"再来！"他向着明星，自是不同语气，"不关你俩的事,'钓鱼竿'进画面了。"

面对低下层，又是另一副嘴脸，权威而严峻：

"大烟未抽足么？不是叫你话筒要离头三尺么，换人换人！"

第一回搅有声片子，真不好弄。

马上一个小工被换下来，满足导演的威风。但白云飞却有点气恼，发脾气，一下子不见了。大家面面相觑。朱莉莉盯着他背影。

导演气得跑掉。

这场戏也拍不成了。

白云飞转身走入布景板的后面去。

导演未几也走入布景板的后面去。

布景板后面堆放了沙包和杂物。

移开沙包和杂物，赫然是一条地道。

地道下面，大光灯在照射着。

壁上钉了一幅西安的地图，地上放置了水平仪、钻土机、探测器……都是先进的挖掘仪器和工具。

挖掘工程在暗地里进行着。

为什么是这里呢？

地道内所有的人一见白云飞，都恭恭敬敬地招呼。

"老大！"

老大？

连那权威的吴导演，拍戏现场表现得不可一世，至此，也不过是个小角色吧。

——这是一个盗墓集团。

投资者正是田中三人先生。

斯时，日本军国主义分三路进攻中国。东北的是军事，华中是政治，华西是经济。

田中三人以投资者身份，组成一支庞大的电影外景队，来至西安。

整个集团的首脑，便是白云飞。

他以一个当红小生、文明影帝的包装，肩此重任，因为没有人会对他起疑：他们来拍电影。

华西丰都大邑不少，何以是西安呢？西安是十朝古都，十朝的荣华相加，不及一个至今仍是天下最大宝藏的始皇陵——他们曾花一年半时间来部署筹划。失败过三次。

如今白云飞，便拈起一件东西来审视。那是一支青铜箭镞，三棱形。桌面上还有残破的碎片，不知是啥。他道：

"这样的东西，好算是宝物？"

导演以下颔向一个老人示意：

"你跟我们老大说个端详。"

农民装束的老人便从头说起：

"大伙都明知道始皇陵就在附近，可墓室究有多大，有多少宝贝，谁也说不上来。本子上没记载，也没人流传，还不是靠我们——"

"行了，你就快点入正题吧！"

他身边有个徒儿，代他长话短说：

"师父我说。侯爷本是干'湿活'的，不过见剥死人衣服珠宝，卖不了大钱。今年七月，我们有了点门路，就这往西十多公里，备了土炸药，干'干活'去。开荒时，弄碎了好多盆盆罐罐，也毁了好些像。不值钱嘛，正想把黄金带走，熔成金条，好卖。谁知——"

白云飞忙问：

"怎么了？"

大家只用心聆听。

老人哀道：

"我那老二就——不知咋的，中招了！"

白云飞再细心一看那箭镞：

"上面有铅毒。"

他向导演点点头。导演便向老人道：

"给你十分之一。也够三代吃喝不尽了。"

老人表现得不急不躁。他们要地点，只要有这个在心中，条件再谈判：

"那差远了。我以为是一半。跟徒儿先回了。"

正转身要走。

白云飞掣枪在手，各送一枪，杀人灭口。

师徒两人，懵懂地送了命。

白云飞冷冷地发号施令。

"车从这里出发，往西走十公里，就在二十公里内划一个圆，于此范围内搜索，主要探测地底含铅成分，还有水银毒气。即晚出发，小型飞机我自己用！"

他起立离去，嫌尸体碍路，踢开。

"只为了点小钱，破坏最宝贵的古物，不值得同情。"

干大事的人，是不在乎牺牲小人物的。他风度翩翩地走了。

——忽闻拍掌喝彩声。

他与众人一愕。赫见朱莉莉。

她笑。

"呀，原来你们躲在这里排戏！好精彩！"

四下一看，冒充内行：

"咦？摄影机放哪儿？"

导演只喝令：

"好了好了，别碍事，快上去！"

白云飞交换一个眼色：

"让我对付她。"

他露出迷惑女性的魅力笑容，随手把袋中的太阳墨镜往朱莉莉脸上一套。

他搂着这暗恋者：

"看到什么？"

"唔，什么也看不到。"

"聪明！"

"——还有美丽哪！"

白云飞望着这闯进禁地的女孩，心底盘算着：她究竟知道多少？

朱莉莉得到他的赠品，开心得不得了。

呵一口气，又用手绢细意揩拭，一尘不染。珍重地收好。

自破庙出来，回到附近的旅馆，已是黄昏时分。

她飘飘然地经过那简陋的小酒吧间，只见刚才搬运道具的几名大汉，正在抽烟、喝酒、赌钱。

他们一见这骚货，便齐声怪叫：

"朱莉莉！朱莉莉！朱莉莉！"

今日，她春风得意，魅力非凡，充满自信，肆无忌惮地坐下来：

"怎么着？"

一个道：

"咦，一脚踢出个屁来——巧极了！"

"怎的这么粗？"

"哈哈！"他们邪笑，"这小妞可知道我们'粗'啰！"

"怕呀？"

"哼！"朱莉莉挑衅道，"我才不怕，人各吃得半升米，哪个怕哪个？"

信手便拈了桌上的香烟燃点。是劣烟，呛得很。不过闯荡江湖，岂容有失？惟有强忍。

一个见状，有意捉弄，一口衔两根，睨着她。朱莉莉不甘后人，好胜地、一口衔了四根。大汉们怪笑，给她点火。洋火嚓地猛亮，唬了她一下。

"嗳——"她含糊地，"干啥？我怕火的呀，谋杀么？一点也不孝顺！"

"一丁点的火也怕？"

"喂，那欲火焚身时怎么办？"

朱莉莉刚表演抽烟喷烟，被人如此调笑，有点委屈，但觉像个小丑。嗓子也呛得半哑。"呸"地一吐，把烟支都踩扁。

"不抽了，不玩了。"

"玩不起啦？脸皮这么嫩，怎么当大明星？嗳？口袋布做大衣——横竖不够料。"

她气得很，悲从中来：

"你们就不敢跟阮梦玲这样玩！"

"老子只要跟你玩，你卖不卖？"

一天到晚都饱受揶揄委屈，才获一点青睐，马上又惹来闲气。小角色都是悲哀的吧。朱莉莉自恨熬不出头，哭出来。但不能让人瞧见，急忙转身跑掉。

背后就传来一阵怪笑声，卑鄙的男人，猥琐的男人。她用半嘶哑的嗓子对自己说：

"你以为我料不好？我是命不好！"

嘲笑没住呢：

"唷，哭了！阮梦玲这般红，也自杀过七遍呢！"

不！

一定得飞上高枝。

那日子到来了，谁也不敢对她造次。她要报仇！

真的，有什么门路？

这几天一直打听。

终于机会来了。

白云飞穿着黑色的背心泳衣和泳裤，好不英武。自跳板下跃，直插水中，水花慑于他身手，不敢四溅。

朱莉莉的影子在泳池外匆匆闪过。

过了一阵，她出现了。

换过一件性感的彩色缤纷的泳衣，也来凑兴了。她苦心孤诣地在泳池旁绕圈子，拍着水，目的是吸引他的注意。

挺胸收腹地，装作偶然走过，遇上了，遥向白云飞打个招呼。

"白先生，真巧！"

他一愣。她在跟踪？她来碰他？"美丽的小姐，你好。"

"怎么一天到晚都碰上你的？"

他浅笑。

"你不喜欢看到我？"

"哼！"她小嘴一撇，"一看就知道——你不是好人！"

"哦——？"有点疑惑色变。

朱莉莉扭着腰肢撒娇：

"你跟导演熟，也不让他给我加点戏。我呀，才只有三句台词！"

原来如此。他道：

"念来听听。"

她连忙正色，起立，是充满感情的表演：

"今天我明白了，只有勇敢地在爱情面前低头的女性，才是最摩登的女性！"

他不知她底细，失笑。见她看似天真冶荡，有点色迷迷，且她又穿得那么少。

他嘴角歪着游戏的念头，先跟她玩一下，玩过了，就干掉她——她好像留不得，吱吱喳喳的大嘴巴。

他道：

"跟我来。"

"到哪儿去？"

"唔——一个神秘的地方。"又勾引，"你去不去？"

她趑趄了。

"怕？"他笑，"别怕。要是阮梦玲又闹自杀了，反正有你好处。来！"

反正有你好处？

她回心一想，江湖上行走的女子，早晚也得豁出去。也受不了他的诱惑呀。

"我，就回去换件衣服。"扭扭捏捏的。

他的架子来了：

"过了五分钟，我就不等了。"

话还未了，她飞跑回旅馆去。

用最快的速度，换了件艳红的晚装——公家的。不忘披上披肩——公家的。

还有涂口红。那口红，因签名在大木箱上而赔了不少，真不值。

好了，终于一个浓妆艳抹的美女在镜前出现。朱莉莉面对卫生间中的镜子，做出迷人的姿态，自喻道：

"今天我明白了，只有勇敢地在爱情面前低头的女性，才是最摩登的女性！"

一回过头去，这小房间中，几个三流小角色，一个半睡，一个看画报，一个剪趾甲，都盯着她，奇怪，如此地雀跃。

拥挤不堪的小房间，她要作别了。

她傲然出门，有如一只孔雀。

今晚一定在舞会中出尽风头了。千人醉，万人迷……但她心中只有一个他。

兴致勃勃地亮相。

一出来，左右一望，前后一探，怎么不见他？再看看手表，是不是因自己迟到，他便不等她？真的这样狠心？

四下搜寻梦中情人。

她见到他了，驾着摩托车来。

不是到舞会去吗？

白云飞一身轻便的飞行装来。一见她打扮得如一棵圣诞树，便呆住了。

"你干什么？穿成这样？"

她见男人呆住，还道他惊艳呢。沾沾自喜——后来才知道苦况。

他把女人安置在摩托车旁，一只附加的"小艇"上，一路风驰电掣，来至机场。

原来把她带上小型飞机上去。

飞机是双座位，一前一后。他把她安置在前面，他在她身后。

双臂环过她，开动了机器。

朱莉莉未坐过小型飞机，且那么接近控制台，十分惊喜。

当他开动机件后，二人升至半空。她才好像突然发觉，他把她紧紧地拥住。

便挣扎：

"不要！不要！"

一边挣扎，一边回头看，呀，不是他，是她的大披肩，把她缠住了。方才满面通红。

白云飞不动声色看她作态，到她发觉错怪了，才调侃：

"女人说'不'，心里就是'要'。"

她死要面子：

"我是说'不要'！"

"男人要是知道女人心里头想些什么，他至少比现在大胆十倍。莉莉，我爱你，你爱我吗？"

刚实施"美男计"，说着便在飞机上强吻她，十分地刺激。这女的欲拒还迎，十分忙碌。

飞机在夜空中驰驶。沿途是荒郊，下面有驻扎的营幕，作探测掩护。这是白云飞的命令，可见进行得顺利。

在朱莉莉厮混得昏头转向时，他已暗起杀机。于任何一处把她推下去，一定尸骨不全，死无葬身之地。多可惜，一个长得不错的风骚女，若非知得太多……

她酒不醉人人自醉，只喃喃：

"我们回去啦，我头也昏了，不要飞啦。"

雷声忽地一响。

夜空被电光锯齿破裂了。

一下惊雷好像要诉说人间一件重大的事情，但又说不出所以然。

第二响雷声又追逐而来了。

电光再闪——不，前面出现了一道金色的光，折射自山林丛处，看不分明。

朱莉莉见天气骤变，手足无措。死命紧抓所有的杆状物，飞机开始失控。

风雨来了，像一个巨型的花洒，在大地头上泼洒。

心存杀机的白云飞自身难保，也顾不得险象横生、乱冲乱撞的飞机了。

情急之下，他自行跳伞逃生。一下子人已不见。剩下那惊惶失措的朱莉莉，哇哇大嚷。飞机只管朝前冲去，眼前都是漆黑一片……

她抖颤狂叫：

"救命呀！救命呀！救命呀！"

失去控制的飞机，不能煞止，撞向一些不明物体——

那是一层流沙。

如一个缺口，飞机自流沙层向下俯冲，直入无底深潭。

不知过了多久。

惊恐过度的红衣女郎，早已吓得昏过去，所以她根本不知道，这是多久之后的事了。

飞机终于"着陆"了，但不是平地。

它是顺着一把金光闪闪的巨剑，下堕如滑行。

这剑，便是刚才折射的金光。

它被握在一个金人手中。

金人如同上海的百货公司般，是一座座宏伟的建筑物。它们穿上了夷狄服装，矗立在这个神秘的地方，镇守着。

飞机顺势滑堕，在金人金剑之下，渺小如一粟。朱莉莉被抛离倒在地上。

机器停定了，但螺旋桨仍不断转动。

因此，大量气流卷入，空气蹿至这幽黯的地室，回旋不绝。一切深埋地底的物体，开始起了变化。

四周的陶制品，风化成为微尘。

东歪西倒颓败的俑像，被风一吹，混成一片灰紫茫茫。

泥土的龟裂声，重物的堕地声，风沙的厮混声中，起了莫测的翻覆。

看不清眼前景物。

其中一座俑像——

他脸上的泥尘剥落了，一小块一小块地，掉在身上地上。露出完好的脸庞，过了荒凉寂寞的三千年，他的眼睛一直紧闭着，嘴唇也紧抿着。

他的叹息在身体里头巡回，并没在天日中传播过。此刻，气息如游丝，把鼻翼下的泥尘呼开……

蒙天放复苏了。

漫目四顾，开始适应一切。

转醒过来第一眼，只见一身红衣的心爱的女子，昏迷倒地。

他马上想跑过去，但手足不灵便，奋力地与陶土挣扎，破茧而出。

前尘历历在目。

冬儿没有死？

对了，他记起来了。冬儿——

她曾飞扑至他怀里，旁若无人地，狠狠，狠狠吻他一下。

在吻他之际，小舌头把不知是什么的东西顶吐在自己口中，渡给他。

他措手不及，已经骨碌地吞下肚中了。

乍醒，一身异样的疼痛。骨头嘎嘎地响，五内有股热流。

山中方七日，世上几千年。

蒙天放不知就里，忙把眼前的冬儿抱起，放置在金人脚下，头枕在它脚面上，显得分外娇小，一身火红，印象弥深。

幸好她并没在火海中化为乌有。

他亲切怜爱地轻呼：

"冬儿，冬儿。"

她没醒过来。蒙天放此时方抬眼一看，有一铁铸的怪物，停在金人剑下。

他一纵身，攀上去，不明所以，只见全是机关，这里那里一按，几下之后，螺旋桨停了，四下忽地寂然无声，他反而吓了一跳。

勉定心神，见无意外，再尝试扭动机掣，寂静中，突然传来发报机"呜呜呜"的声响，小亮点起反应。外界开始传呼了：

"喂、喂，是老大吗？"

怎么会有人的声音？蒙天放惊觉：

"谁？"

再一扭，又没反应了。

这究竟是座什么的机关？

他曾监管建陵工程，只知暗道重重，弓矢处处，但从未见过这种铁鸟。

它里头还有一些箱子，盛满浓稠的液体。三千年未喝过水，十分口渴。一尝，味道太怪异了，连忙吐出来。

箱子附近又有一个暗格，用力一拍，竟弹开来。有一柄黑色的物体，铁铸的管，他把那管子的嘴部细细端详。

"——鬼呀！"

金人脚下传来惊怖万分的尖叫，令人毛骨悚然。

蒙天放一看，啊，冬儿不知何时已醒了。

这女孩，一张目，但见四周全是风化剥落的头面手脚，身处幽黯之地，在一只大脚之旁，恐怖一如鬼域，只失常地乱叫乱窜。

蒙天放飞身而下，想拥住她一诉衷情，细询何以死里逃生。

朱莉莉大惊失色，奋力挣脱他的"侵袭"，还搏斗起来。忽见他手上拎着一柄手枪，还是指向自己的，便惊呼：

"别向着我！"

他听不明白，只把枪管向着自己的脸，细察。

"别向着自己！"

他一怔，枪管指向飞机。

"别向着飞机！"

真是丈八金刚，摸不着头脑了。

"飞机，这是飞机！"朱莉莉大叫，"危险，会爆炸的！神经病！"

这人看来很笨，她便壮着胆子，喝令："给我！"

咦？他竟乖乖地把枪递送给自己了。得意洋洋，人也抖起来了。这回用枪指向他，要挟他：

"好，退后！蹲下来！举手！不！抱着头，快！"

蒙天放见爱人失了常性，定是受惊过度了。他便一步一步上前，好好抚慰。

"别过来——"

此话未了，枪声一响。太慌乱了。他虽机灵急避暗器，但也被子弹擦过手臂，流血，他望望自己的伤口，又望望她，目瞪口呆。不知何故，心爱的人要用这暗器来伤害他？

枪声在地底回响着。

震耳欲聋。

二人对峙，不知下一步该怎么走。

就在此时，隔了多层石块，传来不清楚的人声：

"听见吗？是枪声。"

"再测。咦，你看，仪器在跳动呢。"

"里头是空的！底下水银含量极重。"

"炸药拿来！"

"这边有个缺口——"

有人要攻进来了。朱莉莉仓皇不已，身在何方？发生什么事？

掩着伤口的蒙天放一听，马上联念：

"冬儿，可能是陛下的人呢。"

"什么'陛下'？"

"始皇帝陛下呀。"

"始皇帝？是秦始皇吗？你认识他？"

"认识。"

她一皱眉，这人真是神经病了。又问："那你认识孟姜女吗？"

他急强调：

"不。我只对你一心一德，不认识其他女人！"

"那，荆轲呢？他是大英雄。"

"哼，"蒙天放激动了，"乱臣，逆贼，已为陛下所伏！不过冬儿，我俩也罪犯欺君——"

人声渐响，他也不想磨蹭下去，只管拉着她的手，找寻藏身之处，忘了自己的伤。

乱闯乱推，蓦地，金人脚下有个活门，缓缓地转动，露出一个狭窄的入口。朱莉莉不问情由，就随着这男人钻了进去。

刚钻进去，身后已有枪声，是打在岩石上的闷响。蒙天放回身见活门由一铁索所系，便拔剑把它斩断，剑锋仍精锐，活门"砰"的一声，已关上了。

朱莉莉以为避过危难，方吁一口气，坐下来。什么东西？信手一捡，哗！原来是骷髅。脚下一踢，白骨累累。

这是什么地方？

是一个"陪葬坑"。

看来都是女的，宫女妃嫔，穿的是绫罗丝缎，空余黑发白骨——

蒙天放呆住了。

"哗！——哗！"

这个神经质的女孩扑入他怀中，他拍着她，安定心神。但自己开始疑惑。

朱莉莉惊魂甫定，又用力推开他——实在，也有三分自傲。

"你滚远点！我喊'非礼'的呀。关久了，见了女人就色迷迷！"

说完不忘掠掠乱发。

旁观此人，也英武耿直，虽追不上潮流，倒也算个守墓英雄，受伤也不吭声，且好像甚受自己吸引呢，看来自己也魅力四射。

见他无害人之意，也就瞟他一眼，问：

"喂，这是什么鬼地方？"

朱莉莉因着本能，知道这是个非同凡响的"宝地"了。虽是事奉灵魂的陪葬者，不过一室是珠宝呀。眼睛闪出光彩，飞身上前，把珠宝狂塞进自己身上口袋中。

"发财啦！发财啦！"

这般地贪婪，真叫蒙天放诧异。她见自己被注目，突感不好意思。

"喂，你给他们看守陵墓，也没什么甜头吧，不妨卖个好价钱，到花花世界享乐去。我不会跟人家说的。而且你的陛下早已翘辫子了，何必那么死心眼？"

当她滔滔不绝地说大道理时，蒙天放望定她，他听不见她的话，她像是另外一个人。一个忘记"历史"的女孩。

她的心魂回不到他的时空？

"你叫什么名字？我倒忘了问。"

他伤心地答："蒙天放。"

"唔，"她点头，"你在这里住上多久了？"

他没答——

忽愣愣地看着两个旗徽。

"喂，访问你呀？"

环视这坑，为巨大的壁画包围一周，还有石碑，碑上这样刻着："……先帝后宫非有子者，出焉不宜，皆令从死，为先帝殉葬。奉天承运，秦二世元年秋。"

二世？先帝？

蒙天放一悟，跪下来。

朱莉莉看不懂上面所刻的小篆，只好奇：

"你干么？咦，画的是什么？"

"这是陛下的功绩：建陵、修筑长城、建咸阳宫、阿房宫……还有，我被泥封为俑像，千秋守护陵墓。你以身火祭——这是你的名儿：冬儿。"

"我不是冬儿。"她很气恼，"我是 LILY CHU，你不要弄错。听着，英文 LILY！"

蒙天放颓然。

"先帝驾崩了！"

"哦，"她道，"崩了。光绪也崩了，老佛爷也崩了。你没见过世面呢！小皇帝也当不成皇帝，投靠日本人去了。现在是民国廿一年啦。我看你很久没出过门似的。"

"慢着，现在是什么'国'？"

"民国。哎，你放手，轻点！"

"那秦呢？"

"秦？两三千年前吧。"

朱莉莉在忖测，心下渐凛然，颤声问：

"你是秦始皇的手下，帮他看守陵墓……吓？你这么老呀？你是谁？你是人是鬼？"

她端详眼前的俑像，一身胄甲，一脸风尘，一直在此耽了三千年？桩桩件件，都说明了：他是一个"老人"，或是"老鬼"！

"冬儿——"

她恐怖尖叫：

"我不要呀！你放过我吧！救命呀！"

一声轰烈的爆炸——

地动山摇。

其中一路探测的人马，已经顺利炸开陵墓了。为首的两个，已用绳索系腰，身子一放，浓烟中，直垂下至地室。陆续地，来了十多人。

虽看不清脸孔，毕竟那是现代人，朱莉莉慌忙投靠。大家都踩塌酥脆的陶胎。

"呀，你们来得正好！"

这批大汉一见她满身珠宝财物，不问情由，先抢掠一空塞进麻袋中再说。她的收获马上易了主。

烟尘未散，这些男人好似很面善，一时间记不起，正欲查看，却又遇袭。自己竟然认贼作父，不禁又气又怒。

简直是一摊浑水。白来一趟。

朱莉莉并不骁勇，平素唏哩哗啦乱嚷，初临大敌，便僵在当场跺足。

蒙天放机警，还记得任务在身：

"什么毛贼？胆敢私闯皇陵！"

其中一名大汉，见他衣饰奇怪，念到自己此行，乃奉老大之命找出始皇陵所在，盗墓为重，陡地放了一枪。

但蒙天放已知它厉害，以剑借力在墙上一弹，飞身至一人身后，在他举枪之前，已一剑把他的头颅劈下……

就这样，他发挥了他的矫健身手，秦代的郎中令，也非浪得虚名。一番激战，杀得兴起。

朱莉莉见他轻功不凡，大乐，竖起拇指表示钦佩。

"你真是'老当益壮'！"

一名受伤的大汉，在他分神之际，取出手榴弹，掷向蒙天放。

"小心！"

她马上把他一扯——这秦代人，根本不知道手榴弹的威猛。

敌不过现代武器，只好落荒而逃。

拉扯攀上石壁，自被爆破的缺口狂奔出来。二人冲出生天。

乍见天日，原来一夜过去了。

朱莉莉见到残留在营幕外，有辆小型吉普车。她打开车门，上去，预备开动。

蒙天放呢？

他没有上来呀。原来他一跃跳到车头，站得挺挺的。一如古代战车上的武士。

车子猛一开动，他被逼跌到座位去。这顽皮的一身残破红衣的女孩哈哈大笑。

——不过，

马上，轰地一响。她笑不出了，因为她忘记了自己并不懂得驾驶。

吉普车胡乱地被开动，又难以驾驭地，撞向这座山的边上。

二人被筛出车外，翻滚了一阵。

空中飞荡着沙尘。

晨曦中，雾气不堪一击，但四野仍是迷糊的。像一个人，四肢五官都是了，但还是感觉他陌生。

蒙天放揉了揉眼睛，挣扎爬起来。

这仍然是他熟悉的地土。

骊山谷地，外观是一片黯然的红色，说是始皇帝焚书，烈焰不灭，把山都烧成这样了。

他认得。

正在思潮起伏时，有人拍他一下。

"唉，走吧。"

最登样的美女，也不堪如此的一番蹂躏，朱莉莉手足都擦伤了，蓬头垢面。

见他定睛看着自己，只觉不是时候：

"走走走，有什么好看？"

简直自惭形秽。

"走到哪儿去？"

"反正得走到人间去，找有人的地方。我受够了！这是什么地方？"

"这是陛下的皇陵。"

"我知道！要不走，也就成了我俩的'皇陵'了。"

"不过下面的贼——"

莉莉白他一眼。只管自己走：

"你对付得了吗？一派愚忠，光照顾自己本分吧。你流血了，走啦！"

"我是要回来的。"

她早已登登登地掉头而去。蒙天放只得随着她，这个不知变成什么的女孩。

才走了几步，他忽地一怔，赶忙摸摸自己胄甲，怀中失去一物。

不见了？

他很心焦。马上飞奔至吉普车的残骸，仔细遍地寻找……

终于见到了。如释重负，是冬儿的丝履呀。虽然不过是一只鞋。他会心地，拍去上面的灰尘，重新纳入怀中。她呢，很开心地过来，原来发现地上有块玉，是未被抢去的赃物。哈哈哈！

阳光盛了。

这么长久以来，身处地底，没想到阳光是如此地刺目。蒙天放眯睐了眼睛，有点怕光，不习惯。

朱莉莉回到自己的世界了，正欣喜一片灿烂，还活着，好歹有块白玉，想到这三千岁的老人家，他也曾为自己击退敌人——不，是同仇敌忾，联手却敌。好歹是"战友"，便把自己珍藏的那副太阳墨镜拎出来，递给他，见他无所适从，又为他戴上了。

蒙天放只觉眼前一黑，无限奇异。

她伸手过来，拖着他的手。自作主张：

"跟我来！"

——一步一步一步地走。

来到一个不知名的小镇。

镇上有间小医院。

还是先疗伤再说，朱莉莉领了蒙天放坐在候诊室中。

他坐不住，走到一面镜子前，见到镜中的自己。脱下太阳墨镜，一瞧，又戴上了。咦，原来是这样的，又脱下来。奇怪的东西。

但镜中不止他自己。

身后的反映，来来往往都是戴上白色口罩的医生和护士。

——蒙面人？

蒙天放陡地转身，十分警觉地，暗中掣剑在手。

他俯身向蹙着眉累得不得了的朱莉莉，关怀地道：

"这是'黑店'！小心。"

忽闻传来呻吟声，蒙天放飞身贴墙，一口气往电灯上吹。呼——

呼——企图把"烛火"吹灭了。不果。

她失笑：

"你给我坐过来！"

指着一个红十字：

"看到这个'十'字吧？"

"这是什么？"

"你以为是什么？"她促狭地问。

"这是花押，犯人招供，画了花押，就得服刑。"

她解释：

"在这里不会杀人，只是救人。"

适逢其会，门外推来悬着盐水瓶滴液的病人在痛苦呻吟。他半信半疑。

"他不是在服刑受虐么？"

医生进来了。

朱莉莉喊："医生——呀不，'大夫'来了，过来吧。"

医生见二人，一个穿古装，一个穿晚装，便问：

"为什么受伤？"

她抢答：

"是。拍戏受伤了——你看过我的戏吧？"满心期待。

医生没看过，也就敷衍地礼貌一笑，向着蒙天放：

"你得先把戏衣脱下来。"

护士持着棉花和火酒为二人洗伤口。他从未经历过这些过程，一直目光如炬地警戒着。

正盯着她的手势，大钟忽当当地响起来，已是下午二时正，他刚被吸引回头，只觉臂上陡地一凉——

她拿着针筒，正预备注射。

他缩手，喝问：

"住手！你干什么？这是什么暗器？"

朱莉莉烦死了，但也觉得这男人步步为营，很可爱。

"我先来吧。"她哄他，"放心，不要怕，相信我，我不会害你的！看，这是消炎的——"

她率先接受注射，以为可以很从容勇敢，谁知针刺下去，一疼，自己也尖叫：

"哎——"

蒙天放心也疼了，便想保护之，她很尴尬地强忍：

"不疼的，不疼的。"

护士见状，喃喃地道：

"这么大个子还怕打针？你看，小孩都比你强。"

顺势一看，有个戴了笨重厚眼镜的小孩，在看书，抬头，老气横秋地望蒙天放一眼，哼，大惊小怪，非常地不屑。他傲然地道：

"我一看就知道这件戏衣是唐代的。"

"不。"他抗议，"是秦。"

小孩便掀着课本，往前翻，一页一页一页："啊，秦？是秦始皇的秦吗？"

他大喜，终遇上知己了。

"对！"

"秦，到汉，到三国，晋……隋、唐、宋、元、明、清。民国。看，我背得多熟。"

朱莉莉旁观蒙天放的表情变化，小孩每数一下，他脸色白一阵，渐渐地面无人色。她还一字一顿地：

"民国廿一年，一九三二年。"

蒙天放终于正面接触到岁月的痕迹了，原来已曾经很多年，中国又曾经很多个朝代，秦代毕竟没有流传。他们都已物化，只有自己——

他大为惊愕，无法镇静。身子抖起来，眼睛失神，手足无措：他又不是鬼，那么他是什么呢？……他明白了——

始皇帝得不着的，他享用了。

但，怎生是好？

朱莉莉见把他害惨了，便对护士说：

"先打消炎针，再打镇静剂，然后是麻醉药，病人现在很严重。"

她走过去，温柔地，像从前的冬儿呢：

"不要急不要急，凡事有商量。"

他颓然。百感交集：

"冬儿——"

朱莉莉只得问护士：

"请问你们有德律风么？我要找我男朋友。"

电话间就在电梯口。

蒙天放站在她身畔。只见她不断地摇动一具黑色的物体，接收了，又向着一个筒儿大声地发脾气：

"你是白云飞？我是谁？你好意思问我是谁？你这兔崽子，贪生怕死，自私自利——我不是人，我是鬼！我现在从坟墓里头出来了，还有个三千岁的魔头押送着！我马上回来取你狗命！"

她向着空气嗔怒。

蒙天放很诧异现代人的内功已是"千里传音"。这真是不可思议的跃进。

电梯的铁闸拉开了，他无意识地四顾，见到一个美艳的女郎进去了。闸拉上，不多久，闸又拉开了，这回，里头竟跑出一个又胖又丑的老妇来。他骇然。

朱莉莉骂完了，用力扔下听筒。

待她走了几步，蒙天放充满好奇地拎起。

"喂？接到哪儿去？喂？"

里头竟有个男人的声音。他用力一扔，满目诧异，掣剑在手，反手一劈，整部电话一劈为二。

"哎呀！你闯祸啦。快逃！"

她扯着他，还没到电梯口，他马上把她拦阻。想起刚才变异的一幕，怎能由她往魔洞里去，变得老丑怎么办？

"别进去！"

她怕人追来，便匆匆扯着他自楼梯气急败坏狂奔出去。

他不能适应：

"怎么天下变成这个样儿？"

总算逃离了医院。

这是一条西安风味小吃的食肆。小摊子摆卖着凉粉、太后饼、粉汤羊血、油炸糕、柿面糊塌、羊肉泡馍、臊子面……一个大胖子，秃头的，把面团放在头顶上，然后用刀，一下一下把面削成条状下锅。

长久未曾吃过东西的蒙天放，饿极了，正在把烙制的馍掰成小块，浸在羊肉汤中泡食。不觉已吃了十多碗。

朱莉莉看着他狂吃，有点担忧：

"你这么能吃呀？我身边没钱呢，刚才在墓里头拿到的珠宝又被抢了，只剩这块东西，大概可换点钱——你不要走，我去换钱，问问路。"

"你不是要领我回皇陵去吗？"

"见到我男朋友再说。"

她起来认一认方向。他关心地：

"小心。"

"得了。"她回眸一笑。

他看得怔住了。这分明是"她"，但又不是"她"。转眼间变成另外一个人，又坚强又独立，什么事都有主意，而且——另有"男朋友"。挂在嘴边两遍了。

正思潮起伏，便听见锣鼓喧嚣，循声望去，便被迷住。他一看，四个同他装扮差不多的秦代武士扯着他。一个道：

"开锣鼓啦，走啦。"

一个道：

"秦始皇都不搭架子，龙套倒开小差？快站班去。"

他乍闻"秦始皇"三个字，便起立。

半晌，朱莉莉沮丧地回来了。

她手上那块白玉，本来就是价格惊人的古物，不过押店的老板欺负她，只肯给她一点现钞，就打发了。

她嘀咕着回来。虎落平阳被犬欺，四下一看，他又失踪了！只见乱世的乞丐在位子上抢食残余，哪里还有他的影踪？

"天放，蒙天放？"

他到底到什么地方去呢？

她开始有点心焦，这个男人毫无理由地信赖她，听她的话，初来文明世界，不知会发生什么意外。

任朱莉莉多滑头，她也是好心肠的。

便遍街巷地找寻。

突闻草台班起了骚乱。

会不会是他？

——正演出的一台戏，是《荆轲刺秦皇》。扮演荆轲的，在献呈樊於期首级后，便打开地图。

秦皇离了宝座，看地图：

"这一国？"

"燕国。"

"这是哪一国？"

"赵国。"

"这又是哪一国？"

荆轲图穷匕现，发难了：

"呔！你这暴君，我恨不得食肉寝皮，为民除害！"

他抽出匕首，抓着秦皇衣袖，刺将下去。袖断。二人绕柱追逐。

后台的几个龙套回来了，没他们的戏。一个个都来根饭后烟。

蒙天放在台下，见台上的情状，只觉虽时移世易，潜意识也得维护故主。

他飞身上了戏台，拦截刺客，加以制服：

"陛下曾废六国，统一天下，建万世基业，岂容后代血口喷人？"

观众不虞有他，都发出喧哗之声。

蒙天放虽然制服了荆轲，身后秦皇，突持道具重物望他脑后一击。他中招了，回头一望，原来是陛下！自己的忠心得不到回报，真是讽刺。

混乱中，朱莉莉在人丛中大嚷：

"蒙天放，你给我下来呀！"

他还没行动，她已趴到台前，把他扯走。

二人逃离一塌胡涂的戏棚。

一路走，她教训他：

"做戏是假的！"

"这个我知道，但不能歪曲了真相。若无陛下英明，备历艰辛，天下将分裂哄乱。至于我俩，罪犯欺君……"

朱莉莉翻了翻白眼：

"别净跟我说古文好不好？我们年龄有差距。唉，幸亏我没有过去，只有未来。"

蒙天放反问：

"你把我带到何地？"

"找我男朋友送你回去呀！"她理直气壮，"难道我得成天看守一件三千年的古董吗？你一天闯一百八十个祸，累死我了！"

一身破烂的朱莉莉，终于领了她的"负担"，回到外景地来了。

又换点了，这是一片树林，只设有临时的化妆间服装间。

负责服装的一见，哗然：

"朱莉莉！你这是干么？你快赔！进来换衣服，气死人，怎么搅的，这件晚装我找了一天……"

一手把她抓进去。

其他的小角色掩嘴窃笑，故意道：

"朱莉莉，你好漂亮呀！"

气得她见到谁就骂谁：

"笑？我已差点没命呢，一件衣服算什么？"

人穷志短，人微言轻。

若有机会，真的非好好还以颜色不可。

心中有气，喝骂：

"白云飞呢？非揪他出来——"

白云飞在林子里。

两个在陵墓中逃生的手下已在等着他。

"老大，地方找对了，不过——"

"里头有活口。"

他一听，"活口"？

"是一个奇怪的人，武功很高，会得飞檐走壁，使剑。弟兄们死伤很多，不是他对手。他跟朱莉莉一块。"

"我知道，他长得怎么样？"

其中一名手下，于那半毁的吉普车后座，掀开一些覆盖的杂物，白云飞见到一个俑像的头！

他吩咐：

"把头收到最不起眼的地方去。"

"白云飞！"

身后传来一声娇叱，她正预备飞扑过来找晦气，叉着腰，泼辣地：

"你为什么中途开溜，不管我死活？"

怒从心上起，见他走过来，更是恶向胆边生：

"你心中还有我吗？我早就看出来，你根本不爱我！你——"

白云飞什么也不说，也不辩白，只巧施"美男计"，一来便拥紧她，强吻她，不让她继续泼辣下去。

她终于在他怀中软化了。良久……舔舔红唇。

腻着声：

"唔——我提过的，那三千岁的古董——"

蒙天放已一掌抓到白云飞肩膀上了，掌一翻，他应声倒地，措手不及。

蒙天放只怒问：

"你是什么人？竟敢对我夫人轻薄无礼，冬儿，你过来！"

"哎呀，你为什么打我男朋友呀？"

白云飞弄不清楚来人：

"莉莉，他是你丈夫吗？"

"才不！"她倚向他，"我们刚认识的。"

蒙天放已一手把她扯到身后：

"我叫你过来！"

外景队围上来了，不知发生什么事。白云飞的手下也严阵以待。他轻蔑一笑，盛气凌人地：

"你是什么东西？"

"我是始皇帝陛下的郎中令。岂容你放恣？"

他的青铜剑也半拔了。

朱莉莉一见此情此景，又在众人围观的盛况之下，故意大声地喊：

"你俩不要'为我'大打出手了，有事好好地说呀！别打了！"

心中恨不得两雄决斗，好让她荣升英雄掌上一美人。

蒙天放也傲然：

"我让你三招。"

白云飞未等他说完，拾起铁铲朝他腰间锄去。他几个翻身，来到他身后。白云飞知蒙天放身怀绝技，也不敢懈怠。

是次决斗，白云飞有个目的，他不知虚实，也没领教过他身手。到底他是谁？来自陵墓中的古人？

二人交手，势均力敌。

白云飞发觉他的优点在矫捷，只可智取，不可力敌。

大打出手，情势不妙，朱莉莉几番欲上前调停，也中了招，终于仆倒地上，惨叫：

"我要死了！"

二男方才暂停。

她生气了。

"你们有完没完的？"

一个眼色，吴导演连忙上前，做好做歹：

"算了，不打不相识。一场误会，误会！"

白云飞拍去身上灰尘，伸手出来：

"小姓白，名云飞，先生贵姓？"

他的手停在半空。

蒙天放不懂礼仪，只拱手还礼：

"在下蒙天放。"

白云飞很有风度地：

"蒙先生远道而来，我先安排你俩回旅馆去，晚上好为你洗尘。"

一招手，一辆小汽车驶过来了。

司机开门让二人上车。他自己呢，驾了私用的摩托车，开车前，有意无意地睐了她一眼。她稍作思索，竟被迷住。离了小汽车，上了他身旁那座位上——她到底选择了他。

蒙天放见状，十分无味。

她这般的滑不溜手，心中竟是没有他了。来此一趟，所为何事呢？

不，男人大丈夫，一定得把事情弄清楚，他跟她，难道不留一丝情分？

且他把她拐到什么地方去？莫非是奸计？

一念之下，学着她刚才的手势，把车门打开，追将出去。

二人去远了，只见摩托车飞驰，她的红衣在掩映。蒙天放妒火中烧，心都焦了。一跃上了楼房、瓦面……市面上硕大的招牌，他一一跨过，步履如飞。一路地追，半途，见到车影，正欲跳下地面来，但路人抬头一看，发觉有个穿着冑甲的怪物，吃了一惊，光天化日之下，惹来一阵哗然。

地面上，交通也很繁忙，有汽车、马车、人力车……方站定，车子都慌乱地响号,把他困在中央,进退两难。路人也蜂涌看热闹了,把心一横,他又跃上屋顶上。

惟有跃离文明社会,方有立足之处。

白云飞在摩托车上,回望他身手了得,也不慌不忙,时快时慢地逗他。

朱莉莉知道他是为吊住她来的,芳心窃喜,大力挥手扬巾,状至得意。

白云飞驾着车,便灌迷汤。

"莉莉,这人对你倒很痴缠呀。"

"嘻,"她装作没什么,"哪里!"

"看来你的迷汤很行。"

"没有啦。"

"你千万不要变心呀!"他故意道,"我想你帮我一个忙,你替我在他身上拿点东西,肯不肯?"

蒙天放一直地追着这摩托车和车上的男女,直至旅馆前,戛然而止。

朱莉莉开心得拍掌,因为两个男人都是英雄,白云飞向他表示佩服:

"蒙先生,你真不愧是一代高手。"

他抱拳还礼:

"不敢当。"

只沉着应变。

此时,记者群正包围着阮梦玲,她摆着美妙的姿势拍照。朱莉莉瞥到了,灵机一触,为了吸引注意,必得制造绯闻。

左右一勾二人臂弯,记者们发觉了,忙转向。初逢此优厚待遇,朱莉莉不免悉力以赴,喜不自胜,笑得真甜蜜。

镁光一闪——

蒙天放从未经历此等场面，一闪之下，摄魄勾魂，忙机警跃开。不对头！这是什么？

朱莉莉才不愿放过大好良机呢，与白云飞仍亲热地挽手合照。

蒙天放旁观这西装笔挺的文明人，与他一度的爱人，有说不上来的合拍，而她，沉醉于虚荣中，更是娇媚。

他内心交战。

附近的小贩见这边热闹，原来是明星，也来兜售。一个，拎了一大盘古钱币来，问问这位穿戏衣的明星吧：

"先生，你要买古钱吗？"

小贩一手一大把，摊开给他看。贱卖，一点也不珍惜。他被其中一枚吸引住了。

一拈起，是当年的"半两钱"。

反复细看，只觉连这古钱也沦落了。

朱莉莉把头伸进来：

"唔，假的。"

蒙天放道：

"不，是真的！"

小贩强调："真的！地里给挖出来，很值钱！"

"嘿！"她笑，"我这件也是地里给挖出来，他才值钱呢！"

把他一手推进旅馆去，神秘地：

"来，我送你好礼物。"

送的是什么礼物呢？

朱莉莉在厕所的外面，不住催促：

"喂，好了没有，快出来！"

大力地拍打着木门。

门开了，乍一亮相，她整个呆住——

蒙天放穿上她的"礼物"：一套洋装，三件头。是格子呢绒的。

他还戴了白手套，不过垮垮的，手握一根"木棍"，他以为是现代的防身武器，像握剑的姿态，一本正经地亮相了。心想：怎么衣服越来越复杂？好不容易才全盘弄到身上来——当然，裤子上的拉链还没有给拉上。

朱莉莉笑得弯了腰，夸张地大叫：

"哈哈哈！你这是'文明棍'，不是剑！来，我帮你穿好。"

"飕"的一下把拉链拉上来，一点杂念都没有。抢过了"文明棍"，示范着。蒙天放给一番整顿，改头换面，果然登样。她上下左右地端详。

"给我转个圈圈！"

为博红颜一笑，他照做了。

一室温馨的气氛。

她笑：

"你要到现代来，当个文明人，看来跟我倒蛮登对的。不过——"

长发仍然很土气。她上前把他的长发放下来，小心地梳理。

回心一想，其实白云飞托她要他几根头发的。便审视梳齿上究竟有没有。没有呀。

悄悄地，不若拔下一两根去交差。

刚伸手要拔，他回过头来：

"你干什么？"

她有点不好意思：

"——我，我要几根头发。"

蒙天放听了，头发？对了，她渐渐地回复"冬儿"身份了。忆

216

起那回幽会，二人不是烧发成灰，混于水中共喝么？她还盟誓：

"这就可以白头到老，矢志不渝！"

他不假思索地、自行拔下几根。她接过。脸上闪过一丝反应："得手了！"

乘此良机，正好追认前尘，蒙天放忽而也记得那丝履：

"你的鞋。"

递予朱莉莉，她是否认出了？

但，这狡猾的女孩已得"猎物"，如何有心思勾留。见这残破的鞋子，奇怪地拈起一瞧，一边捂着鼻子。末了还扔过一旁，没任何惊喜的反应。

他看住她的一举一动，心往下一沉。

她竟道：

"你要过新生活，就得彻底一点。拖泥带水的，还是一个古人！"

他悲哀：

"我们本来就是古人。"

朱莉莉见惹得他难过，心也怯了，忙上前解围：

"好了好了，古人也得把肚子填饱的。"

怎么跟眼前这个人，交往得微妙而单纯？

但为着把头发交给白云飞，当下忙把他领到餐厅去。

一生没穿过洋装的蒙天放，浑身不自在地，随着彩蝶般的朱莉莉，飞到情敌那桌上去。

白云飞一见：

"咦，蒙先生，你穿起洋装，顶帅的，很摩登。"

"客气客气。"他还礼，"蒙某初到……贵年代，请多包涵、指教。"

突见桌上燃了蜡烛，众皆享用烛光晚餐，他很奇怪：

"何以这里不用文明的'发光蛋'，反而燃起烛火来？"

朱莉莉很淑女地答：

"这是情调。"

他怀疑了：

"回到古代就是'情调'？"

侍者拿来三份餐单。

"请问几位要点什么菜？"

她只含情脉脉地望着他：

"就跟白先生的一样。"

蒙天放接过这份东西，摸了又摸，看了又看，侍者耐心等候他点菜。

他问：

"这是什么？"

"先生，都是吃的。"

"吃的？"他撕下一角检视，嗅了一下，"白兄，怎么吃？"

"哦，这是纸。你连纸也不晓得？"

"纸？"

朱莉莉醒觉了，开始同情他：

"他没见过纸的。"

"对。"白云飞也省得，"汉代才发明了纸，他当然没见过，算了。来三份晚餐吧。"

蒙天放越发气馁了。自己也是陛下身边的高人，一旦沦落到这年代，连找点吃食也很困难，往下日子如何过？一时间心灰意冷：

"我看，还不如回去了。"

白云飞沉吟：

"让我安排一下吧。现在不谈其他，先好好地吃一顿，权当洗尘。"

"你对我那么好，我们会帮你的！"

朱莉莉诚心诚意地又问："是吗？云飞？"

蒙天放抬眼，默默看他们一眼。

头发被火速送至化验室。

显微镜下，组织放大数百倍。

化验师示意田中三人过来一看：

"已经做了三个小时了。这几根头发，我也说不上来，质地跟现代人不同，估计有几千年历史，但又不是枯萎，是活活拔下的，因为连着毛囊，有皮脂分泌，基本上是活的。"

田中三人操着不纯正的汉语问道：

"活的？你的化验可靠吗？"

"准确度百分之八十。"

白云飞听了，色喜：

"看来那真是个无价宝了。"

田中三人点点头。

"不过——"白云飞继续说，"得把他彻底研究，才找得出长生不老的秘密！"

越想越兴奋——人类至大的敌人是时间，任你是盖世英雄、绝色美人，才高八斗抑富甲天下，到头来，逃不过老死。多少人费尽心思，千方百计，也研究不出延命的药，自古至今，谁个没这奢想？连胎盘也有人肯吃，还是要走就走，只是，如何处置他？

在白云飞心念电转时，他的幕后投资者望定他，道：

"我可以代表国家，把他买下来。"

白云飞考虑一下，便砌词：

"不，当初的协定是盗墓，不是贩卖人口。何况，目的地还没找到，这个人与整个计划无关。我会处置的。"

田中三人微微一笑。

"我们在东北，有个实验场。"

白云飞百思不解。

实验场？

却原来，日本军国主义经过周密准备，已积极着手细菌武器的研究。石井四郎自京都帝国大学毕业，专研病理及细菌学。九一八事变后，在东北已秘密建设"关东军防疫给水部"的雏形，进行实验。

田中三人并没有把军机泄漏，只道：

"我们的实验场，设备完善，如果把这个异人解剖，或进行细菌实验，测验免疫能力……才是医学界的跃进。你们中国不是有唐僧肉的传说吗？若我们把他吃了，也就长生不老了，哈哈哈！"

他提出了一个不可抗拒的数目。

东北？

只要把他骗上火车。

这个不容易就范的男人，只肯向一个女人就范。如何智取？惟有——

朱莉莉只道：

"你要我哄他。你知道他只听我一个。"

"对，"白云飞道，"只要他肯上火车。你就哄他说回皇陵去好了。"

"他是好人，为什么要骗他？"

"你不过把他转让给我，根本不必付出什么。"

朱莉莉闻言，心里有数：

"你是把他当古董卖掉吧？"

白云飞不答，正预备施展手段。

朱莉莉撇嘴一笑：

"我要是兜售，一定会遇上个好买主。"

他一听，回复冷漠傲岸。

"好，那随便你了。"

她转身欲带门出去。这真是一次赌博，想不到他还在搭架子——他只不过在"交易"？他对她没表示？自己岂不成了他的跑腿？一点地位都没？

方走了三步，他在身后唤：

"莉莉——"

她回眸，便知已赢了。

"我们不是谈交易。你不知道我是爱你的吗？"

她心冷了一截。他要到这关头才说"爱"她？这是真面目么？心中志忑。一下子聪明起来了：

"当然我知道，不过爱情摸不着，没分量。惟有钱——"

白云飞把一沓一沓的钞票拎出来，放在她面前，这也是不可抗拒的数目，却在田中三人给他的那份中，不成比例。

朱莉莉有点心动。但回心一想：

"钞票太薄，而且什么金圆券、银圆券，不好兑现。"

"金子呢？千古以来，还是金子保险。"

换上了金光闪闪的金子，真是人间至大的诱惑，她望了又望，闭目摇头。

在摇头之际，不免念到自己穷了这些日子，从没如此飞黄腾达过，有了金子，往脸上贴金，整个人就灿烂了。

但，她得把蒙天放卖出去呀。

这样地趔趄。

白云飞正把心一横，手枪已半拔。

她忽地张开眼睛，意动了。

"我学得聪明了。还是物重情义轻！"

稚嫩的、贪婪的本性，她也把心一横。但又自己说服自己：

"做人就是这样，有时候人出卖我，有时候我出卖人。反正扯平了。"

她把金子都捧走，还没心足，忽生一念：

"我还有个要求，我要当女主角！"

白云飞一笑：

"没问题，一言为定，有你，就没有阮梦玲。"

"真的？"她大喜过望。

"放心，你相信我。"

晚上，她也跟蒙天放讲同样的话：

"放心，你相信我。"

她把他的身子扳转，开始为他梳头。一如秦代冬儿的手势……竟那么熟练！

不同的，是冬儿带着羞赧和深情，但朱莉莉，一边梳，一边行前退后地审视，好像装饰一件货物，直至自己点头满意为止。

她又把他装扮回原来的身世。

然后道：

"好了，洗脸刷牙，早点睡。"

"刷牙？"

她怪叫：

"吓？你从来都没刷过牙？"

他一口泡沫，苦着脸：

"好辣！"

她笑起来，但明天伴他上火车，她就要跟他分别。她忘了叮嘱白云飞，千万不能把他伤害。不，明天一定得这样说。否则怎能心安理得？她辗转反侧。

后来，也预见自己"电影皇后"的风光，看不起她的人，都来恭维讨好。人争一口气，佛争一炉香……

蒙天放一夜都没睡好。

晚餐时，喝过一杯褐色的东西，又甜又苦，有种烧焦的味道，然后一直心跳，眼瞪瞪地看着天花板。在追溯这东西的名字，好像是什么"咖啡"，发音很奇怪。

冬儿给他喝的，他也就毫不迟疑地喝了，不光是一杯陌生的饮品，一切都新鲜得难以适从，令人手足无措。

幸好失眠，方有段静定下来的时间做个打算。

蒙天放回复自己了。

把这一天一夜的过程细加分析。皇陵被后人爆破了，始皇帝陛下的隐忧终成事实，一旦公诸于世，乱贼一定乘势挖掘侵占，陛下的万世计划，不是毁于一朝么？他必得前去守护，尽一己之责任。必要时，便把它封了。

然后他又想到，像自己这样长生不老的人有多少？冬儿呢？她是否也一样服了丹药，但失去了记忆？有没有办法令她好转，回复本性？她答应了随他回去，明天会不会变卦？

——都得弄个水落石出。

白云飞呢，彻夜把这局布好，也是未曾合过眼。

第二天早上，外景地的现场，不知就里的阮梦玲，还坐在一张藤椅上，手执《情天长恨》的剧本，念着对白，越念越是入戏，整个人泫然欲泣，楚楚动人。

她的伤感夸大了：

"谁愿意向这纸醉金迷的花花世界屈服呢？自杀是弱者的行为，不过，要是你也离我而去，在这苦难的时代，我心中的痛楚，又可以对谁说？我要死了……"

培养好情绪，抬头向吴导演：

"导演，可以了。"

谁知权威的导演接了一个电话后，一干人等，见到他的手势，一言不发，不管摄影装备，只把布景板后的重型器械、火药……一一搬上了吉普车。

目瞪口呆的女主角，不知所措。

"梦玲，上火车，我们要换点了。"

换点？

朱莉莉陪着一身戎装、验明正身的蒙天放上了火车。白云飞道义地：

"蒙先生，我们是识英雄重英雄，没什么帮得上，也尽了绵力，把你送回老家去。"

"白兄，谢谢。后会有期！"

火车厢外，忽传来吵骂，只见阮梦玲一脸不悦，气急败坏，大箱小箱地搬运上来。犹在生气，忘了仪态：

"为什么说换点就换点？戏还没拍完呢。揽什么鬼？云飞！白云飞！"

她一见他，便逮住他：

"你看，这是不是拍电影的？我从影这些年……"

白云飞亲热地扶着她的肩头：

"反正我们都得听导演的。"

朱莉莉见状，以为他对她的承诺在实现中——把女主角换了。不免沾沾自喜，用舌头把嘴唇舔了一下，益发明艳。她斜睨着阮，骄傲地示威，有点神秘的喜悦：

"是呀，往后导演叫我怎么演，我就怎么演。当女主角有什么难？"

忽地省得一桩，便向白云飞耳语：

"喂，只能研究，不要伤害他。"

白云飞但觉两个女人都很麻烦，一手一个安顿到车厢内。

他自己，闪身进了——

等着他的，是田中三人先生，和一箱金条。

他一进去，田中三人的手下马上把车厢的门关上了。

白云飞着吴导演点收，然后对田中道：

"田中先生，得到这个无价之宝，总算不枉此行了。"

"是吗？"他抽一口雪茄，"据我所知，你还有事瞒着吧？譬如说，秦始皇真正的陵墓？"

"还没有眉目，不过，我会继续探索。你们先把这件古董运到东北去吧，我们永远是好拍档。"

田中三人的手下，突然，拔枪指向白云飞及吴导演。

"白先生，我们会自行继续搜索这个宝藏的。对不起！"

保险掣扳动。

白云飞大笑。他从容地，向着田中三人：

"狐狸终于露出尾巴了。可惜我也是一头狐狸！"

田中三人愕然回顾，他的手下，全把手枪收回。白云飞轻俏地示意，有人放了一枪。

敌人棋差一着，倒身血泊。

他打开箱子，把部分金条扔给他们："处理得干净点，然后在火车站外等我。"

"是！"

未几，他施施然地出来。

风度翩翩地关上门。

跟吴导演打个手势：他把蒙天放暂交给他。这无价宝又独得了！

白云飞向自己微微一笑。

火车号角长鸣一下，轰隆之声乍起。开动了，全速东行。

火车离站。

站上，赫见白云飞和一干威武有力的外景队伍，他留下了。

蒙天放上车之后，一直很沉默。

车厢内，与朱莉莉相对坐着。

终于，他也正色地摊牌了。

"冬儿，把我送归皇陵之后，你将何去何从？"

她没有答，不想欺骗他，又不想讲真话。

"此番相伴，不知你心意如何？"

"到了再说吧。"

她只好模棱两可地应付着。

半晌，他一笑："我是不是很笨？"

"不很笨——是有一点笨。"

蒙天放很艰辛地开口：

"你心中可有白兄？"

乍听，她愕然抬头望着他：

"不。"

脸红起来，哑口无言。

"如果你俩两情相悦，你就嫁予他吧。一切随你做主，不过，你俩可是真心？"

真心？

朱莉莉一想，人间少见真情真意，且多半是游戏了。自己也很笨。

自我欺哄到几时？眼睛也红了。是社会训练她，只有金子是最保险的。万一她什么也没有了，还有金子。

她滴下一滴眼泪来。

蒙天放只诚恳地：

"有句话，要是错失了我就没机会说——不管你变得怎样，我是矢志不渝的！"

见她没话，自个笑起来：

"都说什么'忠臣不事二主，烈女不配二夫'，世道也许不流行了。"

朱莉莉带泪苦笑。

"嗳，古老的东西才这样。"

他把残破的丝履拎出来，送给她，无声地，好做个纪念。她没有要。

二人的僵局。

朱莉莉终于矛盾地出了车厢透气。

火车正轰轰向前开动。此行出卖了一个爱她的男人，有些不忍。小女人的善良。

忽见阮梦玲捧着一个"头"，闯进了吴导演的车厢内。

那是一个俑像的头，跟蒙天放一样，跟她在陵墓中所见的一样。

阮梦玲恐怖地嚷嚷。

"这是什么东西？是谁放在我戏衣箱子里头的？吓死人，导演——"

吴导演一手把她扯进去。

还残留半句话：

"你们简直不是拍戏，不知背后——"

话还未了，枪声一响。

机器虽是那么地嘈杂，但这枪声近在咫尺，怎会听错？

朱莉莉被眼前光景，吓得蹲下来了。脚一软，滚到一角去。

吴导演探首外望，把阮梦玲的一条腿也给拖进车厢内，门马上严严关好。

她浑身发抖，往回爬。

一生都没那么接近过死亡——除了拍戏。

力不从心，爬得特别慢……

车厢内，蒙天放伤感地凭窗远眺。思潮起伏。

——快速闪过窗外的景物，是长城！

定睛一看，真的，是长城！

他认得！

匈奴军人强马壮，远较汉人为优，但蒙恬将军率兵，以轻快兵骑，锐利长戟，强劲弓弩作战。蒙天放自十三岁起，已投将军麾下。他以凌厉剑术，杀入敌阵。

一场血战，马蹄踏过尸体，战车辗过废墟。入侵中原的匈奴，也曾兵败如山倒，丢盔弃甲，人马自长城一个缺口北逃……

幸亏有长城，作为整个北方的边防。

城墙历历在目。

不过，蒙天放的经验，长城在东面。往陵墓不该东行！

他飞快地扑向窗前，断垣仍在。

忽地，后面的某个车厢，抛下一件"物体"，太快了，看不清，反正是一个女人的尸体。

他很惊愕，正愤怒间，门外扑进一个抖颤的人，张口结舌。

蒙天放暴喝一声：

"你出卖我！"

朱莉莉惊魂未定，更不知所措。

"如今往东走，还是往西走？"

"——往西——"

他用力扯住她看长城：

"你看，长城在东面，不在西面，此乃我等奉命而建，你骗不了！"

她心虚了，很害怕。

"我明白了，你们调虎离山！"

蒙天放因被出卖，勃然大怒，只觉这女子如此不堪，自己也错信了她，双目发出怒火，一把推跌了朱莉莉，欲杀之。

她拼命解释，但口齿不清，形势危殆，非常惊惧地退后，逃躲：

"不不，不，我也……你……"

他不知底蕴，转念，胁持了她好逃出车厢。

吴导演与手下知阴谋败露，出来拦截。他下令：

"老大说过，要男的，不要女的！"

二人面面相觑——原来大家都被出卖了。

朱莉莉闻言大怒，不自量力，竟要冲前厮杀去。

蒙天放见她有勇无谋，胁持的手，改为保护的手，她犹不忿：

"岂有此理，这白云飞杀千刀！……"

吴导演拔枪了，她又尖叫：

"小心！"

蒙天放推倒朱莉莉，只一蹬一踏，向车厢壁上借力，跃至导演头上，一踢，对方连人带枪遇袭。几个大汉也来围捕。

火车一黑，进了隧道。

黑暗中，蒙天放适应得比其他人快。展开恶斗，打倒几人。

在火车出了隧道后，他已扯着朱莉莉，自一卡冲至另一卡。

乘客喧嚣中，冲至最后一卡。

他想跳下去。

火车疾走，朱莉莉狂拉着他：

"不！跳下去会死的，我怕死！我不要跟你一块死！"

见她慌乱成这样，蒙天放只好拦腰一抱，二人撞向最后一个车卡的门。

一阵阵动物的臭味传来。

这卡载满了牲口。

蒙天放挥剑斩开中间的联系铁索，一下一下，火花四溅，想不到真是一柄宝剑。

牲口卡终于骤离大队了。

只见往前直奔的火车，义无反顾而去。二人目送着。

马嘶就在耳畔。

蒙天放策一骑，向相反方向飞驰。

说朱莉莉坐在马背上，毋宁说是瘫痪在他怀中。心咚咚乱跳，擂鼓一样。连眼皮也在哆嗦，整个人不稳不定。

骑着无鞍的马？吓死她。身边都是排山倒海的呼啸声。

只得依靠他保护着。

他咬着牙，表情凶狠，好似雄壮的野兽。汗滴在脸上闪闪生光。大气呼在她身上，共度生死患难。

朱莉莉但觉自己一无是处。偷偷地望着他，目光也柔和起来。

蒙天放很奇怪,这一刹，她真的是心底的冬儿了。但愿不是幻觉。

他开始认路。

——是处是榆林。

他记得，有一回，护驾东巡长城边防，始皇帝立足于天下至高之处，极目江山。

长城之下，有条秘道，循之往西南走，可通陵墓。

只是长途跋涉，马终于也疲累了。

蒙天放爱马，在一个关卡停下来。

人和马饮水、休息。风尘仆仆之中，片刻宁静，于此辰光，蒙天放陷入沉思。

因为重大的变故和矛盾，人更沉默了。耳畔似有大小六十四个的编钟乱敲乱响。战场上风云岁月的帷幕拉开了，他感到一阵莫名的震撼。

——人特别地孤单。

他如何保证她往后的生命？他怎能勉强她踏上茫茫前路？

前面是重重危难。

蒙天放三思之后：

"我俩——各奔前程吧。你不必跟随我。此去生死未卜，不想耽误你。"

朱莉莉在马背上，不动。

蒙光放只用力拍马，放它走。

马一直前行，她一直回头。

马把他熟悉但又陌生的女子带走了——如同祭礼，但他亲手放她走。

长城。

依旧雄伟无涯的长城。他目送爱人远去，只孑然一身，在这傲岸的边防上，人，有如一个小黑点。

太阳下山了。

层层叠叠的峰峦，变作一抹紫红，像已枯的血。残阳似血。又似一只挂在天边的大手，发出号召的力量，令他回家去——这是他惟一的信仰。

蒙天放仗剑直往上冲。

一直地狂奔，青铜剑依旧锋利冷酷，用力左撩右劈，城墙都震裂，山石脸无人色。

他冲呀冲地，把一身的力气都耗尽。

直冲到至高之处。

远景一片苍凉，紫红都变成黑白了。

他也曾是个英雄呀，只是，英雄也有这般难过的一刻，英雄气短。

忽而，他听到一阵刺耳的巨响，抬头一看，是一架铁铸的怪物，同样的怪物，曾经闯进地底的幽宫，把他解放出来。

是的，这是飞机。

社会已经这样地进步了！人都可以在空中遨游了，炮弹火药，也可自空中往下投掷。两三千年前，厚厚的城墙，抵挡过一切铿锵的利器，防御重大而突然的袭击。

——只是，如今它的作用等于零。

看真一点，起落有致的城墙，受不了历史的重压而微微佝偻着，无数的裂缝，丛生着杂草，雄伟只是躯壳，它荒芜已久，一身炮弹的残迹。任何敌人都可一攻而下。

也许敌人不只在北方，也在东方、南方、西方，或者只是内哄，自相残杀，就已经令人人疲于奔命，无所适从。

飞机呼啸而去。

这是来自何方的敌人呢？

四周沉寂下来。

蒙天放按捺不止绝望的伤感。他陡地下跪，在暴烈的红色光团中，痛哭失声。

他痛哭着，一如婴儿。

——这就是当初他们致力的"万世基业"么？

远处，也有一个无助的小黑点。

长城下，马停了，人站定了。

朱莉莉遥望长城高处哭倒的男人。她决定回头，不走了。

因为，天下之大，二人都觉得自己无处容身！

她也一直地狂奔……

飞扑至他怀中。

什么也不管，豁出去：

"我无家可归，金子对我也没意思，我也不要当什么女主角了。"

一边说，一边把金子拿出来，用力往长城关外扔掉，好像扔到天脚底去。

泣不成声。

"你知道我要什么？"她像对自己说，又像对所有的人说，"我并不贪心，只要一个真真正正对我好的人——我要的，本来就很古老，不知为什么，总是得不到……"

蒙天放紧紧地拥着她，轻抚她的头，就像当年，他怀中冬儿的泪滴在重甲。

她送给他的鞋，原来仍在。

朱莉莉此时方才真正拎在手上，反复细看：

"这真是我'当年'的鞋吗？"

她便试着，把脚伸进去，踏足其上，有怪异的吻合——那残破的丝履分明是自己的。

很自然地，她伸手便把带子给绑起来了，不知如何，手势也熟练，就像已穿过几十遍……

蒙天放很感动。

滚圆的落日在荒凉中起了一阵动荡。天地只剩下两个再续前缘的爱人。

芳菲的药香。

衣角着了火。

拆散了望仙三鬟髻。

锦被上。

妖娆的惊弓小鸟。

深沉叹息。这是冬儿抑或朱莉莉？

黑发交缠。

无言冉退。

没有衣服，就没有年代，没有过去。原始的。炼丹房中的幽会又重现一次了。

才是昨夜发生的事。

他的身心沸腾鼓动，好像明知是最后一次，堕入难以控制的惊惧中，真的马上要失去了，用力地抓牢她——像把匈奴首级一劈而下的甜蜜，像报仇。

她的脸很红。刚才逃亡的驰骋的马乱碰乱撞。她想不到会是他的！脱胎换骨，他走过她的身体里，她走进他的历史中。

——如果没飞到西安这地方来，如果没勾搭白云飞，如果没坐上那小型飞机。

忽而灵光一闪。

一个远古的老人说过一句话：

"一字记之曰'飞'，真相白矣！"

是谁？是谁？

她迷糊地呻吟着，眼前一黑。

天渐黑了。

但陵墓的入口光同白昼。

射灯灿然亮着，"轰"的巨响，接二连三，爆炸了。这个埋藏了三千年、历代无数盗墓者心中最大的秘密，九个以假乱真的始皇陵被识穿之后，终于真相大白。

秦始皇是一生多疑。虽然他有建万世基业之野心，不过也慎防后人挖掘他的坟。

当然他预料不到王朝如此短命，像昙花一现，只传二世，仅十五年。他却预料到这价值难以估计的陵墓，始终为一切有贪欲的人所垂涎。每一个朝代，原来都有人以为他们曾经"得到"。

项羽掘过。牧羊者失火烧过。关东盗贼销铜取椁破坏过。石季龙盗过。黄巢乱过……传言至今，已有九宗，原来都不过是"假"的，是掩眼法。

陵墓修建之牢固与神秘，刻意找不到。是因为一点机缘，从来没有人真正踏入一步的地宫，终被揭露了。

白云飞如痴如醉地，狂笑着。

双目发出光芒，一扬手，歇斯底里地向他的手下道：

"大伙小心！这里只一个头，都可以进入世界大国的博物馆！哈哈哈！"

他懂！

他跟所有人不同，因为他懂得国宝的价值，历代的盗墓者，一点也不爱惜文物——它们都是未经歪曲的最可靠又最珍贵的"地书"，因为永远都无法再行生产了。坏一个少一个。他们坐塌陶像，踢碎瓶瓶罐罐，只专门搜寻金饰银锭，熔掉好换钱。

——但，他白云飞，周详的计划，缜密的布局，令他一手拥有始皇陵，一手拥有活生生的秦俑，他将是天下首富！即使是虚幻的电影，也捏造不出这样的美梦。

风沙中，蒙天放与朱莉莉二人一骑，接近陵墓，接近危机。

她闭上眼睛，眼角滴下泪珠，她恳求：

"可以不死，我们都不要死！"

"你怕吗？"

"我怕死，何必骗你？"

现代人的意志左右着她。

现代人的科技助长了白云飞的气焰。什么水银毒气？他们都有备而战，一众配了氧气筒，由铁索往地底吊送。

大量宝物，一一又被运出来。一辆辆的吉普车在等着。

一匹愤怒的马，筋肉与血管的网脉都因夜奔而隆起，眼睛闪耀突出，血红的鼻孔贲张，鬃毛在风沙中撩拨，冲进被毁的家园。

蒙天放策马在人群中践踏过。烟雾中，挥剑乱斩："你们住手！"

人群展开混战，子弹横飞。四壁的机关，竟因这无目的的子弹触动，不知从何而来的毒箭四射。巨石凌空而降。

手电筒的光杂沓缭乱。

古代机关，杀了侵略者一个措手不及。手下死伤甚众。

白云飞瞄准，开枪杀马。

马中弹，仰天起蹄，一阵抽搐，蒙天放和朱莉莉堕下，压在一块石板上，石板略为下陷，流沙往低处一窜，白云飞立足不稳，扑向二人身畔。三人同滚进一个洞穴中。

身体急遽下泻，石柱移动，合并成巨闸。三个人，一起被困在内，这是一条狭窄的走廊通道。手下全在外面，隔绝往来。

入口被堵塞，出口又不过是墙壁。这重门深锁的，是什么地方？

黝暗的环境中，三人的视线渐适应了。只见壁上有油灯，一盏一盏地燃着，映照得人人如同星夜下的幽灵。

四周都是石头。世上有什么比石头更紧牢呢？是一个凄冷的现成的墓穴。朱莉莉握着蒙天放的手，马上僵了。

灯，竟渐渐地黯了。

有限的空气！白云飞配着氧气罩，所以呼吸自如，但对峙良久，见那油灯，一盏枯了，另一盏也枯了，他心底明白，空气中的氧，终于也会耗尽的。

汗滴下来。

空气太坏了。

白云飞追问蒙天放：

"这是什么地方？"

蒙天放没有回答。他安详地坐在地上，白云飞脸色一变。

白云飞心焦了，把氧气罩递予他，蒙天放接过，先给朱莉莉。

她深深吸了一口，抖擞一下。蒙天放也学她，深深吸了一口。不知是什么，但他不需要，反正三千年不曾缺氧致命，如今也不怕。

白云飞把氧气罩夺回自用。恨他镇定。又追问：

"蒙天放！你一定知道逃生之路的，你说出来吧！"

"我真的不知道。我的责任只是千秋万世，为陛下护陵。"

他再也不能镇定了：

"长困在此，我们会死的！"

蒙天放毅然道：

"我可以死。"

"不！"朱莉莉闻言，反应激烈，自白云飞手中抢过氧气罩，狂吸一下，"只要有一线生机，都要出去！天放，我们活着不是很好吗？"

她有点疯狂地乱按四壁，企图像上日，因乱闯乱推，发现金人脚下有个活门一样。这边没有？那边呢？她不住地拍墙。开始虚弱了。白云飞见状，生死攸关，什么也不管，学她那样，幼稚地寻找出路。

他失去一切风度，不再冷静，惊恐中，只软弱地自语：

"我不要死！我不要死！"

朱莉莉的动作粗野了，把壁上的油灯都砸在地上，用力地顿足。她的鞋跟，因力度过猛，嵌在缝中，也因此——

机关竟被触动了。

走廊通道尽头，石壁缓缓开启，别有洞天。

不过，看真切点，那并非任何出路，只是一个墓室。

墓室四壁萧条，在中央，孤零零地，有个盒型的东西。前面燃了一盏长明灯。

"呀！"蒙天放失声道，"此乃陛下灵柩所在！"

白云飞半信半疑：

"秦始皇的棺材？"

"这东西？"朱莉莉也道，"多不起眼呀。"

蒙天放道：

"你们看，骊山南麓的蓝田，盛产美玉，这是一整块的蛇纹黄玉，出自天然。是稀世奇珍。传闻中，它能对尸体起神秘的作用……"

"真的吗？一整块的玉？"她问。

白云飞兴奋起来，仰天长啸：

"我找到了，我亲眼见到秦始皇的棺材！我的名字将会在历史上出现！"

蒙天放苦笑一下。朱莉莉绝望地投至他怀中。见到棺材，大去之期不远。死在一块，大概是天意。望着这控制不住自己的白云飞。

"命都没了，要这些有什么用？你也不过是个盗墓贼！"——她一度爱过他呢。

白云飞神经质地，在这墓室中绕着圈子，走了一圈又一圈。他快要死在这儿了，只把最后能见到的、摸到的，都尽量吸收。他自嘲地笑着，比哭还难听：

"我不是贼。你看，多宝贵的东西，永远长埋地下？不，八国联军打来了，日本人攻进了，这些文物，不让冒险家给放进外国的博物馆好好保存，到头来，也会被自己人毁灭的！我不过做买卖！"

蒙天放哑然。

人之将死，也难分敌我。好不容易，来到最重要的地方，陵墓的心脏，那又如何？白云飞用力撕扯着头发。

蒙天放近乎低吟：

"万世基业，也不过是过眼云烟吧。"

白云飞贾其余勇，爬到灵柩之前，仔细地看。念到是最后一刻，多不值！为了这样的一个陵墓。他开始敲打这坚牢的蛇纹黄玉，一整块的美玉呢！随便敲下一角，已足够一生吃喝不尽，但如今……他兽性大发似的，踢它、打它，拿起长明灯便砸下去——

地动山摇。巨变发生了。

缺氧垂死的人，面面相觑。剧动间，东歪西倒，为什么？为什么？连隔绝在外的盗墓贼都仓皇失措。

像足月的婴儿在子宫中剧动，他要诞生了。用自己的力气挤出来，挤出来。

谁也想不到，这整个的陵墓，因灵柩受了惊扰，突然发生这样的巨变。

四壁巨大厚重的石头陡地分成方块，重新组合，嵌成一道古城墙。

南北各出现了两个城门。

这是一个"内城"。

整个内城，在火速的运作中成形了。

——它不是沉下去，它向上升！

慢慢地升动。一直向上。

最先，是金人的巨头，然后是身躯，巍峨地，矗立在地面。当十二金人站定，傲然俯临大地时，烟雾弥漫，风尘滚滚。渺小的数十人，只张目结舌，被钉牢在原地，任随身畔一切景物变化，无能为力。

内城升到一定的位置，戛然而止。

蒙天放曾经参与早期的建陵工程，他明白了。陵园的布局，是秦都咸阳城布局的再现。

灵柩所在的地方，是一个小小的中心点。始皇帝的龙体被安放于此，实在是寄望有长生不老再现人世的一天，只要他没死，灵柩一动，他就连同他的"世界"，重回地面，他如猛虎出柙，建立王国，传二世、三世，以至于万世，传之无穷……

他一定预计有这么的一天！

而这般宏伟壮丽、一望无际的内城，不过是一重一重的外城所包围保护的中心点——往外推算，究竟有多少个坑室？多少座建筑物？多少道城墙？占地有多广？入地有多深？

也许就在整座骊山之下。也许在整个咸阳之下，也许……没有人估计得到。

惊魂未定，他们又看见原来周遭是一个庞大的兵马俑阵。似乎在组成一个整装待发的守护团。城门东边有三列横排，每列七十个的武士俑，手执宝剑、吴钩、矛、弓弩、箭镞、铜殳为兵器。西边除了俑阵，还有战车六辆。这些俑像一个个器宇轩昂，精忠护主……

尘埃落定，环视四周，赫然发觉，原来此处便是——

啊，一架架的飞机在静静的黑夜中稍息。西安机场！对了。朱莉莉认得了，她第一步踏足之处！

秦始皇千谋万算，也无法预计，王国卷土重来，东山再起，经了岁月，已经蜕变成一个文明的机场！

内城一切，都开始接触到空气了。

排列整齐的军阵中，俑像又经风化，泥尘层层剥落。有的瘫成碎片，有的还余半身，有的，咦？他们的肉身显露出来，一个个，都缓缓地吁了一口气……大约有五十人。

他们都活着？——对了，为陛下点中试服长生不老药的；在一个初夏的清晨，惊怖无策的方士各把姹紫嫣红亮黑的丹药倾倒，自炼丹房，随下水道，汇流至马厩外，刚巧有郎中令的部属，无意于洗漱时喝过一两口的……

这些丹药都是"真"的，只有多疑善妒寡恩、虎狼心肝的始皇帝，不相信。结果，"试"的人都活着，那最想活的人，却死掉！

他们乍醒，只晓得完成未尽的口号：

"愿陛下万寿无疆！"

现代人等，白云飞和朱莉莉如入鬼域，骇然失色。

蒙天放一看，就认得同袍：

"这是我的人！"

白云飞不再软弱了，他又获得大量的氧气和勇气，坚强地，故态复萌了。他也振臂一呼："我的人过来！"

他的手下都归队，敌我又再壁垒分明了。白云飞兴奋得眼睛红了。不止蒙天放一个呢，这里有五十多个，全都是活着的武士俑！

"这将是世界上最宝贵的东西！你们知道吗？先攻下来再说！"

马上，双方对峙。

四下战鼓敲起，蒙天放下令：

"别让敌人击倒！小心！"

战车被策动，在地面击起火花，手中都是精工制作的青铜兵器，虽经二三千年地底埋藏，不蚀不锈，锋利依然，他们都是一片忠心的精锐部队，可惜——

时移世易，武器进步得太利害了，血肉之躯，又怎敌得过枪炮？蒙天放见他们一排排地冲锋陷阵，却又一个个地倒下来，心也疼了。但如何解释他们无法理解的变迁？他们的基本反应是却敌，以身相殉。

机场的夜灯照耀着，惨白的强光，如同水银灯下的战争场地，碧血黄沙中，呐喊格斗，原始的武器，只伐木劈石地厮杀，双方如潮地一时涌至此，一时涌至彼，死伤不少，血的腥味在空气溢泄。

白云飞攀上一架飞机，蒙天放怎肯让敌人得手？二人在机上纠缠，飞机一时之间未能起飞，失去控制，在地面乱转。螺旋桨把四下的人头整个切下来……

白云飞终于开动了飞机，蒙天放从没这种经验，立足不稳，又见人渐升空，怔住的一刹，白云飞眼尖手快，拔出枪来，正待开枪，青铜剑已出，右臂吃了一招，手一麻，枪往地面堕下，他奋力一推、一踢，蒙天放也握不住剑，应声飞堕。翻身着地时，大地闷哼微震。蒙天放攫他不住，也立不起来。

白云飞夺得青铜剑，在低飞的机上，朝蒙天放力挥，剑风所至，眼看便死在自己的利器下了，忽而有人仆身在上，为他挡了这一剑，受了重创。这是贪生怕死的朱莉莉！

蒙天放愤怒得全身发抖，脸孔扭曲，他要把他撕成碎片。如同受伤的猛兽，发出吼声，漫天漫地只有惟一的意念，便是报仇！

不过敌人转瞬飞远，他心焦如焚，地面有刚才堕下的手枪。他拾起，枪嘴指向自己。白云飞冷笑。浴血的朱莉莉，大口地喘着气，发不出声音："别——"

他拎着这现代的武器，根本不知如何使用。突然，他记得了，在陵墓，朱莉莉曾如此地伤过他，他记得了：那管状物指向对方，柄上有个机关，他瞄准，一按，枪声一响，对了！就是这样——

飞机上轻敌的白云飞中枪了。

连人带机重重地撞向地面那孤零零的始皇帝灵柩。在那遥远的地方，轰然巨响，大火撕破了夜空，冲出重围，直蹿九天。大股的黑烟蟒柱，盘旋上升，在人见不着的高处，书写了一段兴亡史。爆炸发生了。

以灵柩为中心点，地面开始下陷，山崩地裂。人、飞机的残骸、火海，都遭活埋，死伤之众不能幸免。

蒙天放抱着朱莉莉觅地逃生，迤逦在地，像用根粗糙的毛笔写过血书。他狂唤：

"冬儿！你不要死！"

在他的怀中，塌倒的金人巨像庇荫下，有片小小方寸之地，她什么也记不起了，呀，只有三句台词，于此关头，不知如何便弹跳出来，她背诵着。是灵魂的回忆。抖擞余勇，喘息着：

"今天我明白——了，只有——"

时日无多，她越念越快，急急忙忙地：

"勇敢地在爱情面前低头的女性才是最摩登的女性！"

她仍然是朱莉莉。在最后一刻，她毕竟回到现代了，不过，她到底也爱上他。他一点也听不清楚，因为，她被沙石扯进断层下，无底深潭——

他只拼命地狂奔，一直往前，身畔有她的余音：

"你不要死！我会再来的，等我！"

她会再来？

这信念支撑着他，活下去，等。

过了很久很久，地面恢复平静了，整个内城消失了，这秘密再也没人知道，又复长埋。蒙天放颓然坐倒，不知过了多久。

"唉！"

——他听到一下令人毛骨悚然的叹息。

激战过后，这西安机场已经回复平静，只是地面上一切现代化设备，飞机和人，都与最古老的文物一起埋葬，是谁为谁陪葬呢？一时间也弄不清楚，地面空余一道浅浅的界限。

什么也没发生过似的——包括他那不死的爱情。

只是，他分明听到一下叹息。

蒙天放警觉地四下张望。

他见到一个身影。这是个意态阑珊的迟暮英雄，五十多岁了。他诧异于此竟有个幸免于难的局外人？

他问：

"这位老先生——"

太阳尚没升起呢，空气中荡漾着破晓前的寒气。天际有颗巨大的晨星，如同举世孤寂的眯瞪的独眼。薄明中，苍茫间，他缓缓地，缓缓地回过身来。

他，就是秦始皇帝嬴政！

衣履仍是一等，已经不起岁月。目光依然矍铄，不怒而威，不过鬓发残乱——整个人有点过气。他仰天一站。

蒙天放大吃一惊，倒退一步：

"陛下——"

始皇帝望定他当年的臣子，仿如隔世。他深沉地道：

"徐福一去不返，朕坑四百六十余名儒生于咸阳城外，惟未息心，及至五次巡行，病重沙丘，遂孤注一掷，吞下一颗残留之长生不老药。"

"陛下终于也吞下丹药了？"

他点头：

"朕假死之时，浑身发出奇臭，赵高与五六宦官，把朕放置于可调节温度之辒辌车中，随车以一石鲍鱼辟臭，自九原直道抵达咸阳，葬于骊山陵。"

"陛下叱咤风云，可惜，世道已变。"

始皇帝自嘲地一笑：

"朕只赢得'暴君'恶名，生生不息。"

"不，"蒙天放耿直地道，"是圣是魔，千秋功过，未可轻议。"

"天放，"他面对这同一时代的、同一命运的英雄人物，有点欷歔："朕与你，千秋不死，似亦难容于世。"

"陛下将何去何从？"

他静默一下，苦思：

"朕也不知，朕连立锥之地，亦付阙如。"

回首自己一手兴建的，辉煌而又宏伟的地宫，以为可以万世长居，雄霸天下。它花上了三十七年、七十二万人力、举国的财富……如今亦归于尘土，再无觅处。是的，他连一个栖身之所也没有，举头不见片瓦。

始皇帝自怀中取出那枚保存到今时今日的"半两钱"，他一生喜欢赌博。只把钱币往高空一掷，它机灵打转。他道：

"好，见'半两'二字，朕即往北行；负面，便朝南走。"

钱币终落在地上了，他见到这两个字，他一生的心血。他开始仰天狂笑，双目也发出慑人的精光。他人不死，心也不死：

"哈哈哈！想朕曾一手统领，天下之大，一望无涯，朕不相信找不到容身之所，朕要重振雄风！哈哈——"

他在狂笑声中，孤傲地往北去了。

笑声回荡着，蒙天放缓缓地，缓缓地下跪目送这个才华盖世但又备受唾骂的霸王。

黑夜与白日曾争执不下。终于，东方燃起一点红光，像刚吹旺的火炭，正蓄锐发出轻微的，劈啪的声音。

北行是一个山城。

延安。

八十年代

日子又过去了。

这是一个月夜。

连月亮也十分红。

月光照射进一个坑里。

坑中有很多遗体，七歪八倒，手足折断，半崩塌的头，拦腰一截的身，胡乱地躺于泥尘中，目空一切。

看真点，不是什么遗体，而是一个个尚未复原的俑像。

有个专心致志的黑影，动也不动地坐着，凭吊他往昔的同袍。

真想不到，这亘古的秘密，因为天意，终于露了端倪。

中央人民广播电台中，新闻报告员以一贯激昂而前进的腔调，向广大的劳动人民宣布轰动的事件：

"解放后，我国出土了不少文物。在党的英明领导下，一九七四年三月，临潼县晏寨公社西杨村的社员在农田建基挖井时，发现了秦兵马俑坑。秉承'无产阶级文化大革命'的精神，百折不挠，终于，三个俑坑经过重修复原，如实地反映了我国封建社会初期雕塑艺术的高水平。

"究竟整个陵墓有多大？估计探测到的，只是原面积的十分之一，而已经开掘的，又只是探测到的十分之一。未知部分，复杂到深不可测。可见封建帝王的剥削。

"国家对这批文物十分重视，设立了'秦始皇陵兵马俑博物馆'。并在一号坑原址，建筑了一座大型展厅，于一九七九年建国三十周年时正式开馆。被誉为'世界八大奇景'之一……"

蒙天放在这个地方已呆上了五十多年。与他生命中息息相关，最密切的男人和女人作别后，原来又到了一九八九年，如今已是建国四十周年的日子。

这二万多天过去了，真是一段难熬的辰光。

不断地有战争，内忧外患；不断地有运动，波谲云诡。

一切的权力斗争，都是血腥而惨烈的。

事与愿违。

"是天下容不下他呢？抑或陛下在蛰伏中？"

蒙天放在寂静的黑夜中，思绪无定。原来这些已经是一种"回忆"。

他也在蛰伏中。

身手隐藏了，面目模糊了，他又再经历了一次焚书坑儒血流成河的惨剧——比任何一个中国人更早觉悟这只是"愚忠"。

他情愿是个平淡而安静的老百姓，国不是他的国，君不是他的君，人海茫茫，他蒙天放，不过是个沦落的英雄。冷眼旁观兴衰起跌，人间正道是沧桑。

岁月悠悠，长生不老又为了什么呢？

——他变得深藏不露，沉默寡言。

为了一个缥缈的盟誓？

微雨天。

一辆辆日产旅游车，把游客送到兵马俑博物馆参观去。

俑坑中，蒙天放已是个熟练的工人。穿一件长袖白恤衫，卷起了袖管，架了眼镜，剪了个平头，拿着小小的扫子，把崩塌俑像上的尘土扫开。长久地蹲着，坚毅的嘴唇一直紧抿。

对面是个年岁较大的同志，拿着小扫小锉，干着同样的工作。他是个考古学家，大学教授，国家分配他来，便义无反顾地来了。

老郑道：

"领导很赞赏你，说一经小蒙修补过的头，就神了，活了。以后接头术都交给你了！"

蒙天放一笑，无言。老郑又欷歔：

"咦，你也修了十多年吧？我就显老了，眼睛快不行了。"

不远处有个女同志一看手表：

"小蒙、老郑，吃饭了！吃好了再修吧，又跑不掉的！"

——没有人明白他对同袍的感情。

这时，一队日本的旅行团来参观了。队伍中有几个女孩，皮肤绯红，娇小玲珑，都是学生模样。正收了雨伞，在馆外拍照，叽叽呱呱的日语：

"哗！真伟大！"

"你看，原来是这样的，快来！"

说毕，又不大好意思地掩着小嘴娇笑。

"靖子！靖子！快来啊！"

她来了。

专心地欣赏着，若有所思，又不知是什么因由。发自内心地欣悦，恋恋不舍。她轻叹：

"真说不出来，我很喜欢呀！"

就在这个时候，蒙天放刚拎着他的搪瓷盛皿和一双筷子，到食堂领饭去。这个工人,隔了高墙铁栏,一行行的甬道,一个个的俑像,那么远,但又那么近,咫尺天涯,马上在人丛中,把她认出来!

他如着雷殛。她说她会再来,真的被什么牵扯来了。冬儿。她来了她来了她来了……

诞生在异国,成了一个日本女孩,但冥冥中,还是魂归故里。

女孩瞥到他,自是认不出来。只羞涩单纯地一笑。似曾相识。

他很趑趄——不想她为他再死一次;但,又忍不住——

诱
僧

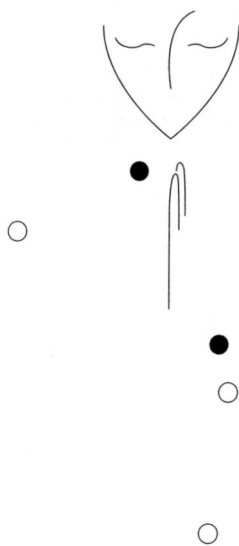

石彦生万万想不到，

在刚满二十七那年，

竟当上了和尚。

唐，武德九年，六月四日，

玄武门上演震撼之极的血腥惨剧，

他是少数知情者之一。

真相为上层一只巨手掩盖了。

也改写了他下半生的故事。

一个月之前，

石彦生还以为黄金岁月正开始……

一

他使的是"夸父追日"。

剑虽为双刃短兵，却是百刃之君。过柔则卷，过刚则折。能拥有一把好剑，等于得到另外一只手。自黄帝采首山之铜以铸剑后，一直以来，它都是兵器中之上品。武官侠客，山野沙场，稀世名剑总是伴随它的主人，忠心不变。

剑从不辜负人。

石彦生的佩剑由他父亲传下来。

在前朝，隋大业十二年，炀帝南游江都。他骄奢淫逸，民心思变，太原留守李渊，派长子李建成指挥左路三军，次子李世民指挥右路三军，沿汾水、渭水进兵。人强马壮，次年十一月，打下长安，建立唐朝，改元武德。

石玮于此役阵亡。

他的宝剑，由儿子石彦生继承。九年来，石彦生已成为东宫太子李建成极其倚重之一员虎将。

今日，长安城南的郊野，正举行祭天。

仪式盛大而隆重。

李渊安于王座。

他的儿子与部属均列席。建成资质平平，因居长，封为太子；次子世民，才识过人，雄心勃勃，虽不服气，也只能眼巴巴地尊兄为主，退为秦王；四子元吉，一向机灵暴躁，被封齐王。三子玄霸早死，看不到大唐盛世。

《破阵乐》响起了。

女声为祭天之舞作致语：

"卫王入场，咒札获圣，神皇万岁，孙子成行。"

一百二十个舞者，披甲执戟，排作"鱼丽阵"、"鹅鹤阵"……

主跳者出场了。

见不到他的脸，只见一个金蓝怒彩的木刻面具，顶部刻有龙形，锐鼻，眼睛突出，下颚吊垂，形象威武而丑陋。

这是《兰陵王》假面舞蹈。

兰陵王原是北齐高祖的孙子，名高长恭，是性格勇敢胆识过人的军士，可他容貌秀美，上阵不足以威吓敌人，故戴上假面以慑众。

流传下来，乃著名的演舞。

舞者穿着杏黄色长袍，紫衣，金带，手中执鞭。舞姿英武而威风，腰、腿尤其有劲。全场为之吸引。

几案上，香烟袅绕上升。

李渊踌躇满志地坐拥天下。

大局已定，三个儿子都在身边，嘉宾满座，都是文武百官，还有来自日本国的遣唐使，身穿和服来观礼。

李渊喝着酒，向世民道：

"数次重大战役，世民功不可没，封为'天策上将'，亦未足相称。"

又望向建成和元吉二人：

"惟因'立嫡以长'，朕希望你们兄弟相扶持，安我大唐江山。"

世民不语。建成和元吉互望一眼，亦不语。

三者对立，冲突已非一朝一夕。

世民功大，声势在太子之上，早存夺嫡野心。建成对他非常忌讳，常谋削权，并与后宫后妃建立特殊关系，伺机在父王跟前挑拨，还曾设计调拨其精锐于自己麾下，好剪除股肱羽翼。元吉之所以站在长兄一方，是因为建成许诺立为太弟，即皇权继承者。

建成开腔了：

"二弟，'天子自有天命'，以后，我定会重用你的。"

世民从容地漠视他对高位的强调：

"大哥长居东宫，恐怕你对战况不甚了解。平定薛举薛仁杲、平定刘武周、平定王世充窦建德、平定刘黑闼……这些，还是由我向你报捷吧！"

这位年方二十九，相貌堂堂，天庭饱满，眼神尤其精锐的秦王，其军事才能一向为朝中文武百官所钦佩，石彦生也不例外。

但基于国法，他绝无机会成为君王，即便他身边有着出色的谋臣,但不可能改变兄长地位。这是他一生最大的遗憾,因而怏怏难平。

还想继续他战绩的炫耀,元吉及时道:

"两位王兄,猎鹿开始了。"

太子建成向他身畔侍卫的石彦生颔首。

"霍达,"秦王世民道,"瞧你的了。"

石彦生又听得这名字。

他望向自己的对手。霍达,卅多岁,身躯魁伟,扇面似的宽肩,臂上立了一头鹰。这臂鹰,一身乌黑油亮带紫,倨傲地静定凝视前方,深沉如同它的主人。

第一回见过霍达,在一个黑夜。当日二人各为其主。

秦王应太子之邀约,参加夜宴。不久,忽闻宫中有李世民之召唤:"马上传霍达来!"

原来他喝酒后,心疼如绞。

霍达及其左右,即护送李世民返回西宫承乾殿。石彦生在东宫守卫,一个照面,只见这员护主大将,矫捷地匆匆来去。

事后,传闻李世民回宫,竟中毒咯血数升。他喝的什么酒?一直成为疑团,却无从追究。父王李渊,只向太子李建成下令:

"秦王不善饮,日后勿再夜聚喝酒了。"

此时,一头野鹿放出,一跃飞奔,窜下山林去。

太子、秦王及齐王,部属中精锐将士亦策马逐鹿。一时间马嘶人叫,非常壮观。

他们都穿明光铠,胄甲在阳光下闪着刺目光芒。看不清你我。

所有人都站在高岗上欣赏,隔着滚滚飞腾的黄土。

隔着那"兰陵王"假面,有一双眼睛紧紧盯着人和马。各人力阻对手,又求先中目标。

假面缓缓移开。

此来为了看人。

那是一位年方二十的美女。她傅粉，极白，一张雪脸。时尚胡妆，只扫了青黛眉，眉间贴了金色花子，如豆大小的点饰。还有是红唇浓点。

女子饶有兴味地追踪着二男。久闻大名：一个是大王兄的虎将，一个是二王兄的心腹。她灼灼的目光，时而落在这个，时而落在那个。心情兴奋而复杂。二人正面交锋……

她是李渊后宫一群妃嫔所生下近四十名子女中的一个。男的都封王爵，女的言行骄纵，不让前朝。此中以十九公主红蓴，性烈如火，最为放任。

只见她双眉一扬，手中的木刻面具也扔掉。

看得分明。这沉稳的石彦生身手好极了。他脱颖而出，一道映日长虹，电光石火间，比对方先刺中惊窜的野鹿。鹿受伤、受惊，痛苦不堪地急跳。就在石彦生剑落未再起，霍达的剑也来了，他飞快地斩为两截，鹿张大嘴巴迅即死去。

先发者勇。后至者狠。

霍达见他真人露相，抱拳道：

"好身手！佩服。"

石彦生忙还礼：

"承让。"

"我俩虽各为其主，亦是大唐一家。石兄，何时得空，可否畅聚一宵？"

石彦生爽快地：

"就让我见识一下你的好剑。"

两骑驰近。

石彦生此时方才发觉，刚才那威武的舞者，原来是"她"。

她用目光迎接他，一点也不逃避。

红萼看中他了。

同日，李世民也看中他了。

二

来到秦王"天策府"赴约时，也是一个黑夜。出奇地静。

他被迎入。经过长廊，到了一个厢房。

门未敞开，先闻茶香。

霍达盘膝而坐，面对一个棋局。

侍女正在煎茶，用水在一沸末二沸始。水如鱼目、连珠，声微响。炭火令室内暖而昏晕。霍达紧锁的眉目因石彦生的到来而略舒。他忙起而迎客。一壁笑道：

"石兄果然守信，来来来，备了好茶款客。"

侍女奉茶，只见银绿隐翠，茸毛如雪花飞舞。石彦生呷一口，香气袭人，鲜醇甘美。他道："是洞庭珍品，碧螺春。"

"想不到是会家子！"霍达大喜。

"家母对煎茶之道才有研究呢。"

霍达望向棋局：

"我俩下一盘棋如何？"

侍女退下。门随即被严严关好。侍卫无声地驻守。神秘而木然。

石彦生有点奇怪。他戒备地望向霍达。

"石兄，我有一奇诡残局，想向你请教。"

棋之所以为棋，虽只黑白二子，却以围剿及杀戮而成局，"必斗"、"争雄"为目的：即是尽可能增加自己的地盘，减少对手的地盘。

石彦生一瞄，沉思：

"观此局，应先封锁，再切断。当然，切断并不一定能吃掉这几个棋子，但，它亦因此而部分变弱，从而有利吃棋。"

石彦生走了一子。

霍达跟进。忽地道：

"石兄，你不发觉此乃天下大势么？"

石彦生一愕。

霍达示意少安。胸有成竹地在棋局上分析形势："你看，白子便是世民，黑子代表建成和元吉。而我俩，不过观棋者。"

他先放白子。

"秦王世民，平乱建国，功劳有目共睹，乃人心所向。"

再拈黑子。

"太子建成，并无作为，且有淫乱后宫秽闻。"

黑子放下。

"齐王元吉与他，二人早有诛杀秦王之意。"他望向石彦生，"关于在酒中下毒的传闻，想你亦有所知吧？还有，太子利用服药后难驯之烈马，企图把秦王摔死；又以迎战东突厥为名，齐王竟要求秦王把心腹精锐收归己有……"

白子被重重围困，步步进逼，已到背城借一局面。

在空寂的厢房，霍达越说越激昂有力：

"如今兄弟结怨日深，一旦大难爆发，岂止血流满地？甚或颠覆国家，祸及万民。生死存亡，不容耽误，应当机立断！"

石彦生抬头望定霍达。

宫中斗争，他不可能不知悉。身在太子麾下，尽忠职守为己任。他双眉一皱。

霍达的说服力更强了。他慎重地一字一顿：

"秦王世民，将于明六月四日，在玄武门，设下伏兵。他志在逼太子让位。这是惟一生路。"

石彦生一听此言，怔住。

"兵变？"

"对！秦王只想收拾大局，不想流血。"

对方把如此重大的机密告诉他，一定是推心置腹，全盘信任吧。石彦生又想，但，知悉了大计，他又怎可能置身事外？

霍达鼓其如簧之舌，向这心摇意动的，自己惺惺相惜的虎将道破切身问题了：

"石兄，你知道你所追随的太子是怎么样的人材吗？——他可懂用人？"

稍顿，又问：

"你又知道秦王是怎么样的人材吗？"

观石彦生容色，他道：

"所谓'良禽择木而栖'，丈夫以大局为重——"

见石彦生沉默三思，他非常体己地：

"秦王是明主，我俩助他一臂之力，里应外合，他定知才善任，异日你我成就必不止于此。"

一切尽在不言中。

石彦生亦知箭已在弦上，终下定决心：

"大势如此，石某便知进退。"

"好！我俩情同知己，一言为定！"

霍达举杯，以好茶代酒，对饮而尽。

窗外见金星划破长空，天象奇异。石霍二人，但觉全属天意。

陡地，传来一阵喧嚣人声。

一面铜镜，已破窗而飞入，把棋局捣乱了。黑白子四散。

铜镜未落地，石彦生与霍达双剑一劈，镜裂为三，堕于厢房外。

是大于手掌的圆镜子。背有绮丽纹饰，雀绕花枝，中央有弓形钮，系了红带。

二人矫捷地破门飞身。迎面几与一女子互撞。面面相觑，听得侍卫拦阻不及：

"公主，你不能——"

红萼硬闯而至。

她已改穿轻薄透明纱罗，外披水红披风，袒了领子，里面不穿内衣，装束十分随意，似是浴后光景。一个堕马髻，还有几绺游离的发丝散乱着。绕成三圈以金银丝编成环套之"跳脱"在腕间晃荡。

霍达一怔：

"原来是红萼公主。"

"我一听他来了，"红萼骄纵道，"便赶至观棋。"

她大胆地望着石彦生：

"还想与石将军见个高下。"

石彦生不解风情，有点倔拙，视线下望，只见红萼一双赤足。他道：

"不巧与霍兄刚平一局。红萼公主，后会有期吧。"

因有要务在身，欲一揖而去。

红萼伸手一拦：

"还我！"

"什么？"

她拾起破镜，横蛮地：

"砸了？哦，这是扬州贡镜，看你用什么来赔？"

石彦生不知所措。他决计赔不起的。

"武德五年岁次壬午八月十五日甲子扬州总管府造"，镜背的铭文是："照日花开，临池月满，龙盘丽匣，凤舞新台。"真的赔不起。

他即时把佩剑双手呈上，递予红萼。

"石某身无长物，就赔你这个吧。"

红萼瞅着他。这个沙场壮士，一窍不通，二话不说，用他最贵重的东西赔给她。她慧黠一笑：

"哈哈！将军没了剑，还是将军吗？"

带着暗喜：

"算了——"

石彦生也不多言，抱剑致意。又向霍达：

"告辞了。"

他转身走了。她目送背影，直至他整个人也看不见。

露寒霜重，此时方觉脚趾有点冷。

三

石彦生一夜都睡不好。

他在房中踱着步，时而把佩剑抽出。"夸父追日"，菱形花纹的剑身，长三尺，重三斤十二两，乃祖上之宝。想那夸父，是远古时代一个勇士，他直奔千里，追求光明，企图捉住太阳，好使大地不再黑暗。他的意志促使日复日，年复年，直至倦倒……

他的剑，重、急、勇，追风逐日。

"早晚之间，灾难斗争也得出现。不过先行发动，以正义之军武力平息……"

正想着，望向天空，是一个美妙苍茫的时刻，深邃微白，曙光险露，大地未醒——相信这当儿，几个关键人物，也是一夜不寐地等待着重要的一刻吧。

石彦生的娘已起来，念诵早课毕，张罗了餐点。

"彦生，何以今日心神不定？是工作不如意么？"

"不，只是夜里练剑睡不足。"

"军人杀敌为国，原是天职。只要正直、平安，娘便放心。"

她是军人的妻子，也是军人的娘亲，深明大义。但晚年信佛，因"战场上刀枪无情，必有伤亡。杀敌为公，然谁无父母，所以为死去的人念经"。

娘带点疑惑：

"听得宫中不甚平稳。皇上的诏书，跟太子令秦王令，都并行于世，官员不知应遵从哪个好，只得以传达先后顺序来办理。你们是为此为难么？"

"娘，"石彦生不想她担心，顾左右言他，"这种情形不可能长期如此，你放心吧。"

在晨光熹微时，他出门了。

他没信佛，也不念经。正如秦王李世民，在不眠长夜，未免患得患失。他蓄养的武士只得八百余人，比起太子东宫的卫队，加上齐王元吉部属，力量相差太远。此举若不成功，肯定成仁，是存亡之秋。

是以布局不容有失。

李世民的野心写在脸上，但还是忐忑的。正要命卜卦，他的幕僚力阻，把龟甲都扔掉：

"占卜的目的是要请神明决断是否可行，但大王若已无怀疑，亦无退路，何必占卜？如结果不吉，难道就停止发动么？"

李世民遂下了死心。先布诱饵。

一封先发制人，告发太子和齐王淫乱后宫及图谋暗杀自己的密折，给送到父王李渊手上。

李渊大吃一惊，下令三兄弟于六月四日晨进宫，查明此事。一切如李世民计划中所料。

后宫的妃嫔与太子关系微妙，探听到密折内容，派人飞马报告。

齐王元吉一听，有点趑趄：

"王兄，不若我们动员军卫早作备战，然后称病，不要入朝，以观察形势变化吧。"

李建成反而好整以暇：

"这样逃避岂非自认有过？你放心，玄武门守将过去曾随我出征河北，乃我心腹。而且我的部属一向神勇，他们会严加防范，怕什么？我们自玄武门入宫参谒父王，不会有事的。"

——他们怎也想不到，玄武门的形势，一夜之间已有翻天覆地的变化了！

石彦生和他的得力部属郭敦、赵一虎、万乐成等人，于东宫整装待发。先在马厩给马喝足了。

郭敦舀水给马，自己也粗鲁地喝一口。石彦生过来，脸色凝重地吩咐：

"太子奉召进宫，待会你们一干人等，听我命令就是。"

众应道："是！"

如常服从，不虞有他。各人纷纷上马，整齐的军队护送太子出发。

"玄武门"。

它是长安太极宫的北门，宫廷卫军司令部的重地。据有这所在，等于控制了整个宫廷的兵力。

玄武门屯军将领，原属东宫的人，但今天，他们不动声色，已被李世民暗中收买。

早在太子建成到来之前，玄武门四下伏兵。由霍达带领。

绝大的一轮红日已高挂,它也不动声色,发出一片浓紫深黄的辉芒,叫人不敢发出呼吸,静待奇变。城墙的脸,亦由灰亮渐渐涨红,它平定、牢固、睥睨天下。

皇城之内,称为"海池"的湖泊中,有一艘彩船缓缓漂游。在等。

李渊与几位大臣,正等着这令他左右为难的三个儿子。但已过了两个时辰,还未见踪影……

玄武门外,却出奇地平静。

只有几名守卫侍立大门两侧。

李建成与元吉的人马,缓缓前行。入城门,前面是临湖殿了。

而负责护送的石彦生等,故意放慢了缰绳,与部属稍堕后。

只见临湖殿侧有人影闪动。

李建成一怔:"不好了!"

四

石彦生等此时才策马走近玄武门外。

殿侧,突然冲出数十骑人马,狂奔而来,建成与元吉措手不及,大吃一惊。情况不对劲,立即拉转马头,欲向宫外驰去。

说时迟那时快,李世民拍马追上,高喊:

"王兄,停下来!"

城头弓箭手,即时现身布阵。

玄武门外,石彦生伸手一拦,示意:

"没我的命令,谁也不得轻举妄动。"

部属无人上前,也不知发生什么事,只面面相觑。石彦生静待"兵变",心想,俘虏的策略费时不久,一切大局已定。

忽见宫门开始关闭。

石彦生望向前方。

——宫门内发生的事，完全在他意料之外！

他一生的阴影！

李元吉举弓射击突袭的世民，因紧张过度，三次都无法把弓拉满，眼睁睁着建成一声惨叫："哎——你竟亲手把……"

稳稳一箭，正插他背心，他应声落马。世民意犹未尽，瞄准元吉。而乱箭亦四面八方射至，元吉身中一箭，堕下马来。

世民坐骑受惊，失控，往树林狂奔，被树枝挂住，他也摔倒在地，元吉负伤夺下他手中的弓，打算勒死世民。

霍达与部属跃马冲来，把剑抛向世民。元吉徒步逃命，在至武德殿途中，终为他兄长所杀。

濒死，只听得世民补上一句：

"逆贼，好大的胆子！"

太子死了，齐王也死了。骑兵全军覆没。

人命只在一瞬间消亡。但石彦生隐约见到里头的激战，有血。快如闪电。

神秘而恐怖。宫门缓缓关闭前，石彦生决意闯入。他厉声喝问："是太子出事了吗？"

策马狂冲。那沉重无比的两扇宫门，形同幕闭。马头勒不住，起蹄，人立。

一阵惊啸。

石彦生几乎栽倒。

还没坐定。

一滴血自城头滴下来。

抬头，红日已当空。他眯起眼睛细看——是两颗血淋淋的人头！

他们的嘴微张，如未完成的惊呼。目不瞑脸未僵。建成和元吉的人头，高悬在玄武门之上……

石彦生目瞪口呆。

所有部属也目瞪口呆。

这不是他想象中止戈息斗的结果，这是一个骨肉残杀的血腥惨剧！李世民为了夺嫡，他不惜亲手把兄弟干掉！

那密不透风的布局，也许除了他本人，世上没有人知道，也猜想不到。

石彦生一时间接受不了这事实，他在玄武门下狂喊：

"呀——"

太迟了。

幕闭了。

五

在太极宫内的李渊，久未见他们兄弟来觐见，忽闻侍卫匆匆上报：玄武门有人作乱，情况未明。

他吓得魂飞魄散。

此时，头戴铁盔，身穿铠甲，双手血迹斑斑的霍达闯入，把两个血淋淋的人头扔在庭前。李渊当下大为震惊：

"是谁作乱？发生什么事？"

再细看这两个人头……

李世民已下跪跟前：

"太子和齐王叛变作乱，已被儿臣及部属诛杀。"

霍达也恭敬洪亮地道：

"为免陛下受惊，特来保驾。"

面如土色、措手不及的老父，怎也想不到一个清晨，局势已变。他望向身畔的谋臣，不知如何是好。

他们心念电转，便道：

"建成和元吉，对于大唐王朝之建立，本来没什么功劳，如今秦王世民功盖天下，四海归心，陛下若立他为太子，把朝政交付予他，必然无事！"

李渊定下心神，半晌。

智慧的开国皇帝，难道不明白，这个极其大胆和冒险的行动，胜者是谁？他也打过天下，在风云变幻中，如一局棋，全面处于劣势的一方，只能紧咬一个大翻身的机会，全力搏击。胆敢弑兄弟的人，难道不敢弑父么？

他平静地道：

"对。这也是朕的心愿。"

李世民伏在他座前，痛哭流涕：

"我这样做，完全为了父王，决不敢忘记养育之大恩。"

知子莫若父，李渊轻叹，无声。只抚摸世民的头发，下令：

"我决定把帝位传给你了。"

世民急忙摇手：

"不！儿臣坚决辞让！"

李渊佯责：

"不准辞让——从今以后，军事上朝政上大小事宜，由新立太子裁决之后，再行奏上。"

世民作出勉强的神色，最后不得不服从：

"如此，儿臣只好领旨。"

李渊退位退得这样快，相信他自己也没有丝毫心理准备呢。

李世民转向霍达，脸孔马上换过了：

"霍达，快领兵到东宫以及齐王府，追杀叛党，不容有失！"

霍达一念：当中亦有将才，可留作后用。

或量才招降吧。

——因为，在这次宫门喋血的兵变中，他们确实利用过一个人。

石彦生飞马直闯太极宫。

红柱白墙，赭黄色斗拱，灰瓦，绿琉璃屋脊，庄重而典雅。若无其事。

愤怒的火焰压不住，他紫涨着脸，疾如雷电中，身后有人马追至。

驰近了。

是一个女子，穿胡服的红萼，短衣窄袖轻装，大喊：

"石将军！不要进去！"

六

石彦生勒马，红萼赶在他前头拦截。

他冷冷地望向她，沉声道：

"请十九公主让路，我要面谒皇上。"

"你入宫，急不及待送死吗？"

石彦生怒气未息：

"我误信秦王，走错了一子。你不让开，别怪我不客气！"

石彦生硬闯进宫去。

马蹄翻飞，红萼又急又气。向着那远去的背影：

"这局棋你输定了！"

恨得双足一蹬，也策马追去。

还没到东宫，石彦生的坐骑几乎践踏上一个物体。他生生止住，马蹄受控，看真点，这是一个年约三岁的小孩。

他的小脸惊恐而紫涨，眼珠子不动，没有瞑目。锦衣胸前晕开了殷红的血汁，似有微温。小小的尸体，无辜地瘫卧在宫门外，他逃不出去——一个怀抱中的小孩，只因是太子的后裔，方有此凄惨下场。

而这还只是个前奏。

大屠杀已经进行了。

东宫内，齐王府内，各有李世民的得力部属，分头斩草除根。妇人、少年、婴儿，统统在一个时辰内，像猪羊般被屠灭。他们已经受封在外的儿子们呢，合共十多人，均被新太子下令全部斩首，同时除去皇家户籍。

连左右亲信百余人，亦不能幸免……

石彦生来迟了。

——即使他赶至，也无法遏止一切。

因为他是一只棋子。

但他仍贾其义勇，与这批奉命追杀"叛党"的霍达的部属激战起来。

血洗的一天。

石彦生全身的热血在奔腾，觉得自己坐在一个锅炉里，烫得头昏脑胀。他随父大举起兵反隋，是因为炀帝无道；率领精锐攻打突厥，是因为他们乃侵略中原的外族。三战三捷，血染征衣，没有一次，像今日所见，全是自相残杀！

石彦生的眼睛红了，劈杀得兴起。他救不回任何一个活口，但气势如虹……

横来冲锋的人被认出了：

"他是石彦生，是太子的余将，也是叛党！"

人马声喧，援兵增至。

石彦生被重重包围，终于敌不过，被制服了。刀剑正架在脖子上。

"好呀！"

红鸶娇叱一声，已策马赶到：

"奉秦王，亦即新太子令，把这叛党牢牢地捆起来，交给我！"

石彦生倔强地怒目瞪视，分不清来意。都是同一个鼻孔出气的掌权者，还惺惺作态一番。看来皇宫之内，饮血才可生存。

他被捆起，扔在马背上。

红鸶冷笑：

"哼！敬酒不喝喝罚酒。"

又下令：

"把那破剑拿来，面呈新太子，作为叛党罪证。你们好好守卫，回头论功行赏。"

"是，公主。"

一众不敢拂逆这以任性妄为见著的十九公主。

红鸶策马把石彦生押走了。

她走得那么容易，完全是因为站在东宫城楼上，指挥大局的霍达，有意无意地，放石彦生一条生路。

他看在眼内。

但，没有出来阻止。

是识英雄重英雄？抑或，作为一次"利用"的偿还？

到了御园中，红鸶挥起那"夸父追日"，向石彦生砍去。

他仰首不屈，视死如归之状。

良久。

剑故意停在脖子上。然后，陡地发难，把他浑身上下的绳子都砍断了。

石彦生愕然。

剑扔向他，忙接住。红萼有心相救。

"多谢公主——"

她不耐烦，中断他的道谢：

"走吧。我与你出城去。"

石彦生大奇：

"你与我？"

"是呀，我与你私奔呀。"红萼豁出去，完全不当一回事，很无辜地叫道：

"你以为我还有地方去么？"

她横他一眼，见他愣住：

"当所有的螃蟹都是横走时，一只直行的，就没去路了。"

"臣并无打算——"

"什么'臣'呀'君'的？"红萼嗔道，"你好不老气。我已经这么委屈了，你还有时间考虑吗？"

她强调：

"这是命令！"

石彦生措手不及，立在原地：

"不行！"

追捕的人声自远至近了。一定东窗事发。

她急了，什么也顾不了，把他用力一推：

"快走！有人来了，大家都逃不了！"

无奈上马。

石彦生走在红萼前头，觅地而逃。

二人一先一后，急驰出宫门，往林子去。石彦生对地形非常熟悉，左穿右插，走捷径。山林清幽，树影婆娑，在这世上，谁知道刚才发生了什么惊心动魄的大事呢？

石彦生恨这世上人人迷糊，而他是惟一知情的清醒人，但他却为此而亡命。

只那有机会追随一个心仪男子跳出皇宫桎梏的红萼，兴奋而刺激——这就是"江湖"了，她和他逃过杀戮战场，开拓另一局面。

天意。

是一场兵变成全了她吗？终于飞出她的命途。她自主了。

石彦生忽放缓了：

"为了公主的安全，我们还是分道吧。"

"不！"她忙道，"我跟定你了。这是命令！"

命令来了，石彦生大发狠劲，策马跳过一丛矮树，一越障碍，即抄小径，下斜坡。他的声音回荡在林子中。

"石某危在旦夕，自身难保，顾不上公主。保重！"

——马也跑得太快了。这原是不可指责的。但，他摆脱她了。

七

将镫子一磕，是匹好马，只管飞奔向天涯，前路茫茫，剩一溜黄尘在林中不散。

明明在离开长安城的途中了。

暮色从远山外暗袭而来。他见到炊烟。

炊烟渐飞渐高渐薄，渐冉。

太阳落山了。

生命无常。石彦生心中蓦然一动。

他还是有所牵挂。

马服从主人。在急势中骤止，竟尔回头。

——回家一趟。

远望家门。

一片平静。

仿佛又听到娘亲念佛的沉吟。

大门打开后，仍是悄然无恙。

石彦生先定心神，低喊：

"娘？"

进内堂，方见灯火通明，四下有霍达的部属。不见武器，而霍
达，正与老人家共坐，闲话家常。几案上放了青瓷茶碗，是莲花盏，
垫以荷叶茶托子。娘亲款以好茶。

石彦生一见二人谈笑甚欢之状，呆住。自己一身血汗地自屠宰
场逃回家一转，对手却没事人地在等他。还反客为主地：

"石兄提过令堂对煎茶之道素有研究呢。"

他只好坐下来，镇定应付。

"彦生，"娘道，"这位霍将军来了半天，说是有要事找你。"

"请说。"他忍住怒气。

"正与令堂说着茶道。所谓'头交水，二交茶'，茶叶细嫩条索
紧结，茶汁是一时不易渗出的，莽撞而无味。第二交，方恰到好处，
等于人的再思妙悟。"

"石某不明所指。"

霍达一笑，只向石彦生的娘道：

"我是代秦王，不，应该称新太子了，来与他商议前程。"

"哦？彦生立了功么？"

"大功。"霍达望向石彦生，"事情进行得顺利，只有稍微意外，

无伤大雅，皇上亦已明察。"

娘一听，问：

"我听说宫里发生了叛乱，你俩可是助秦王平定了叛党？"

石彦生按捺不住，一拍桌面，盛怒而起：

"哪是叛乱？根本是阴谋！霍达，我是为了减少流血方才相助，现在的结果竟是手足相残大屠杀——"

霍达淡淡一笑：

"是吗？是为了减少流血，而不是为了其他？"

他望定石彦生。

"哈哈哈！不是为了改投明主，他日夺位成功，你必然高升吗？——不是人望高处吗？"

石彦生一想，汗淌下了。心虚？被说中了？

娘明白了几分。

"石兄，你我惺惺相惜，心里有数，自是有福同享。如此'忠'、'孝'方可两全。"

语含威胁，不是听不出来。

"彦生，"娘喝问，"所谓玄武门兵变，你可有参与？茶重品，人也是，说实话！"

石彦生只觉他不单被卖了，前面只有一条更泥足深陷的路，后面尽皆追兵，连自己的娘都受到牵累，不管发生什么事，就是不能累及无辜。他忽地发难，先一手扯过娘，挡在她身前，与霍达对峙：

"石某誓不两立！"

觅路逃生。

霍达怎会轻易放过？剑芒一闪，身子已跃封路，部属皆不动。石彦生把娘推过一旁，接了一剑，二人战起来。

一个是成竹在胸，一个是怒火如焚。本来旗鼓相当的对手，因石彦生急于泄愤，也分心护母，他望后一退，他赶入一刺，石彦生脚步一乱，霍达的剑，在他胸前止住。

他不想取他一命。

因为他仍看重他，只冷静地说服他：

"是非对错，不是我们目下可以判别，何必把话说满了？"

又道：

"只好先接令堂至宫中暂住了。"

石彦生一瞥娘亲，进退两难。他焦灼地仍欲制止，但不敢动弹。眼看她已成为人质，自己如何是好？他受制了。颓丧不已。

"彦生！"只听得一声暴喝，"我不许你屈服！十五年学剑十五年攻书，不可有武无德。不管李世民是不是好皇帝，他今日残杀兄弟来夺位，就为人不齿。你误走一步，快抽身，他朝抬得起头来做人，我六十了——"

她向霍达道：

"我信这位霍将军也是人物，现以一命保我儿一命。"瘦小而慈悲的老妇人，在意想不到的一刻，以脖子迎向霍达剑锋，迅如闪电，连霍达也措手不及这场死谏。

"快走！不许再……杀人……走！"

这是一局以死作注的赌局。一时沉寂。

娘身子一软头一歪，一串佛珠坠地散乱。

"娘！娘！"石彦生大喊。

霍达刚刚还处优势，却又为此急转直下之局面折服了。

霍达一定神，回复了气派。举手示意，部属让出一条路来。他下令：

"给石将军备马！"

石彦生抱起母尸，向大门昂然走去，不理旁人。他咬着牙，一步一步，不知是走出了圈套，抑或走入穷途。

　　一夜之间，竟家散人亡。对手却是放了他。

　　"石将军，我们胜负还未决呢。后会有期吧。"

　　石彦生紧咬的牙龈痛楚而僵硬。这一切，都比不上娘为自己抵了一命的伤痛——但，她遗言不许他再杀人！这是为了免过他有被杀的机会。

　　他一步一步地，远去了。

八

　　天空是很淡的粉红色。镶嵌了一个生铁般青而冷的月亮，太阳快要升起了。

　　不知如何一天又过去。

　　艰难的一天。

　　笛子的声音传来，是轻柔而单调的古曲。

　　红萼坐在石头上，静静地吹着一根紫竹笛子。

　　她终于又寻到他了。

　　在石彦生耳中，什么曲调也是哀歌，冷飕飕，江天悠荡的，阴惨而沉闷。

　　马系在合抱的古树下。

　　石彦生已给娘挖了一个坑来埋葬。她躺得很安详。泥巴一把一把地盖在尸体上。

　　埋好了，笛子声也幽幽而止。

　　她跳下来。草上的水气沾湿了鞋。蒙尘而肮脏的衣袜。红萼把一样东西递予石彦生。他一看，是一个金漆的令牌。

他木着脸。

"出城时好用。"她道。

他接过，拱手示意。

"走——"她催促。

他完全无意同路：

"四海之内，都是兄弟姐妹。后会有期！"

抬头看天，曙光已露。

"天亮了。前路茫茫，就此拜别。"

只见红蓴立在晨光中，倔强不语，不动，不作反应。兄弟姐妹？

从来都没人拂逆过她的意思。不相信他逃得过去。但，她的意志受到一点挫折。

他背负的东西太复杂，心事太多，虽有点不忍，还是决绝地：

"石某逃亡之身，大恩不言谢了！"

他一跃上了马，即时飞奔。

红蓴目送着，被弃后的不甘心。仍是不语不动。似乎在等他回心转意。

人与马的距离越来越远。

在马背上的石彦生，心被说不出的矛盾侵扰着，他推拒这样的一个女子，不但"不义"，而且"无情"……

并非铁石心肠，只为他越知道得多，活命的机会越少。

追杀令下达了，她跟了自己，是什么位置？

但这也是一个不容易抗拒的少艾。若承平盛世，两情相悦，不是没有追逐之心。

到了很远很远，他回过头来，看她一眼。

她见到这一刹，心中暗喜。

但——终于硬着心肠，马仍是前奔。

红萼的失落是加倍的。

如果这是安全的话，她情愿危险！

用力一扔，紫竹笛子狠命飞出天外，不知落在何处，连回响也没有。

九

石彦生急于离开长安城。

策马走在出城惟一的林荫道上。日头快将偏西，空气清爽起来。尽管马蹄声单调急响，他还是听到笛音不散。

——忽地那马一个踉跄，还没看清楚何以道上布了绊马索，马咴咴地一啸，受了惊，石彦生堕下地来。快如闪电，林中冲出了数人，刀剑交加，向他袭击。

石彦生大惊，赶忙拔剑招架。尘土飞扬，这灰头灰脸的几个，原来是自己人。

是他的部属，郭敦、赵一虎、万乐成和另外四人，合共七名，尽皆逃亡者，自玄武门溃退。石彦生把他们的兵器一一制住，两方对峙。

郭敦五短身材，一向不擅机心，此刻已忿然斥道：

"我们原是太子的人，他被杀了，你多少也有责任！"

赵一虎更为火爆：

"现今我军一哄而散，全逃往终南山去，想不到我才三十多岁便要逃亡！这都是你连累的！"

"石将军有享不尽的荣华富贵吧？"

那么得力的部属，共同进退出生入死，也冤了他。石彦生猛地把自己的剑一扔，插在土中，他发泄地大喊：

"你们把我杀掉也罢！"

众人一怔。

其实与此同时，长安城的各城门已被严严关闭。

通缉令下。

城门的出口和十字道均悬贴出绘像，是石彦生，旁边注明犯"欺君叛变"之罪的逃犯。

守卫逡巡甚勤。

霍达策骑来查察，是君令。这个秘密不能外泄。他吩咐着：

"奉新太子命，必须缉拿叛党，斩草除根！"

这八个没处容身的赳赳武夫，出不了城，入不了宫，回不到家。

走投无路。终于……

这里四周挂满字画条幅，玉石摆设，还有绘于细绢上的佛像。紫檀木书橱，册籍林立。

一众正在等候陈贤出来见面，已有好一阵了。遂耳语着，满怀希望：

"就凭石将军跟陈大人的十年交情，他一定好好安顿我们。"

"对。"其中一个道，"先睡一个好觉再说。"

忽有人影闪动。

"来了来了——"

人影蓦然止步。藏于屏风后。

石彦生等如惊弓之鸟，忙仗剑戒备：

"谁？"

人出来了，一看，是陈贤、妻、子、女等，全部一脸为难地，竟尔跪下来。

吓得这八人面面相觑。

陈贤无奈：

"妻小无辜，请多多见谅！"

石彦生连忙延起：

"我们也——不过暂住三数天，再图后计。"

对方一听，变色：

"吓？三数天？"

"一俟可安全出城去，便率众远走高飞，不会负累陈兄。"

陈贤冷汗涔涔。

"不，石兄，我才不过从六品的文官儿，担戴不起，对内情一无所知，也不愿知。不敢收容——"

赵一虎情急了，粗暴喝问：

"那你是见死不救了？"

一室寂然。

忽然大伙深感沦落。

石彦生见事已至此，亦决定不再拖累。武人骨头硬：

"既然如此，叨扰一顿便了。"

各人起立，转身欲离去。

"等一下！"

陈贤不忍十年交情因而断绝，忽省得：

"有个去处，不知你等肯不肯？"

万乐成与郭敦等：

"除开鬼门关，哪都愿去。"

"天下之大，走投无路。"陈贤道，"不如——遁入空门？"

"当和尚？"

"我与离此三十里之天宁寺老方丈素有交情，祖上香油不断，常做功德。而这寺庙，原建于东汉，前朝炀帝尊崇佛法，护寺保安。'天宁寺'三字，还是御笔亲题呢。"

众望向石彦生，待他决定去向。他沉吟考虑。

"天威仍在，相信官兵不敢擅闯。"陈贤强调，"只要你们隐姓埋名，该处定可安身避难。"

"也罢！"

英雄落难，再无选择。

至此，这文官方吁了一口气，放下心事。

十

跪在大雄宝殿下，人间英雄都得低头。

"天宁寺"，原建于东汉末年，因寺前出现过五色云彩，安详宁静，一如天佑，乃净土宗道场，隋炀帝下诏正名。

他的墨宝，成为此寺的护卫。寺因山势而建，坐东向西，三面峰峦环抱。多少楼台隐身于烟雨中，不问世事。

大殿相当雄伟。只见香、花、油灯、幢、幡、宝盖，均罗列庄严。中央供奉了三尊紫金大佛坐像：正中是释迦牟尼佛，左边是药师琉璃光如来，右边是阿弥陀佛。殿的两旁为十六尊者，东上首有文殊师利菩萨，西上首则为普贤菩萨。大殿后部的观世音菩萨，立鳌鱼头上，处浩茫大海，由善财和龙女侍在两侧。

规矩很多，位置有定。

下跪八人，悄静无声。

当他们踏入山门，过此"三解脱"之关：空门、无相门、无作门，便知人生历史暂又中断，世情扔在身后。过明镜池、水陆殿、天王殿……始见"不二法门"四个大字。

方丈是德愿法师。

他年约六十。眉毛高挑，颧骨高耸，道貌岸然。腰板挺直，五绺银白色胡须，不长，不浓，不密，因修剪得体，一丝不苟。

方丈展读陈贤的私函：

"……来者尽皆军士，愿放下屠刀，弃俗出家，万望方丈大慈大悲，普渡众生，收录为僧，并因陈某分上，为其剃度，使早登彼岸……"——随函还有一箱银子。

方丈爱洁，见笺上有一污迹，忙用指弹去，俾一尘不染。道：

"抬起头来吧。"

一众武夫抬头。方丈皱眉：

"眼神凶险，杀气好大，不能收。"

当中有个赵一虎，插嘴：

"但那些菩萨不也怒目相向么？"

方丈不悦，解说：

"他们为了降魔伏妖，才金刚怒目，还是怀着慈悲心肠的。"

"方丈，我们都是脸凶心慈的呀。"

石彦生惟恐此处不留人，忍让道：

"我等经过深思，但愿放下屠刀立地成佛，潜心学法，不问世事。万望方丈指引。"

眼见老和尚在沉吟考虑。那郭敦只好装模作样：

"我来到这儿，真如见到自己爹娘一样——"

话犹未了，触动石彦生亡母之痛，见他含悲低回，连忙止话。

但为了求得生路，万乐成亦煞有介事地：

"我必定爱护寺庙，如同爱护自己的眼珠子！"

这几个部属中，有不甘后人，把偷偷藏起的银子掏出来，以示坚决。石彦生把佩剑解下，掷向大殿中央，银箱之旁。铿锵一声，令方丈有感而动容。且看陈贤这高官儿面上。

"阿弥陀佛。老僧便成全你等吧。先教人给你们买办物料，做好衣鞋和僧帽、袈裟、拜具等等，再择吉日良时剃度。"

石彦生不加思索道：

"繁文缛节不必多礼，即时剃度便可。"

方丈听了，双目一瞪：好个牛脾气的武夫。鼻孔哼一下：唔——

"剃度意义重大，你们明白吗？人的身体于成年后仍不断生长的，惟有须发。不断生长的须发，具竞争之意，能诱发斗心，使人不得清净，故皆剃去。"

一众自知过分急躁，遂不敢多言。此刻方才明白在人家屋檐下之委屈。

"欲知过去事，今生受者是；欲知未来事，今生做者是。你等何以至此，亦是因与果，这几天好好静修一下。"

香在焚。

白烟袅袅但静定地，如冲天一线。

方丈缓缓掀着历书。

时间过得特别慢。

十一

直至该日。

戒场在法堂，只听得击鼓鸣钟，百来僧人，披了袈裟，在法堂分两班列好，大家合掌作礼，虔诚严谨。

石彦生等八人，已换过簇新干净僧服，很不习惯，一众相望，亦尴尬不已。

但此为告别红尘，遁入空门之始。

只得亦合掌跪拜。

方丈手持净瓶，以手指沾香汤，轻轻在受戒者头上洒下三滴，叫他心底清凉，烦恼不侵，摒除俗气。

戒师开始为各人动刀。

剃刀从下周旋剃上，黑发一绺一绺地下地了，他一壁剃，一壁念偈语，到了最后，是头顶小髻。这一撮若下地，他也就六根清净了。

石彦生只觉非常"凉快"。

也罢。

方丈沉声道：

"今日剃度，法号'静一'，从此脱俗，三皈五戒。"

众人的命运一样。甲乙丙丁戊……连胡子也"寸草不留"。

都以真面目相示了。

威严的声音响在耳畔：

"记好了：一要皈依三宝，二要皈奉佛法，三要皈敬师友，此是'三皈'。'五戒'者，一戒杀生，二戒偷盗，三戒邪淫，四戒贪酒，五戒妄语……"

正剃到万乐成，他这人最易分心，听得这人生五乐都得摒弃，一动，头皮破损了。戒师不悦。其他和尚偷笑起来。

——不远处大殿上，亦有一上香的来客窥望，忍俊不禁。

一记香板敲在他头上。随而乃一下当头棒喝式的童稚清音：

"喝！"

因是武人，下意识地作灵敏招架，正摆好架势，看真点，"来袭"者是一个小孩。

他年才十岁。双目浓如点漆，耳珠软垂。胖嘟嘟的，如一个小小的弥勒笑佛。

大家有点愕然。

方丈吩咐：

"见过你们的师兄。"

八人面面相觑——即使在寺院中，也有权力和阶级之分吧。

"师兄"法号小可。

他们随着小可列队而过，经大雄宝殿外。拈香的书生低首瞅看。咬着唇，不敢发出窃笑声。几颗新剃度的，光秃秃的头颅，经弯曲的穿堂，进内院……

他们晚上与寺内众僧同睡一室。

仪式繁琐拘谨，昏然入梦。似刚睡着，忽闻钟声响起。

五更。

能征惯战的八人，为此意外的声响所惊，马上一跃而起，有所警觉，步调一致。半明半昧中，只见左右是打坐的和尚，一早已醒来，尚未下床下地，也不影响旁人，自管静修，至此反被他们骚扰了。

石彦生找不着自己的傍身武器。

一抚头，青渗渗，光秃秃，他也是一个和尚。

"唉，这是做梦么？"其中一名同僚颓然，倒下欲再睡去。

石彦生只想着："情愿是个受不了的噩梦，生离死别惊险百出，惟一旦自恐慌中惊醒，发觉还在床上，就很开心了……"

这不是梦。

众僧起床之前，双手合掌，口中默念着偈语：

"从朝寅旦直至暮，一切众生自回互。若于脚下丧身形，愿汝即今生净土……"

他们把鞋穿好，动作轻柔无声。

新剃度的几个，互相推拉，赖床的已被一把提起，异常粗鲁。

郭敦和赵一虎，洗漱时口鼻发出"呼噜、呼噜"之声，太嘈吵了。

小可忙作出手势，示意安静：

"＿＿"

又悄道：

"我教你们洗脸吧。"

十二

赵一虎虎着脸，诧异：

"什么？'教'我们'洗脸'？"

小可作了示范：

"洗漱不能发出声响，动作得安静。擦脸就擦脸，不能又擦头，如果擦头，有四不利：一是污桶，二是腻巾，三是枯发，四是损眼。洗完脸，便回床叠被去。"

他走到床铺旁：

"叠被时，应捏住被子两角，不能抖动扇风。完了以后，跟随钟声每日诵经、礼佛、拈香……"

赵一虎跟郭敦等人耳语：

"哦，这娃倒挺熟练的嘛。"

小可正色：

"贫僧法号'小可'。"

石彦生看着有趣：

"小可，你出家几年？"

"十年。"

"几岁？"

"十岁。"

"爹娘送进来么？"

"没有爹娘，四大皆空。"小可平淡道来，"自小已具缘、诃欲，豁然开朗，明白法界业力，相信因缘果报。发大誓愿，助众生解脱，早登彼岸。"

新来的和尚们各人互望，摇首：

"我不明白。你呢？"

郭敦又望小可：

"我不明白。你呢？"

小可天真无邪大智慧。这是他一下地就叨念着的琅琅上口的道理，他也摇摇那嫩胖的小脑袋：

"我也不明白——可我'懂'！"

郭敦搔着头：

"多深奥。"

小可回复"师兄"风范，不怒而威：

"各位师弟，请跟我来。"

八人遂庄重地随之而出。当中必有人感到"虎落平阳被犬欺"吧。

早课诵经。

至正午，方在斋堂进食。

肚子饿了，管不了众僧之清淡斯文，狼吞虎咽恶习未戒。自家咀嚼声音一停，原来周遭静默。

只见小可停了竹筷，望定他们，这才知机。惟石彦生心事重重，不大动箸。

"静一！"

一时不知是自己。

"静一师弟！"

"哦——？"

"为什么停了筷子？"

"菜很淡，吃不下。"

"还是吃吧。当知'一日一食，过午不食'。"

满嘴是菜的各人，马上又努力开动了。

小可已作安排：

"吃好了，根据寺内的需要，我代方丈分派一下工作，待会要打扫、种菜、抄经、接待、撞钟。人人都得劳动。还有，'一日不作，一日不食'。"

小可犹气定神闲：

"佛性在半饥半饱中出来——"

石彦生没来由一阵沦落的难受，怨愤无处发泄，陡地起立：

"干活去！"

大步离座。

众目送之。魁梧的将军撞钟去。

天宁寺的大钟有来头。

它是铁身,青铜镶口边,铜铁衔接处浑然一体。重约万斤。上镂：

    皇帝万岁   重臣千秋

    风调雨顺   国泰民安

平素这万斤钟，击之清越、浑厚、悠远。

今日，撞钟者心中郁闷，只向大钟寻个出路，力道太大，一下一下一下……

声震全山。

只见小可匆匆赶至钟楼。

方丈远闻不对劲了，把他责难几句。气喘咻咻的小可，赶来理论。边走边道：

"静一……你的'钟头'……不对劲……方丈……要我来……"

石彦生的缁衣，背部已为大汗湿透，颜色深了大片。他不理，继续发泄。

小可喘过气了，他的佛性又来了。只静待石彦生力尽筋疲，方招他过来。

小不点反倒像个兄长似的：

"你不发觉你的钟声躁乱么？"

"我们大人的事，你明白吗？"

"这钟，该怎么撞，是紧是慢，是长是短，都有规定。早晚各撞一百零八下。一百零八下，分三通，每通三十六下。三十六下中，又分紧缓各十八下。此中内容，你又明白吗？"

对小可的反问，石彦生哑口无言。

小可凝重而老成：

"这是唤醒沉迷在六道中众生的警钟，让我们从烦恼中醒觉过来——"

"你又有什么烦恼？"

面对烦恼重重的这个男子汉，小可展露纯真而原始的笑容。

"'无'！"

十三

钟楼下，一群和尚整齐地排着队伍，一壁念诵，一壁走向"万善堂"，听经去了。

万善堂的庭前植了几棵高大的古柏，绿荫重重环抱，更添肃穆。

众僧念了六支香的"南呒阿弥陀佛"后，便都跏趺坐着，静听方丈讲经。

此堂供奉了西方三圣金像，插满鲜花——根据方丈的意思，却禁止了这些：香味太强的，会干扰心境；颜色太华丽的，会破坏念经堂的空寂；粗枝大叶的，花形不雅；名称太俗的，不好听。

连可插的花，亦戒律甚严。

德愿法师开始抽问：

"上日着你们参透一'无'字，道理可有得悟？"

眼神威仪一扫：

"衍成，如何？"

一个四十岁的和尚谦卑摇首：

"请再给弟子七天的时间。"

"清泉，你呢？"

一个五十岁的和尚亦谦卑摇首：

"弟子竭尽所能，探索这个道理，心仍有微尘，请再给弟子七天的时间。"

方丈惟有庄严说法：

"所谓'无'，并非简单否定，并非一无所有，而是超脱于'有'、'无'之'真空'，亦即'真空不空，妙有非有'……"

众僧苦思不明。又不敢提问。唯唯诺诺。

太艰涩了。太高深和睿智了。

"小可，"方丈向爱徒颔首，"你用浅显的话解释一下吧。"

小可自懂事以来就听的这些，悟的这些。他可能不求甚解，但占据这童稚心灵的是：

"正是：'一切有为法，如梦幻泡影，如露亦如电，应作如是观。'实相即空，清净为无。'本来无一物，何处惹尘埃'？"

——背诵下来的解释，比方丈更玄。但他点头称许。

新来的那几个和尚，天天受此听经之"刑"，大有困意。

方丈快要发觉了。石彦生忙干咳提醒：

"咳！"

两个惊醒，一个仍昏昏欲睡。石彦生暗用指一弹郭敦穴道，他一惊而起，手抬高，一如发问。

"有什么要问的？"

郭敦情急之下，连忙找些话题。他的武功底子还算不差，可脑筋有点死：

"我……我心中有个问题，一直……不敢问。"

"问吧。"

"怕人笑我幼稚。"

"问吧。"

他鼓起勇气：

"不是说'放下屠刀，立地成佛'么？我都放下了，何时成佛？"

举座望向这性急的矮个子。真的很幼稚。他脸红耳赤，十分尴尬。

方丈只好耐着性子，向众僧：

"离我们这里的西方，过十万亿佛国土，有一极乐世界，我等以称念阿弥陀佛名号，发愿往生净土为宗旨。只要到了极乐世界，环境美好，平安清净，更可潜心修学佛法……"

郭敦懒懒地搔着头皮：

"已经到了极乐世界，还要修学？"

方丈怪他散漫，香板交给小可。瞪他一眼，不怒而威。

——结果瞪着郭敦的，是同来的七人。

夜深了。

其他人都可歇息，尽皆散去。

除了虫子在叫，还有小可权威的训示：

"头要正，背要直，不动不摇不委不倚，坐定！好好参悟。"

他奉了师命负责监管修学。

虔诚认真地，当着老师：

"不要乘打坐时睡着了！"

听命的这几个心猿意马，右脚压左腿，左脚压右腿，又苦又累。正是：先来后到，成王败寇。

心中努力排除杂念，去思想"无"。奈何静寂之中，有蚊子嗡嗡而过。停在某人颊上。石彦生一拍之下，手上满是血。

小可轻叹：

"阿弥陀佛！"

哦，忽省得不可杀生。他只好也念道：

"阿弥陀佛！"

苦闷中，赵一虎悄声埋怨：

"妈的，天天打坐，久了不知会否生痔疮？"

小可听了，百思不得其解。

皱眉，再想。

终于忍不住了：

"嗳，'痔疮'是什么？"

"啊哈！"赵一虎面有得色，狡猾一笑——原来小可也有不懂的！他深奥大道理唬得我们一愣一愣。当下即闭目不理：

"给你七天的时间去参悟吧。"

小可苦苦思索。

万籁俱寂。

不知是谁，肚子饿了，发出"咕咕"的声响。不消一刻，此起彼落。静夜中，更饿。

十四

这种"咕咕"的声响，过了两个月了，还是停不了。

八个没家没业、被通缉的逃犯，勉强适应了寺院生涯，最不习惯的，是饿。

已剃去的头发，开始长出了短枝。他们轮流为同僚再剃净。脱离外面世界的斗争纷扰，这也不啻是个四大皆空的安全地。

早课完了。

空气清爽，云又高，在蓝色的天上缓缓走过，俯瞰树下一颗颗光秃的头颅。

石彦生由他得力部属剃头，想不到他们做得很圆满。剃好了，用一方热毛巾裹着，揩抹干净。

毛巾一拿掉，脑袋远看如冒出一阵淡烟。

郭敦、赵一虎、万乐成和其他人等，有在树下乘凉偷懒，有在空地对拆健身，抡起拳头打击树干。

一个远望：

"呀！多像蒸熟的馒头！"

连忙走近，满嘴馋液：

"我说像菜肉包子。那时多看不上眼，嫌贱。如今天天若可吃上三五个，已经很过瘾！"

"唔——一口咬下去，肉汁'吱'地溅出来，一嘴都是香——"

石彦生失笑：

"都给你说活了。"

念到自己是头儿，不得不以身作则。

万乐成是各人中最馋的一个了：

"知道我最想吃什么？"娓娓道来，"在放生池中，捞一条鱼上来，烧了吃。"

"好了，别妄语别妄语！"

但那"咕咕"的肠子蠕动声响，又因垂涎欲滴而唱和起来。

都在作民间的家常鱼肉春秋大梦……

没察觉一个书生过路。

这人已出现过，也认得他们。

他若无其事地走近，背着书箱经卷。

在树下，挑一块干净石头坐下。擦着汗。

他瞅着这几个松懈下来的健硕的和尚。他们毫无防备，若有所思。

午饭的时间还有一阵。

冷不提防，他在书箱中取出一个盒子，然后，把盒子猛地打开——

十五

只见是一只白煮的鸡！

"呀，是公主。"

都看清楚了。来者原来是一直不放过他的红萼公主。

他越躲，她越是雄心壮志地把他揪出来。

众人不约而同：

"参见十九公主。"

"免。"她目中无人，只对石彦生道，"我们又有缘再见了。"

石彦生抚着自己的脑袋，尴尬一笑。

红萼很得意。打量一番。

"不错。头很圆——不过，人太'方'了。"

正在取笑。几个人生怕她忘了，赶忙提醒："公主，这鸡——？"

"瞧你们馋得慌，给大家开开食戒。"

这鸡，黄油白肉，人间随意一煮，已成寺内顶级佳肴。眼珠子发光了，像伸出一只又一只的怪手，把它掰了……

石彦生的心一如所有人，受着诱惑。除了鸡，还有送鸡来，体己的女子。

"不——出家人戒杀生，不吃肉。"

"哦，那你可听过'三净肉'吧？"

不待石彦生分辩，红萼侃侃而谈：

"最早最早的出家人，施主施舍什么，他们就吃什么——不见为我杀，不闻为我杀，不疑为我杀，成了吧？石将军，哦不，石和尚，规矩都是人定出来的。谁的嗓门大，谁定规矩！"

来自皇宫，自然明白个中三昧。

不过为了撺弄他吃肉，也是一番歪理。

石彦生是个守规矩的人，规矩守多了，只觉一切理所当然。冷不防眼前出现一个千方百计摆脱束缚的女子，真是回新鲜的体会。

他看着她，思绪并未集中。

同僚们已蠢蠢欲动了。

红萼狡黠一笑，但为了他们好下台：

"这生不是你们杀的，而且，这也不是肉——这是'药'，有病得吃药来治好。大家肚子不是有毛病吗？"

万乐成不待她说完，即作主张：

"让我们把'药'分了吧？"

等不及石彦生之号令，已撕开分吃了。在饥饿与诱惑面前，人是没阶级的。

郭敦递予石彦生一块肉：

"来，咱哥们别装蒜了！"

他不好意思狼吞虎咽。但她正色道：

"快吃，这是命令！"

又来了。她可爱的命令。

肉少，人多，极为珍贵的一顿。

初开食戒。咬一口，细细咀嚼，不忍心一下子吞下去。再细细咀嚼，缓缓地，让它经过舌头、咽喉，不好了，咽下了。非常用心地享受着，几乎连指头也一并吃掉，便又吮干净……白煮的肉何等乏味，但饥饿是最好的调味料。

良辰美景，人生乐事。

可惜很快，鸡已被干掉，骨头中的浓汁也涓滴不存，全盘作废。

众人急忙挖个坑，埋好骨头。

午钟此时响了。是吃饭时间。

小可来。大家见了，装作若无其事，借势把埋骨的坑挡住。小可端详众人：

"咦，你的嘴巴油得很。"

石彦生挺身而出维护这偷吃不懂抹嘴的赵一虎：

"没，他天生一副油嘴。"

红萼只觉这憨直的汉子很有意思。因为，他本人也是一副油嘴。石彦生与她会心微笑。

不过一众尝了鲜，破了戒，再也忍不住。一个个发难：

"受不了，别装了！"

"受不了受不了！下山下山！"

"对，下山去！"

"也许天下已经大赦了，我们待在此处不是白受罪吗？何不下山看个究竟？"

一时群情沸腾，心如困兽出柙。

小可不明所以：

"下山？到什么地方去？"

石彦生道：

"到——'极乐世界'！"

小可欣喜：

"我也去！带我到'极乐世界'！都说是至高境界呐！"

十六

长安，曲江池。

这是城中最热闹的地方了。

秦时这里修了宜春苑，汉时又有游乐苑，前朝隋代，经过施工，河水引入池中。到了本朝，唐初立国，曲江池已得大力开凿疏浚，占地十二顷，碧波荡漾。水边一带，成为骚人墨客才子佳人的玩乐场所。

这群脱缰之马，克制久了，兴奋如江潮涌至。浩浩荡荡。

原来一年容易，又近八月中秋。

水边的摊档，不单有金鱼，还有囿于金笼子中的蝈蝈，发出清脆的声音。

侏儒在用花纹图案的栏杆和绳网所围的戏台中，表演着滑稽的摔跤以娱乐游人。

轻薄的少年玩着蹴鞠，那彩色缤纷的充气皮球高起低落。

这是一个花花世界。

小可目迷五色，嘴巴张开，不知人间竟有这样的乐土。颜色太多了，一下子接受不来——出生至今十载，一夜之间见尽。

忽听见鸡的叫噪。

赌博开始了。两头一身鲜妍的鸡，怒发冲冠似的，毛竖起，嘴狠啄，要把对手置于死地般斗杀。

群众在下注码，各为自己一方叱喝、呐喊。非常紧张。强胜弱败，伤痕累累……

小可吃惊了。他双目含泪，呆立不动，一只小手牵住"书生"的素衣袖，另一只牵住石彦生的僧袍。石彦生低头一看，只见他纯良如婴儿。恻隐之心油然而生。

红萼一看，耸耸肩，心意互通地给了他一锭银子。石彦生掂量一下，重量很足。

他排开人群，把银子交给庄家。

庄家惊喜莫名。

石彦生把两只鸡提起，往草丛一放。小可欢快地，合力把它们赶走。他"少怀大慰"地感激一笑。这是石彦生头一遭自动放生。

抬头四顾，不见了同行的七人。

原来已在摊上瘫坐，买了面脆油香的胡饼、串烧的炙肉、抓饭和葡萄酒，正与穿斗篷的胡人，大吃大喝起来。

玩乐场所人声喧嚣。石彦生因着投缘，特别地照顾着小可。只给他饼饵，不让吃肉，生怕害了他。

至饱餐一顿，一众拖拖拉拉地徜徉，一不留神，撞到三个人。

对方说着他们全听不明白的话，酒醒了一半。红萼侧着头，细听。

——是日本人呢。一个和尚，两个留学生。他以为遇到同道中人，合什，说着日语：

"幸会幸会，请问阁下在哪间寺院修行？"

石彦生不知应对。小可即时挺身而出，竟操流利日语：

"贫僧是天宁寺的小可，他们是我师弟，若诸位路过请到敝寺一行。"

红萼待日本人走后，夸赞小可：

"小可，想不到你本事很大！"

只要是与佛有关的，他就有心得，仿如高人一等。小可却不以为然，甚至不晓得骄傲：

"道场常有日本遣唐的僧人来参拜，自小学得一点日语，也惯见了。阿弥陀佛。"

红萼见他老成持重，灵机一触，神秘地：

"我们领小可到一个地方去！"

不由分说，便昂首带路。

十七

"哇哇哇！妖怪呀！可怕呀！"

小可恐惧地号啕大哭。他一哭，嘴巴大张，眼睛紧闭，童稚而无助。

这是胜业坊的牡丹楼。

前进酒寮后进妓院。

小可眼前，是几个莫名其妙的女人。

她们一如往常，浓妆艳抹以招徕。不但画眉粗浓，还在脸上黏贴了彩色光纸、云母片、花钿，亮闪闪如同几十双眼睛。

妓院还时尚"斗花"。各人争相插戴大大小小的奇花异卉，直至负荷不了，胜者为王。

这些女人，红艳艳成堆作簇，慵懒而袅娜多姿，见人就放软身子倚上去，咧开如血的嘴……

小可从没见过这种"东西"，受惊过度。

"哇哇哇！"

妓女们也受惊了：

"娘——"

鸨母来了。以为发生什么大事，原来是小和尚在哭。

当下半促狭、半母性地抱他入怀，可怜这小小的和尚，抽搐着。

她笑了：

"唷！吓坏了？来，来娘这儿——"

徐娘一扯衣襟，蹦出一个白莹莹、颠危危的乳房，她哄他：

"给你尝尝母爱。"

小可连滚带跑，亡命奔逃。

石彦生连忙追出去。

但他已不知所踪了。

鸨母不解：

"怎么？连奶也没吃过？"

又嘻嘻一笑，一手把乳房塞回衣襟内。

这些个男人，嗅到肉香，色迷迷，不知人间何世。

红萼伸手拉住石彦生：

"放心，他跑不远，还得央你们领他回寺院去。"

众狂笑：

"哈哈哈！寺院？我打死也不回去了！"

"你呢？"红萼问。

"——"石彦生头一扬，"酒来！"

又道：

"众生皆苦，劣酒更苦。要好酒！"

静定的禅心，不外血肉所造吧，又怎禁得住世俗的欢娱？饮食男女，有酒今朝醉……

体贴的女人们，把酒烫到适当的温热，送到客人口边。

点了香笼，熏得一室皆春，酒酣耳热，都有醉意，只觉踏足另一极乐世界，回忆中的梵音，变得妖娆冶荡，任何正人君子，到了这个地步，都渐渐堕落吧。

他们拍掌、嬉玩、嘻哈大笑。在奢华而颓废的一刻，其中一个，爱上了妓女，纠缠着不放。但他带点忧色：

"你……会看不起嫖妓的和尚吗？"

半醉的妓女道：

"不会。你呢？你会看不起连和尚都来的妓女吗？"

"当然不会！"他大着嗓门，"其实我们——"

石彦生警觉，一个杯子扔过去，他中招。疼极，止话。

辉煌的房间中有一刹的静默。

不久各人回复了常态，继续玩乐。

那妓女以客人话语骤止，心中不悦：

"嗳，你们别瞧不起人！我们为了钱，只出卖自己，从来不会出卖兄弟朋友。"

她稍顿，又像公告天下地呓语：

"比起男人，女人清高多了！"

石彦生忙道：

"对不起，我不是这意思。"

大伙乘机：

"那好，今儿我们谁也别走！"

几个人，各拥所好。只有郭敦，醉得最厉害，躺在席上，喃喃自语，困扰已久的问题又涌出来了。素无佛心，却入了空门，他迷乱地沉吟：

"唉，那观音……是男是女呢？想不通。为什么色不是色，色即是空？想不通。女人身体多么丰满，都是肉，怎会'空'？还不如先色了再空，好歹也……"

石彦生大喝一声：

"你这厮，想不通就别想——"

红萼倚在他身畔，在数算：

"人生也不过七十。除了十年懵懂，十年老弱，只剩下五十……那五十中，又分了日夜，只剩下二十五……遇上刮风下雨，生病，危难，东奔西跑，还剩下多少好日子？……"

她瞅着他。

——还不如要眼前欢笑。

石彦生仰面干了酒：

"和你一起喝酒时，酒很好喝。"

她追问：

"怎么个好喝法？"

他苦苦思索，找个比喻。

"像——跟家人一起喝一样宽心。"

"哦？"她故意挑剔、记恨，"是'兄弟姐妹'吧？"

女人总是记得被推拒的话。

他急了：

"不——"

一抬头，人已消失踪影。石彦生一怔，起立跌撞追去。

穿堂里不见，厢房的门都关上。不知她在哪一间。石彦生怅然若失，伫立空庭。

半晌，他走过去，把一扇又一扇的门推开，不管有人没人，有声没声。别的客人和妓女发出谩骂，或者取笑。

这一次，非要把她找回来。

他明白了，越是不要有情，越是深陷其中——因为在意。很多东西可以克制，但这是不可以的，人无能为力。

他终于推开了一扇门。

然后整个呆住了。

十八

红萼的长发已抖落，后挽成一个松松的宝髻。

她跟前是五子奁，铜镜台。

先用手晕开胭脂在掌心，胭脂是杀花后以红汁作饼，匀在脸颊，人面桃花。

画眉用烟墨的枝条，浓。与贴在两颊眉间的花钿，青红皂白甚分明。再涂额黄，又以细簪子挑一点儿玫瑰膏子饰唇。

仔细端详盛装。

石彦生从来没见过女人在他面前妆扮，似一幅画，画中人款款如云出岫。她的发髻半盘半散，承不住一朵红牡丹。金步摇不步自摇，是因为醉了。

他心动了，看住她，印象极深极深。

红萼故意不理：

"记住这样儿了。一个人不会永远都好看的。"

石彦生按捺不住，把她持着丝绸造的粉扑儿抓住，它沾了粉，原来傅在面上，也傅在脖子、前胸、手臂、后背……

粉一下子撒了一地。

他耳语：

"别那么仔细，一会就糊了。"

红萼脸上一红，一跃而起。他没放过她，追出。

她跳起舞来，是"胡旋"，旋转急速如风，不知多少个圈子了，好像不会停下来，他待要看她的脸，她总是用背部相对。动作玲珑放任，毫不拘束。

他也随着舞起来了。不是舞，而是没忘记习武的招式，跃动矫捷，腰腿沉稳，大伙都乐极忘形。忽地没有身份，等同流氓与妓女似的。

当然记得，他的身份是一个和尚了。

他是一个自欺欺人的、一知半解的念佛者。抵抗诱惑，至有效的方法只不过是闭上眼睛，然后令自己淘空了，"无"。

但哀哉众生，谁不为五欲所折腾？

后院有个温泉。

黑夜中，水汽氤氲。

他俩跳进温泉中。

不知是水的温度，抑或血液汩汩流动，心跳得极快。

像燃烧。水开了。炙得很痛。

经上说得很清楚。就像野狗在咬食枯骨，就像野鸟在抢吃腐肉，就像逆风中拎着火把，反烧自身……

手指在对方身体上狠狠游走，如同渐捆渐紧的粗绳子。生怕一放开，双双皆为幻象，转瞬溶在水中不见了。

他气急败坏地狂乱地亲着心仪已久的女子。二人全无后顾之忧，什么也不想……

是的。

一切的欲望实际上没有获得，但它也像一个好梦，像金石相击发生火花，像摸到一块滑腻沁凉的真丝。

像一个男人找到他的出路。

他有点急不及待。只想征服。

喘息几乎被水淹没。

正把她长裙扯开，忽然一个小黑影气冲冲地奔至，一壁大叫：

"静一！静一！"

险些绊跌进温泉中。

二人无法不停下来。

小可泪痕犹未干呢：

"快来看，这个是不是你？"

一身湿漉漉的石彦生，把画像拎到灯下，细看。

这是他！

其他人都闻声出来了。

郭敦一见"通缉"、"悬赏"字样，马上把妓女推走了。

万乐成和赵一虎等七人，看到"黄金一万两"。

他们都面面相觑。

事态严重，一时间意兴阑珊，又回到现实中。真是说时迟那时快。

欲火和欢情生生地熄灭了。欢娱苦短。

"小可，从哪儿捡来？"

"墙上都贴了。"小可不知就里，把画像与石彦生对照着，"画得真像呀！"

石彦生又惊又怒，想不到自己成了头号罪犯、叛党首领。他召唤：

"都给我回去！你，你走吧！"

红蕚很失望，没来由地坚持：

"我不走！"

他又赶她：

"走！"

"不走！这算什么？要跟你一块走！"

"但我已牵累你了，说不定你也有生命危险。杀了兄弟的人，何妨多杀一个妹妹？"

"我才不怕——"

"你是我的人。此刻我命令你，不准任性妄为！"

情急之下，他不能丢下她不管：

"走吧——以后我娶你。"

她一愕：

"什么？"

又逼问：

"再说一遍！"

石彦生转身：

"不多说。一言为定！"

十九

匆匆从下山的路上山。

沿途的古槐树，叶上凝了露珠。东方柔淡的曙光渐现，昨夜那新成的水滴，在他们身后，化作无形。

到得山门，灰紫的天空已大白。

寺门外，早已有和尚在把守，把他们拦截，不准内进。

"奉本寺方丈之命，你们破戒下山，乱了清规，无法收容。"

德愿法师向他们怒叱：

"我这儿是庄严神圣的道场，百年清净香火地，如何容得你们秽污？护寺以诚，不得造次。善哉善哉！"

石彦生忙道：

"请息怒，此乃一时放任——"

郭敦急了，拼命解释：

"我们只是饿坏了，下山买些胡饼吃。"

作为一寺之方丈，德愿法师素来一丝不苟，执掌甚严，这几个人一来，起了波澜，实非所愿，而且：

"哼！闻到酒味了！我当日说与你们的'五戒'是什么？"

一看，大队后有个鬼鬼祟祟迟来加入的人影。是万乐成。

方丈逮到此人，喝问：

"你们不是一齐偷下山去么？何以你一人离队迟归？"

一众望向他，离队迟归？——有点不解。

方丈瞥到和尚身后，竟又有陌生女子在，因一众回身，她是遮也遮不住地图穷匕现。方丈更生气了，继续教训。长篇大论苦口婆心：

"你们八人，还伙同女子淫乱！既是发心修行，就应持守戒律，才生智慧。罪过，罪过……啊！小可，你也在？"

小可只觉十年道行一朝丧尽，痛哭流涕：

"呜呜呜，师父——"

寺门"砰"的一声关上了。

"师父！师父！"

哭声中，四下微响。

基于军士的警戒，他们马上发觉，一层一层的官兵，正在急速包围。

对方不作轻举妄动，直至寺门关上。

"不好了！"

大惊失色。

四人戒备，四人拍打着寺门：

"请开门让我们进去！"

官兵继续无声掩至，杀气腾腾。

小可又惊恐大叫：

"师父！师父！"

——他是温室的花，殿中的佛，壳里的蜗牛。这十年，具缘、诃欲、通悟，善良而无助，怎面对风横雨骤？

一切理论，都压不住杀机。

红萼此时排众而出，撑着腰，骄横地叱道：

"你们没看清楚我是谁么？"

官兵的头领一笑：

"公主已出宫门，等同庶人了。"

她脸上一阵红一阵白。原来她已无权无势无说话之余地了。

难怪世人多么向往这些。

石彦生决定不作逃避。他是男子汉大丈夫，迎战才是己任。

马上一手抓起那稚嫩又成熟的小可，他人生短暂日子里头，那不遗余力地"指导"他的小老师。他不求报答没有私心，像野外绽放的小花，毫无条件贡献它的香气，他敬佩小可——但，他要与他分别了！

抓起他后，纵身一跃攀住寺门的一棵大树缠枝，借力一蹬，顺势抛起孩子，让他牢牢抓住屋檐，他要把他扔回寺院中，回到他的世界去。

他听到这刻不容缓的大动作后，小可往寺内掉下，和僧人们承接的喧嚣。小可安全了，他吁一口气。自己的危险才刚开始。

"小可再见！千万不要开门！保重！"

他们不再向方丈哀恳，也放弃了这个堂皇的避难所。是福不是祸，是祸躲不过。

只是那官兵的将领正义凛然地：

"奉新太子之命清除叛党，以正法纪！"

双方都觉得自己是，对方非。故气壮。

这便是战场吗？

石彦生振臂一呼：

"弟兄们！我们还是豁上吧，免得连累出家人！"

背水一战，大开杀戒。

很久没有厮杀过。正面交锋，军人们储存了的戾气，伺机发泄。

不明不白地走上了绝路。惟有杀将出一条血路。

杀得眼睛都红了……

此时更见万乐成，闪躲避过此战。石彦生猜得几分。告密者一定是他！

在混战中，夺了一把剑，把树后的万乐成自头顶至胸前一削，他避不及，一条浅浅的血线划下，黄金自衣襟中滚出来，这只是他一份的赏金。

这共同进退的八个人中，已有三个被杀，一个受伤，寡不敌众。石彦生一剑直刺"弟兄"心房，他愤怒地：

"你出卖我们！"

鲜血迸射，污了他一身，但这人倒地，临终时道：

"……难道，你不是……出卖者……吗？"

石彦生一怔。负伤的郭敦，在如此危急的情势下，不忘向万乐成尸体上戳上一刀。他狠狠地戳下去。"自己人"，最知道如何出卖你的正是自己人，往往比任何人奏效。

郭敦的刀还未及提起，官兵的快刀已至，一砍，郭敦无法不放手，但两根指头被削去。

石彦生把郭敦一推，撞倒了红萼。于此存亡关头，还是赶逐远离。他老是要她走：

"你先走！"

这一推，分了神，一个官兵自后袭击，石彦生为了保护红萼，咬牙身挡，吃此一记刀伤。另一突袭又来了。

红萼来不及答应，不加思索，顺理成章地，就承受了它。

她在咫尺之间，什么准备也没有，在他面前，生生受了这一刀，直剖心房！

任何事情要发生了，没有人是"准备好"的。总是突如其来，措手不及。

尽欢之际，悲从中来。

登峰造极，又一跌失足。

一阵眩晕，万物打转。血自心中狂涌淘空。

她身体很轻，如同飞舞。无定的一生，舞过来舞过去。大太阳照在脸上，眼睛干涩了，有很多话想说……艰辛地张开嘴……

她瘫软了。很不甘心。

"红萼！"

石彦生凄厉地大喊一声。

但她已如花瓣散落。

"我……冷……"

她甚至一句话也没说完就死了。连叹息呻吟都没有。死的时候，是一个庶人，是一个寻常老百姓。只想追随她看中的、心爱的男人。

石彦生如同被野兽当胸挖掉了心一般痛。他暴怒起来，完全失去理智，火一下子窜到四肢百骸，周遭都是兽，他眼睛噼啪作响，手起剑落，乱砍乱劈，见人就杀，一切修为悉数抛诸脑后。

他是为了索命。

当厮杀的时候，每一个敌人倒下了，他浑身有甜意，非常狰狞。力量像是倍增。

报仇！

见人就杀！绝不留情。

直到官兵全军尽墨了，他犹止不住自己，不断喘着气，向空中挥舞着利器——甚至一时间忘了为什么杀人……

援兵已至。

势色不对，石彦生被二人拖拽，半疯狂地，觅地而逃。

他再没机会回头了。

二十

月亮很圆。

时近中秋。水上有精致的画舫缓缓漫游，丝竹管弦在伴奏着文人雅兴。河边一群小孩在点花灯。灯月光影幻作五色。

团圆节日，热闹喧嚣的世界在竹林子外面。

逃亡中的三个人，石彦生、郭敦、赵一虎，过了昼伏夜奔的两天后，已憔悴疲惫不堪。

这话是谁说过的？——当所有螃蟹都是横走，一只直行的，就没去路了……

月夜的竹影，连枝带叶，远看像一群披头散发的野鬼，近看却是一只只软垂的手，女人的手，死去的女人。

死亡接二连三，令他心冷。

望着夜空中的明镜，沉痛而沉默。

但沉默太久，足以令人失去自我控制的能力。又一次走投无路了。

赵一虎闷着粗嗓门：

"妈的中秋了，全城的人忙着过节，只有我们，忙着杀人和被杀！"

郭敦那失去两根指头的血手，此时才开始剧痛：

"我不想死！可怜我还没成亲。我弟弟还小，怎么养活爹呢？"

"哼！没做的事多着呢——我们原来不是好好的吗？"

赵一虎一脸冤枉道：

"根本就不关我们的事！"

"管他们兄弟谁是谁非？谁是好皇帝？谁是昏君？到头来，倒落了两手血。"

竟便向石彦生指控了：

"都是你！一人做事一人当，你把头颅割下让我俩带去吧，顶多兵变之事绝口不提，说不定保了一命——"

话还未了，另一个扇了他一嘴巴：

"你疯了？知得这样多，还能活？"

分不清甲或乙，他或他，二人噼噼啪啪地扭打起来了。都是迁怒：

"是谁说受不了，要下山的？"

"是谁贪吃肉？贪吃可惹出大祸来！"

一个卡住对方的脑袋往下摁，一个举起拳头乱捶伸腿狠踢，一来一往，人仰马翻地。

"还不是万乐成没义气？还不是那一万两黄金？还……"

一壁怒骂一壁揪斗，出手都很重。各人的血溅在对方身上。在边缘绝望地发泄。打得对方昏头转向。嘴角淌着残涎，又肿又歪。

"住手！"

石彦生忍不住了，跃将出去，半劝半打，动武一番才把二人分开。

三人均气喘咻咻。

在满月的银辉下，血污狼藉。

石彦生暴喝：

"想不到我们也来自相残杀！"

都怔住了。

潦倒地泄气。

难道这是自相残杀的年头？

石彦生感慨万分：

"我们都是军士，沙场战死，为国捐躯，才是大伙的光荣，现在？——"

他颓然坐倒，攒着眉，皱纹刻在额上，一夜之间，成为烙印。

"历史都不是真相。谁的力量大，谁的事迹就辉煌。"

若是当日全无诱惑，相见无事，则紧随太子建成杀进玄武门，也许反而一举把李世民等干掉……

奇怪，当这样设想的时候，他好像想通了一些，又说不上是什么的道理。

郭敦抹掉嘴角的血污，忽地又想提问了：

"我……心中另有一个问题，一直不敢问……"

"问吧。"

"怕人笑我幼稚。"

赵一虎气极，大喝：

"妈的你问吧！你还怕那老和尚不成？"

他鼓起勇气，生怕失言：

"真的，如果兵变是我方策动——我的意思，谁赢了，谁便去斩草除根……"

石彦生接着道：

"如此一来，对方便是'叛党'，而追杀的责任，就归咱哥们了。"

必有千个家破，万个人亡。

当他们奉命去追杀"叛党"之际，一定也是理直气壮的。

难道自己的主人不曾起过杀机吗？

不过成者为王，败者为寇而已。

这沧海中的三颗小小粟粒，他们若非政治家手中的棋子，便是终于被消灭的证人——他们永远都不是英雄豪杰，一场场权力斗争的游戏，欲避无从。

那向往权力的，还没到手，将要到手，已经到手，想到手更多更牢，世情在变，他们的命运也随之而变，怎会有"自己"？

谁真正伟大？

三人静坐竹林，苦苦思索。

长夜漫漫。已是八月，难怪秋意袭人。打了个寒噤，不知因为风冷，还是人情之凉薄。

快到天亮时，忽然下了一场雨。

随凉风吹过，雨就来了。不大，却细、密，如粉般扑到他们那光秃秃的头颅。如一只轻抚的大手。

他们没动过分毫。

有禅院的晨钟自远处传来。

只觉得失是非一场空。一场愚弄，赔上一切。

石彦生眯睎着眼，雨铺满他，一头一脸。

他站起来。

两个曾经出生入死共同进退的部属，也如前站起来，追随着他。

这位过去的大将军，向二人下令：

"你们走吧。毁容、改名换姓，当个普通人去。"

二人不知何去何从，仍是不想分道。

石彦生回头暴喝：

"走吧！"

他孑然一身，步入深山。

山如谜。

二十一

走了整整一天。

归鸟背驮着夕阳回巢去。山林有奇异的和暖温柔。可他不知道自己的巢穴。

见一座素淡古朴的禅院，曰"彤云"。

"彤云"不比"天宁"，它不够辉煌庄严，只在山林清清静静安坐着。悬空建于两岩之间，就岩起室，飞梁穿过了石缝，上载危石，下临深渊，险奇如"横空出世"。

石彦生之所以寻到这禅院，是为了一个人。

他见到他时，银丝飘拂，却又红颜白发出尘。腰板不能挺直，在林间摘草药野花，动作麻利活泼，矍铄而顽皮。

尾随这个老人，目送他进了彤云禅院。

后来，石彦生跪在他座前。

老人在坐禅入定，良久。石彦生等他醒来，不敢稍加惊动。

直至他悠悠张开了眼睛。

一见座前多了个陌生和尚，老人如顽童般惊诧地反应。

"静一求方丈收容。"

"哎唷——"他挥手，尖着嗓子，"我没有禅，你不要来上当。贫僧不过骗几顿素菜吃吃，觉得好吃，才吃上好几十年。"

石彦生坚决地：

"静一求方丈收容。"

老人端详这人，他魁梧伟岸，身躯结实，分明是个武人，但方正的脸已经有了风霜和劳累的缕痕，眼神绝望。

"唔，吃了好东西，也希望人家来尝尝，也罢。不过，不是说剃了头就算和尚的。"老人瞧着石彦生，"你随时长回头发溜掉了，不要告诉我，免烦。哦。"

"静一出家之志已决。"

"好！我来问你：有没有借人东西、欠钱没还？"

"没有。"

"有没有答应过的事未做？"

"没有。"

"有没有父母、妻儿、好友？"

"没有。"

"呀哈！"老人怪笑一声，"我看你也真是除了出家，没什么好做了。"

想想又问：

"你为什么来？"

"我已明白了是非。"

老人大叫：

"什么？'是非'？你明白了？你说，为什么螃蟹见到人，会奇怪：'怎么这怪物是直着走的？'"

石彦生一听，怔住，抬头望定老方丈。

"噯，你瞪着我没用。我也是个不明是非的大骗子。你既来了，摸清楚我到底骗了你什么，这就是'顿悟'了。"

石彦生一时之间，还不知他遇上的是什么人，什么禅机。完全没有规矩方圆，他在想，下一步该怎么做？

"静一是吧？——我头发长野了，你帮我剃剃。"

"弟子不敢。"

"什么敢不敢。少拘泥，来。"

剃发是一项多么庄严、虔敬的仪式，不但设坛、鸣钟、焚香，而且有很多繁文缛节和礼法，岂是说干就干？

但老方丈十渡，他已经一百一十一岁了，笑嘻嘻地吩咐："来！"

石彦生并不是一个熟练的和尚。

他一下一下地，把银白色的发丝削去，一时不小心，弄破了两三道口子。

当他后来用草药敷上十渡老方丈的头上，血止了，他竟若无其事地道：

"手艺不错！你瞧，这半边头种了草，得，另外半边留给我种花吧！"

小节完全不拘。

石彦生也失笑了。方丈问：

"你吃过饭没有？"

"没。"

"吃饭吧。"

"吃完饭呢？"

"那就大便吧。"

——他是不是说了些什么道理，而自己未开悟，一时领略不到呢？

石彦生自错综复杂的一宗宗血案抽身出来，放下万缘，摆脱是非。是什么可令他消除迷惘，"顿悟"起来？

他的生命才刚开始呢。

"你怎么啦？"

"——"

"东西自己吃，屎尿自己拉。我帮不到你。"他道，"还有，你是'静一'吧？"

十渡和尚转身就走了。

石彦生站在那儿，想了半天。

从此，他是静一了。

二十二

禅院的茅坑很简陋，分了三个小间。

十渡、静一，还有另一位和尚，微光。

微光四十许。静一发觉他不作声，常躲人。心中时有疑虑未得开悟，眉头紧锁不已。

三人各自如厕。

老方丈一壁努力大便，一壁沉吟：

"——唔，这'顿悟'嘛，很简单——你大便急了，找不到茅坑，憋得一身汗，肚子又痛——找到了，一蹲，'咚咚咚'几下子。啊！好畅快！"

他完事了，整衣而出。

静一也完事了。

"呀——"

忽然传来一声尖叫。

原来是微光：

"我悟了我悟了！"

老方丈顽皮地，好整以暇地问：

"悟了什么？"

"'佛'是揩掉干屎的破竹片！"

"继续吧。"他鼓励道。

微光兴奋了：

"用这破竹片把挡路的干屎都揩掉，去除了污秽，道路就清净了，来往不受阻碍，直通净土。"

老方丈赞叹：

"呀，充满美好的想象！"

"佛为了救援众生，必须混入俗界——越臭的地方，越脏的地方，越有用。"

微光想通了，也忘了自己有没有便意，当他出来时，一脸光辉，忙与十渡老方丈深深一揖。

二人心灵互通地，旁若无人。

方丈只向静一微微一笑：

"俗？"

他补充：

"当然，如果像'白马入芦花，银碗里盛雪'那样，会好听点。"

然后他向静一及微光二人吩咐：

"静一不明，不用工作。微光明白，工作更多。你去打几桶井水，把茅坑洗净，把四周的污水清除。"

微光望污水沟：

"有虫子。不怕伤虫杀生？"

"喝！"方丈生气了，"目的是清洁，便是清洁，不为伤虫！你明白了吗？你还是不明白！"

静一见微光又陷入苦恼中了。

——真是一条漫漫长路。

这夜有风。

天上见不着星星，漆黑而空洞。风拂着必然会憔悴的树叶，像一双预言的手。

在暗夜里，一盏青灯透过窗格子照射着，远看如模糊的一朵白莲，近看却是几乎有像老方丈年岁古旧的一座禅房。

十渡领着静一在坐禅静修。

他教他以右脚压左腿，再以左脚压右腿，是谓"降魔坐"。

"不过，"他道，"只要坐得舒服也就是了。参禅不在乎腿。"

方丈闭目。

静一不解：

"我们不念阿弥陀佛的么？"

他记得在天宁寺所受一丝不苟的戒律和规矩，只觉这处随意而优悠。

"心中有佛就够了，不必大喊大叫。"

是么？

静一半信半疑。

方丈道：

"佛教有八万四千法门，各宗各派，走着去、人抬着去、骑马去、坐车去……目的地都一样嘛。"

蚊子飞过，在寂静中，嗡嗡声音响在耳畔。方丈用拂尘轻轻一拂，脱俗祥和。

"你目的是什么？"静一问。

"我念佛，惟一目的是'不想做人'了。"

"坐禅就可成佛吗？"静一又问。

方丈不答。

这一百一十一岁的老人，已是平静入定，脸上一点表情也没有。

蚊子又来了。

静一已把眼睛阖上。完全忘记了它。

他掌心向上，两掌相叠，左上右下。两个大拇指相拄，正身端坐，耳与肩对，眼与鼻对，鼻与脐对，舌尖放在上颚唇齿处，双目微闭……

心中试着摒除杂念，静定思维。

蚊子已经骚扰不了他了。

他观想莲花清净，直至虚冥，眉心空无一物。从未试过，如找到通道。

身体有股气，微微在运行流动。渐渐，个人冉退，他不知自己在什么地方了。

世有六道轮回：地狱、饿鬼、畜生、修罗、人、天。

什么才是"不想做人"？

为什么？

……

日子无声地过去。

天气有点清寒。

静一受彤云禅院"三坛传戒"。

老方丈为他烧上香疤。

香烟袅袅上升，方丈先在静一头顶上印上小黑圈，然后以蜡黏了香，一一燃点，九个。

渐烧至尽头，香熄火灭，留下九个白色的戒疤。

以后，这处也不再长出头发，疤痕鲜明夺目。

静一虔诚地承受着皮肉之苦。

"你愿意将身体如香烛般燃烧奉佛吗？"

"弟子愿意。"

"留下戒疤乃是烙印。"

"弟子明白。"

"世间五欲，是色、声、香、味、触，诳惑凡夫，不得亲近。"

"弟子遵从。"

"好了，好了，仪式是这样，回答得再响亮，也不如静静地做出来。你瞧我这老和尚，一个香疤都没有呢，不是烫得越多越好的。"

静一望定十渡。

二十三

李世民是在八月九日于显德殿登极即位的。

江山属于他了，看来格外秀丽如画。

太极宫也属于他了。它气势磅礴，虎踞龙盘之姿。含元殿、宣政殿、紫宸殿、蓬莱殿、含凉殿、玄武殿……"玄武"，这二字是他胜利的标记。

李世民，二任帝，"太宗"，是年方三十。

簇拥在身边的，都是谋略和才干过人的功臣，他表现得很尊重善任，且大赦天下。关内及蒲州、芮州、虞州、泰州、陕州、鼎州等六州，免除二年田赋及捐税；其他各州则免除差役一年。宫女太多，幽闭堪怜，他又释放出宫……

——但，他晚上还是睡不好。

霍达于某天夜晚，为他展示画像，以示忠心。

李世民自寝宫出，脸容非常憔悴，双目无神，打着呵欠。他端视画像：

"这二位大将军果然画得十分神武！"

霍达深藏不语。

自太宗皇帝阴谋弑兄杀弟，又从父王手中夺得帝位后，心中不安，常有余悸，梦中听见凄厉的鬼叫声，都在呼冤寻仇：

"还我头来！还我头来！"

他迷迷糊糊，总见看不清的人影，向他拉满了弓，箭在弦上，然后直射他心房，自己的血，是腥甜而微温的，血流不止，一直浸湿了整副戎装，他惨遭没顶……

几回自梦中惊醒，残片犹在眼底翻动，那血的腥甜，历久未散。

"鬼！鬼！"

他挣扎着爬起来，一身冷汗。

于是再也不敢入睡。

大将秦叔宝、尉迟恭，听得宫中闹鬼，二人天不怕地不怕鬼不怕，自告奋勇，全身披挂，手执兵器，侍卫寝宫门外，直至天亮。

霍达道：

"得知陛下因二位功臣值夜宫门之外，再也听不到怪声，可安心稳睡，特命画工画将下来，可张贴以供驱鬼。"

"好主意。"李世民道，"快贴上。"

威严一如门神。

他颔首一笑。

忽又念得：

"霍达，'漏网之鱼'还没找着么？"

"告密领赏的有，部属追杀不力，我曾吩咐他们多加注意，宁枉毋纵。"

李世民语重心长：

"天下得来不易，恩威并施正是开始。"

"臣明白。"

"听说，从寺院里逃出去的？"

——原来他知之甚详，霍达一愕，不敢怠慢：

"是。惟全国佛教大盛，叛党托庇寺院，官兵难以一一擅闯。"

"是吗？在我地土上，搜不出一个人来？"他微笑了，"武德年间，太上皇不是下诏淘汰僧道么？再者，时移世易——不必拘泥，要闯就闯。"

改变历史，把痕迹用力抹掉，他已命史官在编制年表纪事时，好好地写。应写的才写。

李世民闭目养神：

"除石彦生外，朕当大赦其他叛党——他知道太多了！"

霍达心头一凛。

瞬即恢复平静，非常忠心地朗声而应：

"是！"

"朕着你办妥此事，在你能力范围以外么？"

"不。请给臣多一点时间。"

李世民把双目张开一条缝：

"我给你时间，也给你一个助手！"

"谁？"

他一招手。

重重的帏幕，走出一个绰约身影。

霍达一见此人，目瞪口呆。

二十四

有一种有趣的树，唤"同根生"。

即是一株树根上，长出两棵不同种的树来。

在彤云禅院后，莲花池的右边，便是同根生了，一株山毛榉，一株青桐。

大太阳下，经书都整齐地给铺满在地上照晒。一片蓝白黑的祥和色泽。

初冬的日头很暖。

静一的僧衣外已加上一件厚的披搭。他把经书自藏经阁上捧下来。琉璃瓦映着阳光，发出五彩，阁楼单檐翘角，似微笑。

经书很老了。有的是竹册，有的是木册，也有微黄的纸，善本。静静诉说一些深奥但又显浅的道理。

出了一身汗。静一把厚衣脱了，搁在莲花池畔。

真是庭园静好，岁月无惊。

一个小沙弥步至。

"静一，方丈着你到大殿去。"

他回过头来。

面目祥和平淡。

豆腐吃多了，如同一方豆腐。时间过去了，忘记了有时间。要知风的动态，看灯火摇闪就感觉出来了。

他连做梦都没有痕迹。不拘束于领悟，于是反而心安理得。

午间一阵风过。

经书被吹得窸窣作响。泼剌泼剌地，发出高低声韵。

看上去，像屋瓦。

书覆盖了什么？真相抑假象？如果把它们一一掀起，底下是另一个世界似的。

静一让几本书翻了身，把掀折的书页扫平。

过小亭，是一条碎石子的路。小小的一只白粉蝶在阳光下活泼地飞舞。翅膀上有黄和黑色的图案。朝生暮死，却是那么有劲。这就是生命。

视线沿小路望向大殿。

幽朴的庭园，矮树影影绰绰，看不清楚。静一一路走来。

是一个女人的背影。

她下跪，垂首，不语。

女人穿宽袖青色斜纹长裙，裙裾迤逦在地。披纱罗画帛，盘绕两臂间。

素服的贵妇，单刀半翻髻，高竖发顶，云朵状，簪了白牡丹——簪白花的女人。

静一走近，只见女人在默默流泪。

十渡老方丈伴她上香。

四个婢女侍候在旁。

当静一步入大雄宝殿时，方丈招呼：

"静一，见过这位施主：青绶夫人。"

女客抬头。

静一一见，身子剧烈地震动。

是她？

是"她"？

他的眼睛如被锥子刺中。

不可能！

青绥夫人起来，她款款而立，雍容冷艳，只向静一颔首为礼。

静一急忙垂下眼。

这分明是红萼！

——但又不是。

她不认识他。

静一耳朵有点热。他心里辗转缠绵，窘得无地自容。像一个小偷，偷了不该偷的东西。他一定是失态了。

马上勉定心神，把脸挂下来，给自己警告。

山外野寺，亦非人迹罕至，香客来往，众生一貌，他又何必诸多联念猜疑呢。静一嘲笑自己一时失措。他又回复淡漠的礼貌了。

延请青绥夫人至茶室。

小沙弥奉上香片，招待施主。

老方丈道：

"请用茶。"

青绥夫人把茶碗端近一嗅，矜持而端庄一笑：

"好香。"

"施主欲为亡夫在此举行'茶毗'仪式么？"

她呷一口茶汤，徐徐而道：

"是。先夫在泾阳，为皇上大破东突厥而建功，可惜战死沙场。因他奉佛，故希望得到超度——虽然杀人，亦是为了国家。"

说时瞥向静一，不动声色。见他沉默不语，又转向老方丈：

"新帝李世民在东宫显德殿登极，将改元贞观了。师父都晓得吧？"

"唔这个，"方丈答，"皇帝常换，贫僧来不及晓得啰。"

青绥夫人继续把尘世的消息带来，尽皆佳讯：

"天下大赦，田赋和捐税都免掉，幽闭的宫女也释放出去自行婚配了。也打了一连串的胜仗……先夫为好皇帝而阵亡，也是值得的。是吗师父？”

静一合什：

“好皇帝乃千秋以后史册所定，出家人不问尘俗事。”

她浅笑，只管闲聊。

“这位师父健硕，倒不像出家已久。”

“种地的。身手才比较粗壮。”

“贵姓？”

“俗姓张，唤‘九斤’。名儿很俗。”

青绶夫人保持骄矜，漫不经心：

“精壮之年便出家，想是大有刺激了。”

又信手拎起茶碗向方丈一敬，倒像是与他闲话人生似的。

静一道：

“阿弥陀佛，务农者贫，深明天命不可违，事既如此，顺其自
然而已。”

青绶夫人忽地一恸，把茶碗顿放几上，茶溅出，一小摊淡青的
眼泪。她泫然：

“唉，师父没经过生离死别，当然不会明白。”

她轻轻地，又再叹一口气。

静一不知是否没听进耳中，没放在心上。他望着那洒了的茶汤，
木然。他竟因掩饰什么而在“妄语”了？

二十五

这一日天低云垂，风大。人在风中说话，声音迷迷糊糊的。

都为死去的人念“往生咒”。

一座坚固的大火灶，灶向外的一边有扇铁门。

男人的尸体放在铁盒子内，他去得并不太安详，双目半开半闭，像要多看尘世一眼而不可得。但铁盒子终于被推进灶膛内了。封好了铁门，灶的后背有僧人协助，架起木柴来烧……

火葬场又曰"化身窑"。

青绶夫人忧伤但木然地喃喃念诵经文，以祈她的男人得到超度。

过了好一阵，"荼毗"的仪式差不多了，而那个铁盒子也被推出来。

骨灰是惨白色的。并不纯洁——但转瞬之间，四大皆空，五蕴无我。

十渡老方丈如常道：

"看，一个三十三岁男人的整个身体，就这一小盘了。争什么？"

青绶夫人脸色一变，如骨灰一般惨白。

本如泥塑木雕，忽地，她脸上的素肌抖起来，泪便冒涌而出。

静一轻声：

"施主，生死无常，请节哀顺变。"

——其实也是说给自己听。

青绶夫人极难过，情绪波动，突然发难：

"你不要管我！"

她用力推开老方丈，一个趔趄，他跌在地上。她不管，只快疾如离弦之箭，猛猛冲前，向化身窑后的悬崖奔去。

她拼命地跑，裙裾都被石子和矮木弄破了，发髻也披散了，趔趔撞撞，寻死的决心非常明显，意图殉夫，往崖下一纵身——

在此危急关头，一个魁梧的身影已踩住两个僧人的肩膊借力腾跃而至。静一忘记了时空，只道救人要紧，施展了他深藏不露的功夫，在崖边，闪身抢前，横里一挡一扯，把险险跳下去的青绶夫人救回。

她顺势被逼倒在他怀中。

轻似一朵青云。

静一抱扶着女人，吁一口气。

她楚楚地哽咽：

"你为什么不让我死？"

静一迷惑了。

他当然不肯让"她"死！

青绶夫人脖子一软，头一侧，就在他怀中昏过去。

静一马上醒过来：

"阿弥陀佛！"

他把她放在地上。

婢女过来，静一就庄严地放下照顾的责任。他走向十渡。

在他眼中，方丈老弱，不堪一跌，不知是否无恙，他关切地，小心地问：

"师父，摔着了没有？"

二话不说，连忙把他背起来，一步一步，回到禅院中去。

方丈一直不语，好似有点措手不及，他真是累了，也许疼，由得静一背着。

静一保护了老人，也乘机转移了杂念。

他头也不敢回。

当夜，却又再见面了。

是老方丈指定他来的。

就在禅院内和尚们治病的往生寮，给青绶夫人扎针。

老方丈打开了他一个木匣子，里头有各种针具：毫针、三棱针、梅花针。还有火罐、盘子、镊子等。

烛烧得很红。

青绫夫人伏在床上，衣领往下拉开，颈背赤裸着。在烛光下，几乎见到白色的茸毛在闪动。

"人的精神气，不外喜、怒、忧、思、悲、恐、惊七种不同的变化。人强，七情便可节制，一旦衰弱，便起波动。医书上叫做'邪气'，我们呢，就叫'心魔'。"

他瞥了静一一眼，吩咐：

"把毫针给我拿来。"又道，"按着她两肩吧。"

他把针在火中转动一下，然后像握毛笔一样，望青绫夫人颈后发际的天柱穴扎下，深三分。直、稳、快。一点也不像是一百多岁的手。

他又再瞥了静一一眼。

有意试炼他的定力般：

"她动了，你好生看顾。"

静一的手，自她肌肤往后一退。

她缓缓地嘘了一口气。

张目，惺忪而迷茫。

回过头来，见到静一：

"师父，我失礼了。"

"不要紧，治好了，睡一宵，明儿回家休养也罢。不必久留于此。"

青绫夫人眼神游离，心灰意冷：

"治好了，我也无家可归，无人可恋。"

静一不语。

老方丈只饶有深意地向她一笑：

"回家去！你没事了。"

她起来施礼道谢。

门外侍候着的婢女们马上搀扶着离去。

二十六

　　蜡烛依旧燃点着，烛光摇晃中，佛像都若显若隐，影子投在四壁，像向人说话。

　　"可是——你心里有事。"

　　老方丈向静一道：

　　"倒像是一样的病。来，我也给你扎一针。"

　　"不要了。"

　　"要！"顽固的老人。不依他。

　　静一打坐，闭目。针在他颈后发际扎下去时，有点酸麻，疼。他隐忍，不想老方丈识破了什么。只听得老人问：

　　"她是谁？"

　　"像一个人而已。"

　　方丈抢白：

　　"当然像一个人，难道像一条狗？"

　　大力一扎，针深入五分。静一几自座中弹跳而起。

　　"就是要你疼！真没用。因爱才恐惧，因恐惧才有心魔。这也是一种考验：所见皆为故人，所念皆为故人，如影随形，所以才'像'。忘记了这个人，没有这个人，'像'什么呢？"

　　"弟子一定努力驱赶心魔，让去者自去。"

　　"遇父弑父，遇佛弑佛。谁说容易？"

　　"我一定把万缘放下。"

　　"你力气够吗？"

　　"什么？"静一问，"'放下'也需要力气？"

"以你一身好功夫，也许不是难题。"

静一知道方丈已看透他来历。

门外忽有异声，他警觉：

"谁？"

外面寂然。

静一止住老方丈，他挺身而起，走到门前，一推——

月色下，有个匍匐在地的影子。

他一看，愕然。

俯首长跪如一摊止水的，是青绶夫人。

她好像待了很久。

"小女子参透因缘，看破红尘，只望红鱼青磬度此残生。"

她抬眼，一点内容也没有：

"求老方丈为我剃度。"

十渡方丈望定她。

只有凄切的虫鸣，在静夜中，唱着最后一阕清歌。

她转向静一哀恳：

"这位师父代我说项吧。否则，惟有一死明志！"

她要打动他：

"心中没有慈悲吗？"

静一合什：

"阿弥陀佛！"

终于，在初二那天受戒。

戒场露天。

青绶夫人长跪在地，双手合什。艳光收敛了。

凤目秀长，澄净无波。

长发灰衣的女人。

老方丈道：

"比丘尼具足戒有三百四十八条，能持否？"

她平静地答：

"弟子能持。"

"尽形寿，永不犯戒？"

"尽形寿，永不犯戒。"

"一切形式不过是形式，最重要乃心坚志决。"

"弟子知道。"

方丈眯睐着眼看青绥夫人：

"若你心中犯了戒，便只有自己知道。"

他向静一：

"有前因，必有后果，静一，你去吧。"

"我？"

"去！非要你去不可！"

她凤目秀长，澄净无波。

静一先把长发剪去。委了一地。都似破碎黑缎。往事不记。

再持戒刀，从下周旋而上。连短发亦一绺一绺剃下了——一如他当初受戒情景。

在场的僧众念着偈语。

多么熟悉，而且，他的手势也熟练了。

集中精神，如精雕细琢，如把万缘放下。一丝不留。

两者皆淡然。

她始终没看过他一眼。

不知何时，静一的手指头破了。血隐没于黑发中，他懵然不觉。

转瞬，四大皆空。

现实中的八热地狱，是否变作清凉国土的七宝莲池？来自无始无明的人间之苦，从此成为"无"？

青绶夫人消失了。

她法号慧青。

二十七

尼姑无情无欲地下跪禀告：

"慧青为先人'水陆道场'七日夜诵经设斋，礼佛拜忏，追荐亡灵，并超度水陆一切鬼魂，普及六道四生，望早登极乐。善哉善哉。"

"水陆道场"的内坛，布置了香花供养，十位圣贤，十位神灵。供桌罗列灯烛果品供物。

盛大的法会为期七日。

慧青与其他十二僧尼，搭绣衣、靸红鞋，在她亡夫灵前默诵：

"诸修罗中，好行瞋恚，斗战不已，一切众生，当愿息诤兴慈，早蒙解脱。诸饿鬼中，饥渴逼切，历劫受苦，一切众生，当愿渴恼蠲除，早蒙解脱……"

僧尼各司其职。

只为众生得解脱。

内坛上一盏硕大的长明灯，映照着两侧的"水陆画像"。

如微波颤动的喃喃音调，夹杂慈悲而神秘的招引。一起一落。

香烟在半空织成一张白网。

直至夜晚。

最后的项目是"放焰口"。

六道轮回中，饿鬼极众。他们或枉死，或自杀，或作孽太多，或偿前生果报……在此晚，见到法会高悬宝幡，九盏莲花灯，便都来了。他们之中，口中常吐猛焰，炽然无绝，而且腹大如山，却咽如针孔，虽遇饮食，苦不能受。

"放焰口"是施食。希化戾气为祥和。

天转为灰青时，风开始大了。

阵阵寒意袭人。

佛灯如昼，亦在风中摇闪。

十渡方丈在外坛主持。

取净器，盛净水，准备了饭粒、水果、豆腐、豆芽、素菜……衣纸折妥，金银叠放。慧青把先人附荐包点好，在方丈说法时，把食物撒在地，以作布施。

高大的纸船，用以盛载衣、物。就火烧衣，红焰一下冲天，舌变青蓝。

火势照在人面，气氛诡异。

夜色渐浓，风不知来自何方。

也许各方的孤魂野鬼都知道了。

念咒声中，有青磬红鱼呢喃相伴。

静一闭目诵念：

"现今施放焰口，祈能免饥冻之苦，福寿增长。"

缓缓张目一看。

缥缥缈缈，影影绰绰……

来了。

饿。

有身体枯瘦的，有头发蓬乱的，有目光迷惘的，有爪牙长利的，有满脸悲戚的，有步履迟钝的，有急逼抢食的……

都是苦。

阿弥陀佛。

静一蓦地见到他娘！

是娘！

阴阳相隔。

她脖子上有刀痕。祥和地浅笑。静一与她对望，双方不作一言。

心念一紧，悲怆不已。

娘也饥也冻。她瘦小、无助。

咫尺已天涯。

因人鬼殊途，一切模糊。但静一开始记得，很久很久以前，某一天。

石彦生还是个抱在怀中的婴儿。

他童稚而奇异地牙牙学语：

"……娘……娘……"

"呀！彦生会喊'娘'了！会说话了！"

娘狂喜。

如同天下的母亲一样，只要孩子喊她一声，极欢泫然。

母与子。

在母胎中，如草上珠，掌中血。五胞六精，骨节毛孔，一天一天地凝成。十月来，他吸取母胎精华来长大。着地时得破腹损骨，令她疼如千刀搅万刃攒，血流如注，如屠宰一般地生产，死生一线间。

——如何报恩？

母与子虽近却远，终于，他没能好好事奉娘。她还为他一死。

心一酸，见娘神情忽转木然，她是一只鬼了。

影子冉退。再无觅处。

静一心神不定。

一下子，出现在衣食前的饿鬼都回过头来，是建成和元吉的后人，是石彦生的部属，是无辜被杀的军士、老百姓……一身血污。

最后一个。回过头来。

二十八

缓慢而诱惑，衣裾披搭飘扬，在舞中，如飞天，两颊眉间贴花钿，她放任而深情地笑了，全抛一片心。

一闪而过。

是红萼。那一个最后的晚上。

静一目瞪口呆，他追上去。

不是他追上去，而是那啮人心肺的感觉回来了。蜿蜿蜓蜓的一条小蛇，慢慢爬过来，爬上他的脚，爬上他的腿。

他的腿动也不敢动。心恋恋不舍。

这一大段日子的修行，被它湿软的身体爬乱了。

静一想：这是幻觉！

静一告诉自己：不，明明是真的。

静一道：那么你自己就是幻觉。

红萼的心中涌出血海。

她道：

"我……冷……"

一切瞬即消逝无踪。

——静一头顶上的长明灯一闪，无声灭掉。

原来法事结束了。

他已经在内坛收拾。

他的身心没动过。他一直在这儿吗？连自己也迷糊了。从没如此软弱过。

静一忙攀上去重燃长明灯。

灯亮的一刹，他见到人影。

俯视，是青绶夫人——不，慧青。已剃度的光秃的头颅，被摇闪的火光映照明亮。

静一下梯，着地。

还是慧青打开话题：

"我见到先人的亡灵了。"

静一不虞有他：

"我也见到娘。"

"哦，病故的吧？"

他一时迷情入世，极其伤感：

"受过一刀之劫苦。阿弥陀佛。"

慧青没作任何反应。她只心中有数地望定静一，在他一语之后。

当其他和尚和小沙弥进进出出地搬抬杂物，静一孤寂地在大殿中，孑然一身，无亲无故。

他一直是个好和尚，他的心池如琉璃平滑。

伤感和颓丧突袭而来，人从没如此软弱过——原来他也经过生离死别。谁说爱恨不可怕？

慧青已不知何时悄然退去。

一个十四岁的小沙弥望着宝幡：

"宝幡在动呢。"

另一个，十五岁，道：

"是风在动。"

静一强撑着。急欲回到禅房：

"喝！风没有动，宝幡也没有动，那是你俩的心在动。"

小沙弥面露敬佩神色，恍然大悟。

二十九

他在禅房先点燃上妙好香一支。

环绕着彤云禅院的翠竹如墨，大地已抖开一道黑纱，夜色极苍茫。星斗阵列，迎客的松树早已倦眠。

静一马上盘膝打坐，一如过往那苦行忏悟的日子。他曾经努力于无忧无悔无爱无恨，他亦曾身心轻利，得好瑞梦。

但今晚……

一阵幽风。

和尚无故心念一动。

（观自在菩萨行深般若波罗蜜多时照见五蕴皆空……）

是秋天寒意么？

他一运丹田内火，继续默念《心经》。

（度一切苦厄舍利子色不异空空不异色色即是空空即是色……）

寒意退了。

香气随袭。

有一双秀长的凤目在窥伺。

安定心念。安定心念。

佛无魔不成。佛无魔不成。

静一的身体在静中略晃动。那气，有点乱，叫他的头轻摇。如应如拒。若即若离。或嗔或痴。

（是故空中无色无受想行识无眼耳鼻舌身意无色声香味触法……）

人极软弱之际，便遭乘虚而入。

不。

"师父！"

红纱巾在他脸上轻拂而过。

红纱巾！

坐禅中的和尚分明感应了。红。

一张眼，她就在了。是她！

"我冷。"

红萼衣丝罗襦裙，雪肤红唇。

静一只冷峻无情地又闭目静修。他知道，一旦妄心流转，天魔外道，驱之不去。

（无眼界乃至无意识界……）

一只轻软玉手，抚摸他手、臂、肩。还有……

"欲"是汝初军。忽警觉。

抚摸至他头颅了。舒适写意，静一吁一口气。

魔随人自心所生。他奋力一摇首。

"此处又没旁人。"女子道，"我只想取暖。"

他狠着心不答应。

女子逶自挨近。笑：

"我来了？"

蠕动一下。再近一点，化作蒲团。

"石彦生，可怜我是为你而死的！"

静一震撼了。

蒲团又蠕动，他无法安坐。蒲团一如柔软肉体，他渴想已久。有一只手，伸入袈裟。我冷。

和尚坚持闭目不动。

女子又向他耳畔嘘气，自孔道入，直透五内，如一匹快马急驰，毫无秩序。静一挣扎，心乱如麻。

——玉手忽地一抓。

她抓住他下体不肯放。

如着雷殛。赶忙拼尽力量，欲一弹而起。面红耳赤，表情复杂。不不不。

蒲团不知廉耻地包裹静一。

女子妖艳睨他一眼。捺住不准动。

"师父何需怕我？"

她肉体温暖芳香，如一床好被。

他只觉受用，身下蠢蠢欲动。陡地胀大，要觅去处。

夜更深。

大地昏黑如墨怒泼，不可收拾。众皆失明，因而大胆。

黑暗中只见红萼的双眸晶亮，泛水光。

墨云层叠漫卷。

"我不过想令你舒服吧。"

暖意融融。像有人开始给他掏耳朵。

一阵酥软。里头千军万马在闹腾，企图自耳洞中飞奔而出。只等候一声号令。

静一思绪飘漾。

万灯摇闪。

在灯火中，又见另一风韵不同之倩影。红萼冉退，青绶夫人渐现。

他迷惑了。

都是顺遂心意的可爱色相。是一个人，抑或两个？

"师父经过生离死别吗？"

青绶夫人一滴眼泪，缓缓淌下，在衣襟悄悄晕化。

静一流汗。

她用舌头舐他的汗。一滴，一滴。如血。

蛇的舌头。

女子的舌头。

青绶夫人忽由冷傲转化成淫荡的笑靥，判若两人。头发剃落，艳尼向他乜斜着眼。用小簪子挑胭脂点在唇上。雪白的脸上一点红。

尼姑身体骑在静一之上。

他体内兴无穷挣扎，不假思索地挺进去，然后扯动。如汹涌大河，怒气冲天向前奔流，没有指望，充满仇恨。云山海月都震荡。

尼姑上半身向后仰。迎合着他。不知谁驾驭着谁。

静一蓦地强壮而饥渴。先喝了再说。先喝了再说。他身体在她身体里头攻击。有杀意。

腰间胯下的火舌乱窜乱舐，火往上烧。舔着天空。浓烟升腾。手足无措。他看火，一股一股一股，不断地摧枯拉朽，旁若无人。贪婪而卑鄙。他见到女子半张着眼睛……

竟身在彤云禅院中，大雄宝殿顶。

——殿顶！

诸天神佛天兵天将都在看他幽会。她缠住他不放。

静一呻吟。用劲。快乐得很凄苦。色彩光怪陆离。他用劲。

"哎——哎——"女子在喘息，挑逗，"你不要走！"

她缠住他不放："……就……在里面吧！"

理智要走，肉体恋栈不肯去。

静一被扯成两半。爆炸的紫烟红尘升至高空。他凄厉地大喊：

"呀！——"

他迸射在她里面。

他输了！

他输了！

他用尽力气，睁大眼睛。大口大口地喘气，向天暴喝：

"为什么试验我？"

（般若波罗蜜多……）

灵修已倾注东流，泼水难收。前功尽废。

所有幻觉一下子消失了。

静一在禅房中颓然跌坐。一片吹落的枯叶。蒲团一如往昔，微承失重的迷惘的和尚。她不在她不在。蒲团仍无温热。

夜未过去。远处传来更鼓声。若无其事，斗室空洞，心如止水。大地又重归默然。

或许什么也未曾发生过。

只一回心魔，于沉寂中蹦蹦一跳。是屋梁上偶滴之凄冷，未曾发生，已变成回忆，又终究化作无有。修行无所谓胜负。

他摇了摇头，稳住了神，把心情收拾妥当。啊不过如此。他安慰自己。天快亮吧？

（观自在菩萨行深般若波罗蜜多时照见五蕴皆空……）

汗湿了袈裟。

他微笑了。

"托——托——"

这是叩门的声音么？

是谁？"托——托——"

静一平和地，把门开了。

三十

是个小沙弥。

静一不以为然，才往回走。

小沙弥的身后，赫是慧青。

她垂眼，睫毛的影儿，如工笔画在脸上。灰衣的尼姑不语。

她见门开了。把小沙弥轻扶，推过一旁，赚门而入。她用他来相挡。

小沙弥软倒在地上，有血滴。

静一完全不发觉。

待得门关上。门旁躺了一个死人，庭院也躺了一个死人。

而门已关上，来了一个奇怪的访客。

此时静一才知竟是她，大吃一惊——是幻觉，抑或真实？分不清。

他有点失措。

分了神。难道这才是开端？

慧青不动声色：

"小沙弥带我来借杯茶。"

静一疑惑地，心再起暗涌。

慧青靠近。在他耳畔细语：

"外面风大，好冷。我要一杯很热很热的茶。"

她缠住他。

她的嘴唇迎上去。

静一难以推拒。绮念中的女人，红蓴加上青绥夫人，二者合一，活生生在他跟前，她是一个比丘尼！

二人纠缠着，跌跌撞撞，踉踉跄跄。他没有防备。

——只见她眼中火光一闪，有种奇幻的欲望。

他呼吸有点急速。

蓦地，她的清秀转为杀气，脸变了。不知何时，抽出一把剑，剑锋一翻，自肘底出，如拨云见月，直取静一。

他惊起，见剑锋逼近，眼前一花，但仍就势闪身倒退，却把禅房的摆设都推跌了。他喊问：

"你是谁？"

一跤跌坐蒲团上。

慧青目光凶狠，冷然进逼：

"奉密令，取叛党石彦生首级面圣！"

她冷笑。无情地：

"一等杀手的骄傲，是不枉不纵，命中目标。"

他瞒不过，也逃不过了。

李世民的人终于把他揪出来。在他最不设防的一刻，杀之灭口。空有一身好功夫，但他却死在女人手中。

静一只感到剑气直冲，必死无疑。

千钧一发。

静一身后出现一个瘦小的身影，马先下沉，拔地一起，翻剑高提，从上望下斩。慧青仓促一挡。但他的剑发出刺目的蓝色光芒。

那人怒吼一声，为截对手神志，攻其未备，回剑一劈，其势如虹，先伤之，再前吐，刺中心房，三招已了。

凌厉无比。

他比慧青更冷，更狠，更无情。

她瞠目结舌，不可置信。

倒身血泊中，带着莫名其妙的疑团，僵在美丽的脸上。

都是意外！

螳螂捕蝉，黄雀在后，谁又在黄雀之后呢？真人不露相。

——静一诧见此高人，他就是十渡老方丈！

"阿弥陀佛！"老人平静。

一阵闷雷忽响，雨猛然而下。发出轰烈的噪音。

静一像被掐了头的苍蝇，乱了阵。风急雨密中，他冲出去，在庭院中，挥动着剑来发泄，石裂竹断，雨水斩不断。

他耗尽力气，声音嘶哑：

"累你开了杀戒！累你开了杀戒！"

风雨中回荡着他的歉疚。

累你开了杀戒！……

十渡老方丈也在雨中，他枯瘦的手一掬，用雨水洗脸，连皱纹摺合深处也洗得干干净净，如同新人。

他合什，慈悲地：

"杀一个，救无数众生，贫僧为她减轻罪孽吧。咦，若毫无好处的事我又怎会干？"

又回复他的豁达了。

"因破戒，来生还得'做人'，唉，功亏一篑！"喃喃自语，一壁摇首叹息，"——次次都这样。"

三十一

"不好意思，我一直没提。在百年之前，十一岁那年，一名得道高僧收我为徒，教以'非脉不打，一矢中的'之道。我于深山观禽兽练武功，一天见'母狮摔子'：它产子后三天，基于天性，把小狮由悬崖往深谷丢下去，试验其能力。万一小狮摔死，表示天生软弱不济，将来亦难成勇猛大器；若可自保，方有资格达到万兽之王的理想。但这只是第一步，日后它捕食、成长、歼敌、服众、扶弱……好戏在后头呢！"

方丈道：

“静一，死过一次的人，再也没有可失掉的东西了吧？”

静一在藏经阁，与方丈相对而坐。

他俩都被经卷包围着。丰富的宝藏，梵本折子，香木裱装，卷轴方册，还有工笔手写，不管是竹是木是纸，都整齐排列于宽大明净的阁楼中。

灯火已昏黄。静一经了一天平伏，感到自己如在母胎中安静。

——是等候另一些事情的发生吗？

只要一定发生的事，它就会来。但，不管如何发生，都会过去。

他问：

“师父都看过这些经书吗？”

老人若无其事：

“岁数那么大，自然看过，才两遍而已。”

静一环视浩瀚得吓人的经书，露出钦佩的诧异神色。

“两遍‘而已’？”

“记得吗？有两句话：‘白马入芦花，银碗里盛雪。’没有人，也没有书。”

“哦？这些隽语，必是某书所载。”

十渡微笑了：

“释迦未定出经典，世间未流传佛书。真理已在天地间运行了。何必立文字？因为，最好的书用生命血肉写成。”

静一抬头，层叠如嶂，高不可攀。

册籍与册籍之间，不容一发。

密密麻麻的是非真理。

书变色了。

书濡湿了。

隐隐然，有红色的液体渗出来。

汇成流。

血。

缓流而下，浸透了书橱。书橱以朱红鬃漆，此刻颜色更深。一直迤逦下地，血如河海，爬上他盘着的双膝。

让它来吧。

静一视若无睹。

"世代均有不可逃避的苦难，"十渡已经衰老，他的声音低沉、微弱，"中国历史上用得最多的一个字，是'杀'字。你要顿悟，不也得把'旧我'杀死吗？"

静一默然。

他没有回答，陷入沉思。

"喝！"

老方丈猛地大喝一声。静一惊醒。

"我差不多了。"他道，"我听到花开的声音，嗅到奇香，远处传来乐音——从没试过那么好听，同婴儿的笑声一般好听。"

他收敛了老态，纯真温柔如婴儿，最初与最后的光辉。

"静一来接我衣钵！"

老人只是这样说：

"山无需入，世无需避。'净土何须扫，空门不用关'。"

静一连忙长跪，五体投地：

"弟子遵从！"

良久，抬起头来。

只见方丈倦极而眠。

静一不敢惊扰。

良久。

十渡圆寂了。

人生足音，轮回百世，最初它杂沓不安，响之不竭，人只得继续走，找不着尽头。逐渐模糊而遥远，终似润物细雨，终静寂无声。

生命，被吸进空气中。

一线天光，探身进藏经阁。

又一天了。

生命中任何一天的结束，便永不重来。

三十二

静一不知道他在藏经阁待了多少天。

到他出来时，天日已经改换。

空寂的山头，早已围满官兵。

晨光拂去瘴雾，松涛却飒飒如泣。

彤云禅院的四周，植了望客松、迎客松、陪客松，各有自己招展的姿态，担演着好客的角色。

惟这些不速之客，不请自来，他们武装、警戒，立于危石之下，深渊之上。自山门入，石子甬道，领着队的，是势不两立的霍达将军，和倨立的臂鹰。

"我找到你了！"

真是久违。

霍达朗声道：

"派出一等大内高手，也死在你手上，佩服！佩服！"

静一道：

"贫僧托庇在寺院而已。"

"我有整个朝廷作后盾,你呢?"霍达稳操胜券,"改朝换代,寺院对你再也没有保护能力了。"

静一一瞥四下:

"——你看我,不等于看到自己吗?"

霍达举手示意。

宫中遣使来了。

财宝、盔甲、官帽……以及一匹好马,停在寺外。

这一卷长约六尺、宽约一尺,织锦所制,上绣朵云与龙纹的,是当今圣旨。使臣的宣读,回声响彻寺院:

"奉天承运,皇帝诏曰:帝以诚信治天下,四海一家,为平东西突厥、铁勒、吐蕃、高丽……诸外族,收拾河山,爱才若渴。今令石彦生还俗入宫,官升至一品骠骑大将军,与霍达二者并肩,效力朝廷。钦此。贞观元年正月。"

侍从双手捧着一品将军之甲胄。这是多少武人梦寐以求之极位。

静一并没接过。

不动如山。

"违抗君命,是大逆不道。"

"出家人四大皆空。"

"若我辱命,亦是死罪。"霍达道,"除非收拾好残局,否则,石彦生,你还是一个阴影,永远是我的心魔。"

"何必呢,我俩都是观棋者,这话是你说的。"

"哈哈哈!"霍达笑起来,"不!我俩其实都是棋局。剑下只有胜负,没有正邪,很简单。"

是命运的安排吧,再怎么解释也不管用。

二人都清楚了。

"遇到好对手，真不容易！"

霍达宽大的双肩，显出不可摧折的意志，路是由人走出来的，若这路只容一人，即要下杀着。一把剑抛向静一：

"认得你的剑吗？"

静一伸手一接，它在他手中发出一下应声，久别重逢的故剑，石彦生抛弃过的"夸夫追日"。他拔剑，一自剑鞘脱身，它发出如太阳精魄的光芒，流火闪烁，金羽乱飞。菱形花纹的剑身，干练如他的手。他慨叹：

"大象为了踩死一只小蚁，将全身的力量集中于一条腿，往往失足跌坐地上。"

霍达不理。勇往直前：

"我们都是武人，何必说花样言词？"

包围着寺院的官兵，无声地让出一条路来。

"好！"静一道，"我不打算逃避，我与你二人了断，决一胜负也罢。"

"我不是逼你出手，"霍达正正地面对他，"我是逼自己出手而已。"

三十三

自老方丈圆寂，朝廷官兵一番扰攘，而护寺的静一和尚，又与霍达将军到了后山那"横空出世"的危岩作二人间恩怨了断之后，彤云禅院部分怕事的僧人都散去。

一向眉头紧锁，满腹疑团待悟的微光，那原以为"佛"就是揩掉干屎的破竹片的中年和尚，再陷入另一场苦恼了。

为什么杀人刀，也是活人剑？

为什么为了清洁，就不是伤虫杀生？

他回想那一直想不通的问题。

微光年过四十，善良温厚，并无领导才能，但他仍拼文弱之躯，等着静一回来。

同他一块的，还有几个和尚，两个十四五岁的小沙弥。

"南无喝啰怛那哆啰夜耶，

南无阿唎耶，

婆卢羯帝烁钵啰耶，

菩提萨埵婆耶，

……"

念着《大悲咒》，为圆寂的十渡法师进行超度。

藏经阁前，布置了香炉、灯烛、净水瓶，还支起雪柳素花。

小沙弥忐忑地，分了神：

"微光师父，何以静一师父去了半天，还没回来？"

微光抬眼望一望天空。

西天缀满鲜艳的彩霞。太阳下落得太快。

刚刚，他还听得震天的呼啸，兵器交加。忽地，一头乌黑油亮带紫的苍鹰，受惊振翅，发出猛烈的声响，斜刺青空，冲过岗峦重叠的高峰，狂飞至远方。

那黑鹰没有回来。

但，周遭也寂然。

"摩诃萨埵婆耶，

摩诃迦卢尼迦耶，

唵，

……”

只有诵经的沉吟。

风渐大了，匆匆地吹掠。林中像有几只野狼在嚎叫，听真点，不过是松涛。

黄昏已近。

微光燃点的长明灯吃这一吹，奄奄欲熄。他张开麻布褛的袍袖挡风。

他见到一个人影。

残阳在他身后，大伙看不清他的脸。残阳如血，他亦一身是血。袈裟迎着风，寺院沐在余晖中。

"阿弥陀佛！"

和尚们一齐合什。

只他一个人回来？

这最后一战完结了么？

"静一——"

他一步一步地，很沉重，伸手止住疑问。默然内进，和尚们不敢再问。

他们只是耳语：

"是开了杀戒，把那霍达杀掉了？"

"抑霍达战败，静一把他放走？"

"霍将军心高气盛，若是输了，情愿死在自己剑下也不会偷生吧？"

"或者静一败在他手上，霍达手下留情呢？"

"他会放过他吗？"

"不知道呀。"

"霍达若非丧命，何以他不现身？"

"……"

后来，他们发现静一孤单地僵立在后院，嘴巴从此用封条封住，不再说话。他仰首望着天，暝色侵来，素淡的古寺带着哀伤。静一——如佛像，泥塑木雕石刻。

他解脱了？

抑或更迷惘？

和尚们不敢再问。

蓦地，一个小沙弥惊呼：

"静一师父！你眼睛怎么了？"

他回过头来，微颔首。

——血窟窿。他一目已眇。

三十四

大火是在三更之后起的。

最初是火苗袅袅地蹿升，不知燃着些什么，发出蓝绿色的焰光。烟雾中不断冒出一条条艳红的舌头往上舐，渐渐扯长，如红绸子凌空飘舞，潇洒书空。

释迦、弥勒、观音、菩萨、如来、四大金刚、十六尊者、五百罗汉……佛像都在烟火里，冉冉消失。

——遇父弑父，遇佛弑佛。不为外物所拘，洒脱自在，谁说容易？

素淡古朴的彤云禅院，木梁发出霹雳的声音，如老人骨架终于散下。它通体发亮，庄严而响亮地大去。

黑暗吞噬了大地，火海瞬即吞噬了黑暗。

火飞快地蔓延，比"朝为红颜，夕成白骨"的人生还来得措手不及。

在寒夜，这一把火是特别和暖。静一只感到疲累而痛快。

天空有一本书。

看，火那么壮大，水却熄灭它。

水那么壮大，土却掩藏它。

土那么壮大，风却吹散它。

风那么壮大，山却阻挡它。

山那么壮大，人却铲移它。

人那么壮大，权位、生死、爱恨、名利……却动摇他。

权位、生死、爱恨、名利……那么壮大，时间却消磨它。

——时间最壮大么？

不，是"心"。

当心空无一物，它便无边无涯。

静一一言不发，用一只眼睛望向辉煌的夜空。

后来，他在众人的目送下，转身远去。

三十五

后来，传说有人见过这样的一个和尚。在雪野上。

雪已下了一季，玉蝶在大地纷纷扬扬飞舞。这银白色厚毯子，印上他的足迹。很快，虚空中千万只无形的翅膀，把它们一一扇平。

下雪的声音仿如乐韵。

远处有一匹快马在等他。接待故人似的。

他跨上马背，溶入迷蒙的天涯海角。

自唐朝，走向未知的年代。

三十六

江山为一片白茫茫所铺盖，端丽而深邃。

李世民极目他的天下，踌躇满志。这天赏雪，一时兴到，即诏在座的官员、学士赋诗，又令画工作画。

成就了一幅"银妆图"。

他在巨幅画卷上，盖上了"御览"的印章，朱文鲜妍，如雪中的血痕。

他生命中的险着，玄武门那一摊血迹搁久了，干了，只成一个淡淡的褐色印子。

去冬下诏，追封故太子李建成为"息王"、齐王李元吉为"刺王"，重新安葬。李世民登宜秋门，哭泣不已，至为悲哀。泪水一洗，印子更加不存。

前事没人再提。

自改元后，"贞观之治"是历史上最光辉的黄金年代。

中国在他统治下，成为一个繁盛而强悍的帝国，文治武功，盛极一时。不但版图扩展至空前之大，西北各族人民，尊之为"天可汗"，俯首臣服。

日本平安京的城市设计，也仿效了长安城棋盘般的式样。律令相近，留学生和学问僧慕名而来者众。

唐朝盛世，于此展开。

李世民是震古铄今的明君。

连他的马，也名垂千古呢——"昭陵六骏"：白蹄乌、特勒骠、飒露紫、青骓、什伐赤、拳毛䯄，便是他翦灭群雄的战役中，心爱的乘骑。

即位那年年方三十。

死于贞观二十三年，五十二岁。据说，死因与千方百计追求长生不老，崇信炼丹方士，服食不少延年药物有关。

生死有命，这是在他能力以外的了。

在位期间，史籍所载俱为伟大功德。

即使微末若此——

"六月十六日，帝前往禁苑，见蝗虫，捉数只，祈求道：'人民靠庄稼养活生命，而你吃庄稼，我宁愿你吃我的内脏了！'举手待要把它们吞下肚中。左右侍从官员劝阻：'这是毒恶之物，会令陛下生病。'帝道：'我为人民受苦，不怕生病！'竟把蝗虫吞了。本年，蝗虫并无造成灾害。"

三十七

整个唐朝，正史、野史、轶闻、民间传说、笔记小说……皆无"石彦生"，或"霍达"之名字。

本书经香港天地图书出版有限公司授权出版中国大陆中文简体
字版本，非经书面同意，不得以任何形式任意复制、转载。本
书仅限中国大陆地区发行。

著作版权合同登记号：01-2013-1835

图书在版编目（CIP）数据

青蛇／李碧华著 .-- 北京：新星出版社，2013.11（2021.10 重印）
ISBN 978-7-5133-1177-9
Ⅰ.①青… Ⅱ.①李… Ⅲ.①中篇小说-小说集-中国-当代
Ⅳ.① I247.5
中国版本图书馆 CIP 数据核字（2013）第 077005 号

青蛇

李碧华 著

责任编辑 汪 欣
特约编辑 林妮娜 沈丹凝 陈梓莹
封面设计 韩 笑
内文制作 张 典
责任印制 李珊珊 万 坤

出 版 新星出版社 www.newstarpress.com
出 版 人 马汝军
社 址 北京市西城区车公庄大街丙 3 号楼 邮编 100044
电话（010)88310888 传真（010)65270449
发 行 新经典发行有限公司
电话（010)68423599 邮箱 editor@readinglife.com
法律顾问 北京市岳成律师事务所

印 刷 山东韵杰文化科技有限公司
开 本 850mm×1168mm 1/32
印 张 11.5
字 数 280千字
版 次 2013年11月第一版 2021年10月第二十八次印刷
书 号 ISBN 978-7-5133-1177-9
定 价 59.00元